THE EKIRI
COMMISSION

エキリ・コミッション

謎の感染症に挑んだ医師たち

二至村 菁

Editionβ

本書は中央公論社より刊行された「エキリ物語」を改題し、
写真資料を加えて加筆修正した増補改訂版です。

増補改訂版によせて

「エキリ・コミッション」とは、《日本の謎の感染症エキリ》を解明するためやってきた、三人の米国人のことである。女性内科医、病理医、生化学者からなるこの三人はプロペラ機で太平洋を越え、昭和二十二（一九四七）年六月のある日、東京に降り立った。このとき日本は米軍に完全に支配されていた。

そのてんまつが「エキリ・コミッション」と題されて、米国側の記録（GHQ資料）に残っている。この記録をふと見つけたわたしは、はじめの数行で三人のうちの二人がシンシナティ小児病院から来たことを知った。

この病院で働かせてもらっていた留学生時代が思い出された。わたしは十八歳のとき「古き良きアメリカ」の奨学金に恵まれて、オハイオ州シンシナティ市近くの小さな女子大に入学した。休暇が来ても日本へは帰れないので、かわりにシンシナティ小児病院の病理研究室でカード整理のアルバイトをさせてもらった。雇い主の主任病理医はだれにでも対等に話しかけて、こころよく願いを聞いてくれるひとだった。そのときから十五年がたってわたしはカナダで日本語教師になっていたが、「エキリ・コミッション」の二人について問い合わせれば、必ず返事をくれるはずの元上司だった。

返信は二か月たってやってきた。それが予想外の詳細なもので、このときの主任の誠実な対応がそののち十年つづいたわたしのエキリ調査の動機となり、支えとなった。

なにか調べるなら「理論的根拠」のもと「仮説」や「計画」を立てて、研究費をもらうことになっている。だがわたしはそういうのがどうも好きになれない。そのためこのエキリ調査は、手塚治虫漫画のヒョウタンツギのようにすすんだ。ヒョウタンツギは豚の鼻を持つひょうたん型のキノコ（？）で、身体のどこかがいつも破れている。ひとつの破れにツギをあてると別のところが破れる。そこからガスを吹いて、飛んだと思えば落下する。わたしのエキリ調査も、不明なところを調べてツギをあてるとまた、というくりかえしだった。

しかし舞台は劇的に展開した。昭和二十（一九四五）年夏の、富士の高嶺をのぞむ相模湾から瓦礫だらけの東京、翌年のすずかけの街路樹にかこまれたシンシナティ小児病院、そして「エキリ・コミッション」を迎える白金台の名ばかりの予防衛生研究所、三人が見た貧しく汚れた都立駒込伝染病院、その後三人のうちの一人を家族もろとも亡命に追い込んだ米国の反共キャンペーン、そして四十年後、春の花だけが街の飾りだった東ベルリン。かわされたことばや表情まで、わたしはまだ御存命であられた当時者を捜してその談話を書き取った——

つくりもの《フィクション》はやっぱり事実にかなわない、と思いながら。

聞き書きを日米の資料で確認してまとめた原稿は中公新書『エキリ物語』として世に出た。それから二十二年がたって平成時代もあと半年で終わるという秋、『エキリ物語』を読んだという方からとつぜんメールをもらった。これを改題し、増補改訂版としてうちの出版社から出版できないでしょうか、とのことだった。

先方の人柄も事情も知らず、わたしが携帯電話を持たないため会見の手筈も行き違って、こちらはお断りするつもりで東京駅で会った。大柄でスポーツマン風の、青年のように礼儀正しい編集長があらわれた。かれが持ってきた『エキリ物語』の背表紙にはなにかの番号がついていた。不思議に思ってテーブルの向こうから引きよせると、見開きページに「〇〇区立図書館　除籍処分」という印が押されていた。管理の都合で、わずかに傷んだこの新書本を東京都のある区立図書館が捨てたのだ。それを偶然、夫人がもらい受けてきたという。わたしは彼からもらったメールをあらためて思い出した。

「部屋を片付けている時に積まれていた本を何冊かパラパラとめくったのが最初の出会いです。読み始めたら引き込まれて止まらず、一気に読了してしまいました」

（以下は「増補改訂版あとがき」へ）

目次

第一章　日本占領

昭和二十（一九四五）年八月三十日未明、連合軍の本艦隊が南の水平線にあらわれた。先頭艦はスタージスだ。[1]ゆうべ東京湾について、沖に停泊していた先行の艦隊がうごきはじめ、本艦隊に合流した。これからこの灰色の連合大艦隊は、日本上陸拠点である横須賀湾に向かう。

先頭艦スタージスには、クロフォード・F・サムスが乗っていた。[2]サムスは四十三歳になったところだが、今回の戦争で軍医大佐に昇進した。その能力と人柄をみこまれてマッカーサー元帥に抜擢され、三週間まえに首都ワシントンからマニラへ飛んできた。占領下日本では連合軍総司令部の、医療と公衆衛生をうけもつ局の局長となることになっている。

さきほど、とつぜん警報が鳴った。サムスは寝床からとびおりて身じたくをし、肩からつるした革サックのピストルをたしかめた。デッキへ駆けあがりながら、きょうは八月三十日で、戦争は十五日まえにおわったはずだ、と考える。にもかかわらず日本軍の爆撃機が攻撃してきたのか、でなければ掃海をまぬがれた機雷か。サムスは救命ボートのそばの待機定位地について、まわりを見まわした。

船の右弦にはまだ暗い太平洋と、ほのかに明けそめた空。左弦には神奈川の低い山なみが見える。そのかなたの高嶺が、富士山だろうか。山肌がしだいにばら色に変わってゆく。

警報はやがて解除された。東京で市街戦が起きたという無線が入って、大事をとって待機命令が出されたのだ。朝日が昇りきるころ、連合軍艦隊は横須賀港に入港した。

午前十時、一万三千の海兵隊員が完璧な戦闘隊形をとって、渚を歩いて上陸をはじめる。上空では米軍の偵察機が爆音をたてて旋回している。(3)気温は高く、むし暑い。

浜辺のそこここに、カメラをこちらに向けている小柄な男たちがいる。日本の新聞社のカメラマンらしいが、この暑さに、きっちり背広を着てネクタイをしめている。

連合軍側のカメラマンが、つぎつぎに上陸してゆく。おなじくカメラをもってうろうろしているが、こちらはベレー帽にショートパンツ、上半身はだかというのもいる。(4)

やがてスタージス号は海兵団桟橋に横づけされ、サムスは横須賀の土を踏んだ。軍服のわきの下には、すでに汗で半円のしみができている。

サムスの生まれ故郷のイリノイ州イースト・セントルイスでも暑い日はあったが、風が草原をわたってきた。これまで軍務に就いてきたパナマやエジプトでは、日ざしが灼けるように熱くても日蔭はすずしかった。

日本の暑さはちがう。こんな湿気の高い暑さのなかでは、軍医は伝染病を覚悟せねばならない。米国の兵員には、日本の伝染病への免疫がまったくないのだ。その点で、首都の東京が気にかかる。数日たてば、連合軍は東京へ進駐をはじめることになっている。

数日後、日本帝国陸軍省医務局から連絡将校がわりあてられて、平賀稔という軍医中佐がサムスのところへやってきた。

「東京において、いま発生している伝染病はないか」

とサムスはたずねた。

「東京では、エキリが発生しています」

ということたえに、サムスは愕然とした。

エキリという病名は、聞いたことがあった。コレラのことだったように思う。コレラは致命的な下痢病で、はやれば何百人もの命を奪う。インドやイランでサムスはコレラの流行をみた。ベッドに穴をあけて患者の尻をはめ、とめどなく下る便を床のバケツで受けるようになっていた。米軍兵員はコレラの予防接種をうけているとはいえ、大流行となれば安全とはいえない。

上陸して十一日目の九月十日、サムスはむりに時間をつくって、東京へ出かける許可をとった。エキリ視察のためだった。この視察には連合軍のジープではなく、旧日本陸軍の車を使うことにした。平賀軍医中佐と日本人運転手の道案内がなければ、とても東京へなど行けない。京浜地帯は激しい爆撃をうけて、いちめんの瓦礫だった。東京へ向かうにも、どこが道やら見分けがつかないのだ。(5)

一行は朝はやく横浜の総司令部を出発した。予想どおり道はわるく、どうやらたどれる道へ出ても舗装がなく、見はるかすかぎり穴ぼこがつづいている。ふつうなら時速三十マイルは出るところ、五マイルしか出せない。そうしなければ車はノミのようにとびはねて、車体のバネが切れてしまうだろう。

四時間後、サムスの一行は東京都文京区にある都立駒込病院へたどりついた。病院の全貌をゆっくり目におさめるいとまもなく、サムスは廊下を病室へと急いだ。

病室には、子どもがひとり寝ていた。布団がきっちりと身体にかぶせてある。唇がひびわれて、せわしい息をしている。昏睡して、かなりの熱がある。通訳によれば、きのう発熱し、下痢をして吐いたという。うわごとをいって騒ぎ、うとうとと眠り、呼べば返事をするときもある。昏睡からさめるときに痙攣《けいれん》を起こして、そのまま息をひきとることが多い。

「患者は子どもばかりだそうです、大佐。それも八歳以下の。それから、夏だけに、はやるのだそうです」

と通訳がいった。どうみてもコレラではない、と思ってサムスはまずほっとした。

「病原は？」

通訳がまとめたこたえは、つぎのようなものだった。

「わからないそうであります。赤痢菌が便からでるときもあり、大腸炎かもしれず、それに特異体質がかかわっているともいわれ、アレルギー、またはショックの可能性もあるといっています」

「手当ては？」

「生理食塩水と解熱剤をあたえてあるそうです」

「赤痢菌感染の可能性があるなら、なぜ抗生物質のサルファ剤をうたない？」

「薬はほとんど手に入らないそうです」

「死亡率は？」

エキリの子どもが死ぬ率は、五割だという。母親にひとりが抱かれ、父親がもうひとりを抱き、三人目が手をひかれて入院してくるとする。一両日のうちにひとりが死に、すぐにもうひとりも死に、この子だけはせめて助けて下さいと両親が懇願しているうちに、三人目も絶命する。[6] そういうこともある病気だというのだった。

サムスは立ち上がった。エキリがコレラではなく、しかもおとなを襲わないとすれば、なすべきことはほかにある。総司令部でじぶんが率いる公衆衛生福祉局の設営はもちろんのこと、沖縄では上陸した米兵がなにかの脳炎にかかったらしい。米軍が原爆を落とした広島と長崎へはすでに医療救援物資を緊急空輸で届けたが、追加も考えなければならない。日本に残っていた外国人の医療も始めねば。

やがて連合軍総司令部は東京丸の内の第一生命ビルへ移った。そして総司令部という意味の「ジェネラル・ヘッドクォーターズ（General Headquarters）」を略して、以後ＧＨＱとよばれるようになった。

この占領初期、サムスはＧＨＱ高級将校用宿舎として米軍が接収した帝国ホテルに住んだ。早朝に出勤して、食事と睡眠をとるためだけに帰ってきた。あとの時間はただ仕事をした。

このころのサムスの仕事のなかでいちばん重要だったのは、伝染病を食いとめるための防疫活動だった。日本人の体力はおとろえ、食糧はなく、衛生状況はわるく、大陸からの引揚者とともにコレラや発疹チフスが日本へ入ってきている。サムスはまず占領軍の人員をまもるために、占領軍の日本人雇用者に予防接種をした。それから病原菌を媒介する害虫駆除用に石油やＤＤＴ、消毒用の石灰を緊急輸入し、日本国内でも増産させた。新聞や放送をとおして、また学校や街角で、全国キャンペーンがはじまった。

サムスはこのときGHQの局長として、日本政府の厚生大臣をしのぐ強権をもっていた。だからサムスの意向は警察命令よりも威力があって、国民はいやおうなくこのキャンペーンに協力させられた。

くみとり便所にはふたをする。便所の窓には金網をはる。生ごみは家庭で土に埋めさせる。わずかに手にはいる新鮮な配給食品を、ハエのたかっているまま手づかみで渡さないよう指導する。蚊も病原菌をはこぶが、その幼虫のぼうふらを繁殖させないために、古い水はためない。庭に泉水や池があるなら金魚を飼う。手をよく洗い、食べ物には火をとおして滅菌し、生水は飲まない。小学校の生徒や復員者に頭からDDTを吹きつけ、回虫を駆除するために海人草《かいにんそう》を飲ませた。道の溝には消毒液をまいた。高等教育を受けたものだけが知っていた細菌のことや滅菌の方法を一般に知らせるために、作文や講話、研究会や討論会がもたれた。

にもかかわらず伝染病は減らなかった。

昭和二十年がおわり、二十一年の正月がくると、発疹チフス、天然痘、コレラ、ジフテリアが流行しはじめ、春になってもひろがる一方だった。赤痢患者の数も増えていた。局がまとめる毎月の伝染病統計グラフの折れ線は、右へ上がりつづけた。

だがサムスは自信を失わなかった。伝染病の原因はわかっているのだ。病原菌の伝播をくいとめ、食糧の配給で国民に体力がもどれば、いずれ流行は止む。

しかし、サムスは上陸直後にコレラかと思って見にいった「エキリ」のことを忘れてはいなかった。あのエキリは、夏に流行すると聞いた。では夏が来れば、もうひとつこれが伝染病統計に加わることになる。原因がまだわからないとすれば、その流行を予防する手だてはないことになる。

原因がわからないというが、日本でのエキリ研究はどこまで進んでいるのだろうか。日本人が書いたはじめてのエキリ報告は、四十年まえの明治三十七（一九〇四）年にさかのぼるという。それはドイツの小児科の雑誌に投稿されていて、題はドイツ語で「疫痢——日本小児流行病」となっていた。(7) 報告者の伊東祐彦は、九州帝国大学医学部の小児科学教授だった。

伊東は東京帝国大学医学部の出身で、東京から福岡の九州帝国大学へ移ってきた。福岡の町で夏を過ごすうちに、夏にはきまって「はやて」という子どもの病気が流行することに気がついた。進行がはやく死亡率が高く、激烈な痙攣をともなう。かかるとすぐ死ぬから「疾風」という意味の「はやて」と呼ばれていて、東京でもあったのかもしれないが、伊東にとっては初めて知る子どもの病気だった。

その伊東が、エキリにたいする手当ての方法はまったくないとしていた。患者の便を調べても赤痢菌が出るとはかぎらず、大腸菌のいずれかが病原菌のようでもある。しかしその症状（痙攣や昏睡）を観察すると、むしろ中枢神経系と心臓循環器に急性かつ劇症の中毒症状があるように思われる、という。(8)

伊東のドイツ語報告から五年あとの明治四十二年に、エキリははじめて日本人の死因のひとつとして統計にあらわれた。それから十三年のちの大正十一（一九二二）年に、伝染病予防法が改正された。このときエキリも法定伝染病と定められて、このあとエキリの子どもは伝染病院で隔離されることとなった。

昭和の統計でもエキリは減っていない。戦争が終わった夏、サムスが見に行った駒込病院でのエキリ入院患者の総数は、三十三人だった。うち死者は十五人である。[9] だから死亡率はよくて三割、わるくて五割というのも、明治からこちら四十年間、変わっていないことになる。

かならずしもひよわな子どもがかかるわけではなく、兄弟そろってエキリにかかっても、小さいほうが重症であるとはかぎらない。エキリとはなにか。腸の病気か、昏睡するのだから脳炎の一種なのだろうか。

そうしているうちに、昭和二十一年の夏がきた。GHQ公衆衛生福祉局に報告されてきたところでは、ことしの夏の駒込病院エキリ入院患者は、六十人を超えそうだ。[10] 治療方法はあいかわらずないという。サムスは仕事に追われながら、エキリという病名を聞くたびに、

「エキリの謎を解くならば、日本の医師にまかせておいてはだめだ」

と思うようになっていた。


昭和二十一年七月、土屋卓軍医少尉はふつうの医師にもどって、復員してきた。東京のはずれにある質素な家が、焼けずに残っていた。これには土下座をして礼をいいたかった。雑草がくずれた塀をおおい、たたみはカビで青黒い。とうぶん板の間に寝なくてはなるまい。

土屋医師は地方の三年制の医学専門学校を出て開業し、親のえらんだ嫁をもらい、息子が生ま

れたところで召集された。昭和十八年だった。大東亜戦争の戦況が思わしくないので法令が変わって、土屋医師のような貧弱な体格の丙種合格者も兵役を免除されなくなったのだ。家族を疎開させ、見習軍医士官として輸送船に乗りこみ、中国沿岸を南下していった日々がきのうのことのように思い出される。

たばこをさがして雑嚢《ざつのう》をさぐると、芋するめがでてきた。干したさつまいものうす甘さをかみしめながら、さっき買った新聞をとりだす。紙不足なので、うらおもて一枚きりの新聞である。

「きょうは、アメリカの独立記念日なのか」

日付を見ると、昭和二十一年七月四日となっていた。その下に、アイゼンハワーという米陸軍の参謀長が《日本占領は一年を経たが、このさき五年ないし十年はつづくだろう》といったと書いてある。

「いいことはひとつも書いてないな」

と思いながら、土屋医師は下欄の広告を口に出して読んでみた。

「進駐軍要員、緊急募集。英文タイピストにバーテンダー、プールの番人。英語ができないと、だめなんだろうな」

新聞を読みおわると、土屋医師は流しへ行って水が出ることを発見した。さっきは日盛りで、断水だったらしい。手ぬぐいをぬらして、汗のしみた顔と身体をふく。日のあるうちに、大切なことにとりかからねばならない。

あがりかまちのはめ板をはずすと、なかに細長い空間がある。つめてあったボロ布や新聞紙をとりだす。その下の土に穴が掘ってあって、油紙でいくえにもくるんだ包みが埋めてあった。三年まえに出征するとき、土屋医師は開業医がつかう医療用の器具や材料を、ここにしまいこんだのである。ガーゼや脱脂綿は黄ばんでいたが、聴診器も煮沸器も注射器も無事だった。

家族は疎開して親戚の農家にいるはずだから、食べるものには困るまい。さしあたってここでひとりで暮らさねばならないが、きょう器具が出てきたということは、あす医院を開業できるということだ。

天井板を一枚はずして、つぎの日には「土屋内科小児科医院」という看板ができあがった。部屋を掃き出して玄関にも雑巾をかけると、なんとか医院のようにもみえてきて、数日すると患者がときどき来るようになった。少々の診察料と、金のかわりにもらう物品を売って、土屋医師の診察室はすこしづつととのっていった。

だが健胃消化剤としてつかう重曹が、ヤミで五十グラム十円もする。アスピリンは一グラムが二円だ。下痢患者に飲ませるサッカリンなど、たった一グラムで十円である。下剤のヒマシ油さえヤミでなければ手に入らず、しかも政府公定の価格の一円十二銭の数倍の値になっている。(11)

売り手の薬剤師が、

「重曹はね、健胃消化剤どころか、蒸しパンやなんかのふくらし粉に使うんです。サッカリンはもちろん甘味料でしてね」

というので、土屋医師はたずねてみた。

「しかし、ヒマシ油は食用にはならんでしょう。あれは下剤ですよ」

「てんぷらをするんだそうで、ヒマシ油だって油ですからな」（11）

それから薬剤師はつけくわえた。

「すべて、サムスがわるいんでさ」

サムスといえば、復員してひと月しかたたない土屋医師も、GHQ公衆衛生福祉局長として日本の保健関係者すべてを支配するサムス大佐の名前はおぼえてしまった。薬剤師は、

「サムスが日本の医者や薬剤師を牛耳《ぎゅうじ》ってるうちは、どうしようもないですよ」

と、憎悪をこめていった。薬をヤミで売って金まわりがいいから、医学情報誌をよく読んでいるらしい。たとえば『日本医事新報』は月に二回、医界のニュースを知らせてくれる。薬剤師はサムスが断行している医制改革を、あれこれと教えてくれた。

「先生だって、いまから医師国家試験を受けろ、なんていわれたら困るよね」

「すでに医師免許をもっていれば、受けなくていいと聞きましたが。これからさきは国家試験をやるということで」

といいながら、土屋医師は心細くなった。法律や条例は、いまはサムスの気持ひとつでひっくりかえるのだ。

「学生さんだって、戦争中に勉強して命からがら医学部を卒業したってのに、このさき一年もインターンをやれなんてね。それも無給でだよ。ひとのことだと思って、横暴だよ」

「無給でというのは、気の毒だね」

「それにいずれ、医者が薬を売れないようにするんだってうわさだ。処方箋だけ医者が書いて、

薬は薬剤師が売るんだって」

「えっ」

診察料が安くても、医師はじぶんが処方する薬にすこし利益をのせて患者に売ることができるから、暮らしていける。土屋医師がむりをしてヤミの薬を買いにくるのも、そのためである。

「それに、サムスは医科大学に昇格できない地方の医学専門学校もつぶすんだってね。先生のご出身校は、だいじょうぶですか」

出身校どころか、案じられるのはじぶんの行く末だ。土屋医師はいつも気を滅入らせて薬の買出しから帰ってくるのだった。

そのうえこの夏、土屋医師はじぶんがなんのために医師をしているのかわからなかった。ひとの命を救って診察料と薬代をもらうはずなのに、金は死亡診断書文書代として受けとることのほうが多かった。死亡するのはおもに子どもで、死因はエキリである。

ある家では玄関に入るともう線香の匂いがして、患者は亡くなっていた。べつの家では痙攣がひどくて、どうしたものかと思っているうちに息がとまってしまった。午前、午後、夜半と往診した家では、患者が昏睡からさめず、湯ざましをのませようとすると痙攣がはじまってこときれた。

八月のお盆がすぎて、きょうも朝から診察室の温度計が摂氏三十度をさしている。そこへ老人が往診をたのみにきた。案内されて土屋医師は三十分ほども歩き、便所の臭気のするほそい道に入り、せんたくものが干してある軒先をくぐって、粗末な部屋に入った。

女の子が眠っていた。きのう熱をだして吐いたという。まず腸のなかの菌を出すためにヒマシ油を女の子の口にあてると、うとうとしながら飲んでくれた。腹部を布団でよくくるむ。やがて痙攣がはじまった。

「エキリのようです」

と土屋医師が言うと、老人がこたえた。

「そうではないかと、思っていました」

この子が数時間ののちに息をひきとったとき、いますぐこの部屋を出てしまいたい、という気持をおさえて、土屋医師は万年筆をとりだした。かばんの上で死亡診断書を書きはじめる。こういうことは、あとまでのばさないほうがいい。

「早川よう子ちゃん。ようは太平洋の洋。五歳」

エキリの子どもの半数は助かると聞いているのに、この子もふくめてこの夏みた十人をこえる患者のうち、助かったのはふたりだけだった。あとは入院させるいとまもなく、自宅で亡くなっている。

死亡診断書を書きおわって万年筆をしまうと、土屋医師は部屋をみまわした。どこの家でも、流しには断水にそなえてバケツに水がくんである。その水を洗面器にもらって、清拭《せいしき》をはじめる。まず顔と身体をぬぐい、新聞紙をしいて腹部をていねいに押して、腸の内容物がないことをたしかめる。きれいに拭ききよめ、脱脂綿を鼻腔と肛門につめる。老人が出してきた紫と赤のきものの襟をあわせ、へこ帯をむすぶと、市松人形が目をとじているようだった。

「母親がおれば、紅でもさしてやるんでしょうが」

と、老人がいった。

「お母さんは、いまどちらに」

「満州から引き揚げるとちゅう、胡蘆島《ころとう》でチフスにかかってな。博多へつくまえに死にました」

「……お父さんは」

「婿は、シベリアです」

「……大勢の日本兵が、まだ抑留されているそうですね」

ばらばらっと天井に音がして、数分たつうちに激しい雷雨になった。炎天下を歩いて来た土屋医師は傘を持たない。もうしばらく、ここにいなければならない。

「お孫さんは、五歳といわれましたか」

「じっさいには、三つぐらいでした。知恵おくれでな。ようやくおむつがはずれると、こんどは便所がこわいという。だれかに見ててもらわんと用も足せん子で、ことばも片言のままでした」

「そうでしたか」

「このまえ、小麦粉を占領軍が放出しましたが、あれでうどんをつくってやったのが、さいごでした」

「……配給といえば、ずっとコンニャクと大根でしたからね」

雨はまだやまない。孫の遺体をまえに、なんとしても涙をみせない老人の心を察して、土屋医師は「コロナ」を一本すすめた。老人はうまそうに煙を吸いこみ、土屋医師がたばこの箱をポケットにしまうのを見て、

「先生は、まだ軍服ですか」

といった。

「復員したのが先月でしてね。家は三年のあいだ空き家でしたから、服もこれしかありません」

老人は中国の大連で商売をやっていたといった。

「大東亜戦争も、日露戦争のようにいずれ精神力で勝つと信じておりましてな。内地へ引き揚げることになるなんぞ夢にも思わずに、日曜日には店を娘夫婦にまかせて、この孫をつれて、人力車で西公園とか浪花町の繁華街へでかけたものでした」

「大連のうつくしさは、聞いたことがあります」

「そういえば大連でも、夏にはエキリがはやっておりましたよ」

「大連で？」

「大連医院なぞでは、毎年何十人もの日本人のこどもがエキリで死んだということでしたが。[12] うちの孫はそのころは元気でな」

　大連医院なら、土屋医師も聞いたことがあった。満州鉄道が経営していた大病院である。戦争がはじまるまえ、その設備は東洋一といわれていた。[13] 入院ベッド数は七百床、学閥としては京都帝国大学医学部系で、若手のすぐれた医師たちがあつまって医療と研究をしていたはずだ。

「もちろん、大連医院へつれてこられたのは大連日本人町の子どもです。中国人やロシア人の子どもはエキリとも知らず、そのまま死んだかもしれん。エキリとは、いったいなんでしょうかな」

　外の雨音がやんでいた。障子をあけると、なまり色の空に虹がかかっている。土屋医師は立ち上がった。

わかれぎわに老人がさしだしたのは、上質の英国ウールの背広上下だった。戦前の大連であつらえたというから、いま新橋のヤミ市で数百円はするだろう。土屋医師はもちろん固辞した。

「お支払いは、いつでもいいですから」

「いや、この部屋の間代の二十円さえ、あてのないありさまです。なにか売って孫の葬式をしてやって、寺へ供養代をおさめれば、先生にはいつになってもお支払いはできんでしょう」

「ですが、わたしはお孫さんのお命を救うこともできませんでした。じぶんではもっと勉強をせねばと思うのですが、つい」

新聞広告によればこの夏、『日米医学』や『アメリカ医学』といったあたらしい医学雑誌が創刊されている。最先端のアメリカ式医療のしかたが書いてあるにちがいない。もともと土屋医師は医学専門雑誌を読むのが好きだった。しかし一冊が五円、半年予約すると三十円だという。

老人がいった。

「勉強ならば、医師会とかで講演をやるでしょう。丸善へ入って医学書を立ち読みしても、背広を着ておればおかしくはない。秋が来れば、使って下さい」

胸のまえにさしだされた背広から、虫よけの樟脳《しょうのう》がさわやかに匂った。

秋が来ると、土屋医師はこの背広を着て区の医師会の講演を聞きに出かけた。古本屋で立ち読みをしても、これを着ていればとがめられなかった。義理がたい土屋医師は、そういうおりおりにエキリに注意をはらうようになった。

富士川游の『日本医学史』という本を古本屋で見かけたときも、土屋医師は索引からエキリの章をさがしあてた。これは初版が明治三十七年の本だった。

記録によれば、エキリはむかしから日本にあったようだった。「はやて」という名前のほかに、地方によって「颶風《ぐふう》」とか「急症」といった和名がある。江戸時代の医者たちは、エキリを「小児暴瀉《ぼうしゃ》」とよんでいたらしい。

「小児暴瀉」は盛夏に起こる。おとなはかからない。かぞえの三歳から八歳ぐらいの子どもにかぎられている。まず頭が痛くなり手足がだるく、顔が赤らむ。そのうちお腹が痛くなって、下痢をする。と思っていると熱が上がり、おびただしい汗が流れて、子どもはうわごとをいいはじめる。それから目が吊り上がって天をにらみ、歯をかみしめ、筋肉がつって縛られたようになって暴れる。やがて恍惚となって昏睡する。このすべてが十二時間ぐらいのあいだに起こる。[14]

エキリの治療について、あたらしいことを書いたものはなかった。丸善でのぞいた『日米医学』や『アメリカ医学』は、結核の特効薬であるストレプトマイシン、または抗生物質ペニシリンのことでいっぱいだった。和文の雑誌にはときおりエキリについての報告が載っていたが、抽象的に原因を論じたものが多い。どうすれば子どもがエキリで死ななくてすむかについては、ヒマシ油を飲ませ、生理食塩水を注射し、腹を冷やさないようにするといったありきたりのことしか書かれていなかった。

では来年の夏も、と土屋医師は考えた。じぶんは炎天下でエキリの子どもを往診して歩き、死亡診断書を書いて、さいごの清拭をするのだろうか。

1　自伝ではSturgeon（ちょうざめ）号とあるが、これは戦艦U.S.S. General S. D. Sturgisの愛称の由。Zakarian, Zabelle. Notes to Introduction, preface, and move. Sams, Crawford F. Edited by Zakarian, Zabelle. *Medic.* M. E. Sharpe. Armonk and London. 1998. pp267-268.

2　C・F・サムス（竹前栄治編訳）『DDT革命』岩波書店1986年、1－4頁。

3　『朝日新聞』1947年8月31日1頁。

4　カメラマン座談会「六年間の記録」『カメラ特別臨時増刊』アルス、1952年、169－170頁。

5　C・F・サムス（竹前栄治編訳）『DDT革命』岩波書店、1986年、35頁、38－39頁、*Nippon Times*, September 12, 1945.『朝日新聞』1947年9月12日、1頁。

6　東京都立駒込病院『駒込病院百年史』第1部、第一法規出版、1983年、151頁。

7　Ito, H. Klinische Beobachtungen ueber "Ekiri" eine eigenthumliche, sehr acute ruhrartige, epidemische Kinderkrankheit in Japan." *Archiv für Kinderheilkunde*, Vol. 39, 1904, p98.

8　谷口喬「小児科と予防医学」『婦人の友』1946年11月号、23頁。

サムスが乗艦した米国艦「スタージス」。もとは米海軍の輸送船だったが、のちに客船をかねた。これは1945年8月26日に、日本占領軍の上級要員を載せてマニラから出航するところで、船体にはまだカモフラージュがほどこされている。サムスの自伝によれば8月30日に横須賀に到着した。8月31日には東京湾に停泊。
Photo provided by: Medical Department, US Army "Surgery in World War II - Activities of Surgical Consultants Vol. II." NavSource Online: Service Ship Photo Archive "USS General S. D. Sturgis (T-AP-137)"

9 東京都立駒込病院『駒込病院百年史』第3部、第一法規出版、1983年、751頁。

10 東京都立駒込病院『駒込病院百年史』第3部、第一法規出版、1983年、751頁。

11 芳志武良「薬品の闇値と公定価」『綜合医学』1946年5月1日、16－17頁。

12 幡井軒二「大連ニ於ケル疫痢」『大連臨床』2号、1926年、1－16頁。Hsiao, Tsai-yu. Epidemiology of the deseases of naval importance in Manchuria. Bureau of Medicine and Surgery. Navy Department, Washington, D.C. January 1, 1946. NAVMED 958. p4.

13 加藤篤二『二十世紀アジア回想録』近代出版、1993年、176頁。

14 九州在住の医師青木春澤による報告、富士川游『日本醫学史』医事通信社、1972年。628－629頁。「小児暴瀉しとみに死する者多し」天野信景『塩尻』68。『日本随筆大成』第3期第10巻所収、日本随筆大成刊行会、1930年、300頁。

＊本書では現代の読者のため「疫病」を「感染症」に直した。

クロフォード・F・サムス米陸軍軍医大佐。
（長女イヴォンヌ・ジョンズ夫人提供）

第二章　エキリと眠り病

昭和二十（一九四五）年秋に日本占領がはじまってから一年のあいだに、サムスはGHQ公衆衛生福祉局長として数十人の米国の医学者と出会った。軍属の医師たち、視察団、医学研究者など、サムスの局がつぎつぎと世話をした。なかでもアルバート・セイビンというウイルス学者とは気が合った。セイビンはのちに小児マヒワクチンを生成して世界にその名を知られることになる。だがこのときは、ようやく四十歳になろうとする少壮の医学者だった。

太平洋戦争の開戦当時、三十代なかばだったセイビンはすでに優れた研究者として学界に知られていた。にもかかわらず真珠湾攻撃の速報を聞いて、即刻軍医として志願入隊した。軍人のサムスは、そういうセイビンにまず好意をもった。そのうえに、セイビンの研究テーマである「眠り病」がサムスの興味をひいた。「眠り病」に、例の謎の感染症エキリの症状が似ているのだ。

終戦の夏、占領軍はいちはやく沖縄に上陸した。その直後に数人の兵員がとつぜん原因不明の病気にかかり、重症のふたりが数日眠りつづけて死亡した。ウイルスがかかわる脳炎かもしれないというので、米国陸軍省の感染症コンサルタントであったセイビン軍医中佐が沖縄へ派遣された。セイビンはしばらくして沖縄から東京へ移って、米陸軍に付属する第四〇六医学総合研究所というところで研究をつづけていた。

第四〇六医学総合研究所は接収した日本の建物なので、外見は古びている。だが一歩入ればぴかぴかの検査機器、あらゆる薬品、熱に融けないパイレックスガラスの器具がならび、実験動物室は清潔で、ガーゼや紙は使い捨てだ。

ここでは占領下日本におけるもっとも高度な医学研究、とくに日本の風土病、たとえばツツガ虫病や寄生虫病などが費用に糸目をつけず研究されていた。研究所は陸軍に属していたので、サムスが勤務する総司令部とは直接の関係はなかった。しかし占領下日本の公衆衛生をあずかるサムスの局も日本の風土病を見過ごすことはできない。だから伝染病対策などにかかわって、サムスはときどきここをおとずれた。

ここでの研究は、まずは米軍兵員のためだった。占領下日本へやってきた兵員は日本人との接触を避けられない。だから米軍兵員を護るために日本の風土病を研究することが第一の目的だった。(1)

ところがサムスは、そこまで露骨な考え方はしない。二十年まえ、カリフォルニア大学の学部の学生だったとき、心理学教室で研究助手をしたことがある。そのあと進学したセントルイスのワシントン大学医学部でも、助手として脳神経学の研究をした。大学での自由な学問の雰囲気を知っていると、目的意識の強い軍用研究所というのは、もうひとつしっくりこない。そのうえここでは掃除や動物の世話などに日本人が雇われているが、所長のティガート軍医中佐はその日本人たちへの失望をかくさない。(2) なにをさせても遅い、働かない、役に立たない、というのだ。

占領が始まって一年のうちに、ティガートのような上級将校は軍が接収した大きな邸宅へ家族をよびよせて、米国にいるのと変わらない生活をしている（サムスはまだ帝国ホテルに住んでいた）。日本人がはだしであるいている道を、本国からとりよせたフォードの新車で走る。台所には大きな冷蔵庫や電気調理台をすえつけ、居間には白づくめの家具やピアノがある。(3) そういう暮らしをしているティガートには、日本人労働者の飢えと貧しさがわからない。

サムスは軍律を守る男で日本人にとくにやさしくはなかったが、ティガートほどに日本人をあなどることはしなかった。ティガートの属する陸軍はいちずに米国の国益を護るが、GHQにはそのうえに、日本を民主主義国家に変えて、将来は米国をソ連から護る友好的な防壁とする使命がある。したがってサムスの局のしごとも米軍兵員の命を護ることだけにとどまらない。日本国民にも健康をもたらし、日本医学の内容も制度も米国の進歩的な方式にあわせて改革したい。だからティガートのように日本人とはいっさい協力しないという態度はとらない。

こんななかで、サムスはセイビンに出会った。もとからセイビンのテーマである「眠り病」も、謎の感染症エキリも、そのころのサムスにとってはおなじぐらいに気にかかる病気だった。どちらも日本に特有の病気で、原因がわからず、治療の方法がなく、予防もできない。

ところが占領後一年たって、エキリは謎のままなのに、セイビンの「眠り病」研究は胸のすくような速さで進んでいた。セイビンにはひらめきと行動力があった。日本側の過去の研究を調べ、昭和二十一年の春にはもうこの病気を媒介するのはある種の蚊であることをつきとめた。その蚊を採集するために、セイビンは上野動物園で夜明かしをする（動物を刺しにくる蚊で、動物園の夜は蚊だらけである。だから生《なま》の馬肉を餌に罠をしかけると、その血を慕って一晩に四万匹ぐらいとれるのだ(4)。そうかと思うと岡山県や沖縄、朝鮮半島までも調査に飛んでいく(5)。

春が過ぎて夏に入ったころ、サムスは会議出席のためにちょっと首都ワシントンへもどって、ひどい腰痛をおこした。しかたなく入院しているあいだに、セイビンは東京で「眠り病」を完全に解明してしまった(6)。

セイビンの研究「日本の嗜眠《しみん》性脳炎について」は、昭和二十一年夏に東京でひらかれた米陸軍第八軍軍医会議で発表された(7)。セイビンはここで「眠り病」の原因はウイルスであり、日本に土着の蚊がそのウイルスを媒介することを、高精度の顕微鏡映像を使って実証した。その結果、謎の「眠り病」はこののち「日本脳炎」とよばれることになる。

サムスが夏の終わりに首都ワシントンから東京へもどってきたとき、セイビンはいれちがいに帰国するところだった。

「こうなると、残る原因不明の病気はエキリだけだね」

と、サムスはいった。セイビンにまかせればエキリも解明できたかもしれない。ここで帰国されるのは、まことに残念な気がする。

エキリと日本脳炎とがちがうのは、日本脳炎では発熱から二、三日たって脳症状がはじまるのに、エキリでは同時にはじまることだった。

「それから日本脳炎ではほとんど下痢がないが、エキリでは下痢があることですね」

とセイビンがつけ加えた。

「ぼくもときどきエキリの子どもを見ましたが、エキリ菌というようなあたらしい菌がかかわっている、という意見さえあるそうだ。だが日本じゃまだドイツ式のやりかただから、菌の培養がうまくいかない」

「そう。このままでは、うちの局は来年もエキリの流行をそのまま見ていることになるでしょう」

「ぼくはこれからシンシナティ小児病院へ復職しますが」

と、セイビンが切りだした。

「大佐が承諾されるなら、来年の夏にでも、エキリを調査する医師団を東京へ送るというのはどうですか。うちの小児病院のスタッフでよければ」

「小児病院、ですか」

子どもはおとなを小型にしたものではない。したがって子どもの病気は小児科専門の医師が小児科専門の病院であつかわなければならない。こういう考え方がひろまって、このころ米国では四十あまりの小児病院ができていた。生まれたての赤ん坊から十二歳ぐらいまでの子どもが患者で、ロビーには絨毯が敷かれ、おもちゃや絵本がおいてある。壁は明るく塗られて、売店ではちいさいパジャマやぬいぐるみを売っている。院内放送が音楽を流し、自動空気清浄装置のついた保育器、静脈注射による水分の補給（点滴）、また子どもの血液一滴からカルシウムや糖分の測定ができる機器もそなえつけてある。[8]

くらべてここではどうだろう。

いまはまだ残暑で、子どもたちははだしで遊んでいる。学校が始まれば、かばんがない子はふろしき包みをななめに背負って通学する。すぐにすもうをとったり、鬼ごっこをしたりするのは、おもちゃがまったくないからだ。男の子の丸ぼうずはシラミの予防、頭に包帯をしている子は皮膚病だ（その包帯がぞっとするほどきたないのは一般医療品が不足しているせいで、局ではとうとう原綿を輸入して包帯やガーゼの生産の監督をちかく始める予定だった）。

子どもたちはどこにでもいる。サムスがジープで出ると、

「おうい、ジープだぞう」

「ハロ、ハロ」

「ストップ」

と、ころがるようにこちらへ走ってくる。ジープをとめると、そろって手を出す。

「ギブミ、チョコレート」

甘いものに夢中になるのは、世界の子どもに共通している。

先日占領軍は小麦粉七日分、とうもろこし粉二日分に加えて、キャンディもすこし放出した。これまでも粉末ミルク、コーンビーフ、バター、砂糖、乾燥卵粉、缶詰などを放出してきたが、子どもたちの体格をみるとじゅうぶんにいきわたっているとは思えない（冬には小学校で給食を出すことを、サムスは考えはじめていた）。

このような子どもが、法定伝染病であるエキリにかかればどうなるか。布団ごと、リヤカーという二輪の荷車に乗せられ、おとな数人がそれをひいて都立の伝染病院へ向かう。そこへ米軍のジープがとおりかかって、乗せて行こう、となることもある。ジープに移された子どもがこわがってひどく泣くので、米兵がチョコレートを手ににぎらせてやる。

伝染病院では、廊下にもベッドがならんでいる。昭和二十一年は年のはじめから発疹チフス、天然痘、ジフテリアとつぎつぎに流行して、どの伝染病院でも収容力は限界にきているのだ。

そんななかでのエキリ治療は、せいぜい身体の水分を補給するために、太腿に注射針をさして生理食塩水を入れるぐらいである。半リットルにもおよぶ生理食塩水を両方の太腿にいれられて、子どもの足は腫れ上がる。ふつうは看護婦がもんで散らしてやるのだが、人手が足りないのでそれができない。熱が高ければ解熱剤、脳の症状があれば鎮静剤を飲ませる。そういうなかで、一日に何十人、いや何百人もの死者が出ている……。

セイビンはつづけた。

「エキリを調べるとして、便のなかの菌を培養するためには、細菌学者がいる。それから、エキリの痙攣が脳性だとして、身体のなかの代謝にも関係があるのじゃないかと思う。だから生理学者か生化学者。それからもちろん、診察をする臨床小児科の医師。三人ぐらい、いりますねえ」

「なるほど」

「そういう調査団を東京へ送るとして、それを来年の夏のエキリの流行にあわせるというのはどうですか。うまくいけば、ひと夏でエキリは解明できるんじゃないか、そう思いますが」

サムスは目の前にのんびりと立っているセイビンをながめた。セイビンは去年の秋に東京で除隊したので、濃い髪がすっかりのびて波うっている。東部ニューヨーク市で育ち、ニューヨーク大学医学部をトップの成績で卒業したという。サムスのようにイリノイ州に生まれて、はやくから軍人の道をあゆんで来た者とは異質の、都会風の洗練された見通しと機知がある。そのセイビンが、エキリを調査する医学者をえらんで東京へ送ろうかという。

サムスはあっさりとセイビンに人選をまかせた。そして決まればいつでもこちらから招聘の手紙を出すと約束した。

セイビンが帰国したあと、秋が来た。十一月の木枯らしが吹くと、道を行く日本人がマスクをかけはじめた。伝染病の状況は、いっこうによくならなかった。日本人に黴菌《ばいきん》とたたかう体力がないのだ。それは子どものばあいにとくに明らかだった。

大阪でのことだが、このあいだ三万人の学童をしらべたところでは、六割の子どもが寄生虫をもっていたそうだ。みな胸幅がせまく、顔は蒼白で、二割が口内炎、一割が皮膚病にかかっていた。(9)東京では食糧事情がもっとわるく、行くところのない子どもたちがまだ上野の地下道で寝ている。

局で毎月まとめる統計を見ると、ことしの赤痢患者は二千人をこえそうだ。エキリや、そのほかの伝染病もあわせると三万人にちかい日本人が法定伝染病患者として隔離されてきている。(10)冬の訪れを控えて、サムスの局ではさしあたって日本人のための食糧の放出が課題となった。そして、夏の謎の感染症エキリはひとまず忘れられた。

だがセイビンがもどっていったシンシナティ小児病院では、エキリの話がはじまっていた。

1 「ハンター博士講演」『日本医師会雑誌』23巻、7号（この部分は１９４９年度日本寄生虫学会における講演のまえおき）１９４９年7月、４９５頁。

2 GHQ / PHW records No.00821-7. Tigertt, W. D. Letter to Budingh, G. John. February 18, 1947.

3 『毎日新聞』１９４６年7月22日、2頁。

4 与謝野光（当時、東京都庁予防防疫課勤務）１９９１年1月7日談。

5 Sabin, A. B., Schlesinger, R. W. et al. Japanese B encephalitis in American soldiers in Korea. *American Journal of Hygiene*, Vol.46, No.3, 1947, pp356-375.

6 Sams, Crawford F. Letter to Mueller, Paul (Chief of Staff), GHQ, August 3, 1946. Courtesy C. F. Sams Collection, Hoover Institution Archives, Stanford University.

7 「日本の嗜眠性脳炎について」『最新医学』１９４６年8月、54頁。

8 スティーブン・スペンサー「米国に於ける小児医療の進歩」『臨床内科小児科』3巻1号、１９４８年1月、39頁。

9 『毎日新聞』１９４６年12月15日、2頁。

10 『日本医事新報』１９４８年8月14日、21頁。

シンシナティ小児病院から志願軍医として米陸軍に入隊し、疫病研究に打ち込むアルバート・B・セイビン軍医少佐。

Gibbons, Robert V. et al. Dengue and US Military Operations from the Spanish-American War through Today-Historical Review. *Emerging Infectious Diseases*. Vol.18. No.4. April. 2012. pp623-630.

第二章　シンシナティ小児病院から日本へ

シンシナティ小児病院は、米国オハイオ州の中都市シンシナティ市の郊外にある。レンガ造りの建物が鳥の羽根のように東西にひろがって、それをすずかけの並木がふちどっている。十一月に入るとその葉が黄金色に染まって、散りはじめた。病院の職員用カフェテリアでは、いま昼食がはじまったところだ。

「オスカーの具合がわるいんだが、診《み》てくれないかな、サム」

といわれて、サムエル・ラポポートは目をあげた。オスカーというのは、病院の研究センターの動物室で飼われているチンパンジーだ。アルバート・セイビンが占領下日本から帰ってきて、これからとりかかるワクチンの研究のためにとりよせた高価な実験動物だった。

そのセイビンは、テーブルの向こう側に座るところだ。

「うつ病じゃないかと思う。オスカーにはそういう思索的なところがある」

「食い物だろう。チンパンジーだってビタミンCが要るんだよ」

とラポポートがいうと、セイビンはこたえた。

「毎朝オレンジをやってある」

ラポポートは欧風にナプキンをちょっと口にあてると、セイビンをながめた。日本から帰ってひと月がたつうちに、精悍にとがっていたセイビンの顔にまるみがついてきた。

カフェテリアのきょうの昼食の主菜はふたつ、豚肉のシチューか、牛ひき肉のパイだった。セイビンは豚肉シチューをとらず、ラポポートとおなじ牛ひき肉のパイをとっていた。ユダヤのしきたりでは、豚肉は食べないのだ。ユダヤ文化ではおさないころから研鑽することをたたきこむが、セイビンもラポポートもそのなかで育った。年齢はセイビンがすこし上だが、ふたりは友だちである。

シンシナティはユダヤ系移民の多い町で、街角ではまだドイツ語や、ドイツ語とヘブライ語がまざったイディッシュ語がゆきかう。セイビンは太平洋戦争の開戦二年まえに、ニューヨークからここへひっこしてきた。ラポポートのほうはウィーンからシンシナティに移住して、ことしで九年目だ。セイビンが生き馬の目をぬくニューヨークの街の秀才なら、ラポポートはヨーロッパ育ちとは思えぬ冒険好きで大胆なウィーンっ子だった。

おたがいの専門分野も、ふたりの友情をささえていた。セイビンはいま最盛の細菌学やウイルス学が専門である。そしてラポポートは、それにとって代わろうとする新しい学問、生化学を専攻していた。だからふたりの親しさは、実益をかねるところもある。

ラポポートはセイビンに約束した。

「あとでチンパンジー室へ行って、オスカーの血液をとって調べてみよう」

(血液検査の結果、オスカーはビタミンD不足であることがわかった。)

セイビンは礼をいった。

「すまん。かわりに、こんどのきみの論文原稿の校正読みをしておいた。《シンシナティ総合病院における急性下痢の処置について[1]》ね。ちょっとなおしたが、とてもいい研究だと思う」

「きみにそういわれると、うれしいね」

「この原稿、『小児科雑誌』へ送るつもりか」

「もちろん」

「それならさいごの《考察》のところに」

と、セイビンは白衣のポケットから原稿をとりだして、ページをめくった。

「《子どもが下痢をする原因は親の無知にある》とか、《その親の無知は貧しさから来る》とか、書いていいものかな。『小児科雑誌』は医学雑誌だし、保守的だよ」

「親は下水衛生の初歩も知らない。手を洗わないで不潔な食事をつくる。だから子どもが下痢をして、死ぬんだ。そのとおりだからそう書いた。貧しさや無知はほうっておかないで、たたかうものだよ」

それでこそきみだ、というようにセイビンが笑った。

「それならサム、占領下の日本へ行かないか。貧しいといえば、あそこほど貧しいところはないよ」

「日本。原爆の？」

一年半まえ、日本は広島と長崎に原爆を落とされて降伏した。その惨状、また原爆症についての報告は、米国でも革新系の新聞や医学専門雑誌に発表されて、ラポポートの目にとまっている。[2]

日本の医学についても、ラポポートは人づてに聞いていた。たとえばこの春の米国精神科学会では、

「日本の医学は、米英圏にくらべますと全体的に劣っております。日本の医師の研修はゆきとどかず、病院も、公衆衛生計画にしても、管理がずさんで古い(3)」と講演した医師がいた。おおむねそれが、軍医として占領下日本へ行った米国人医師の意見であるらしい。

そういうことを見聞きするたびに、ラポポートは日本の医師に同情した。そして傲慢な米国の医師たちにたいして、怒りをおぼえた。かれはヒトラーのユダヤ人迫害をのがれるため、ウィーンからシンシナティへ来た。移民だから米国の市民権はもっているが、心情はヨーロッパ人のままだ。

向かい側にいるセイビンも、少年のころロシアでユダヤ人迫害をうけ、家族とともにニューヨークへ渡ってきた。だからラポポートの気持がわからないわけではない。戦争の災禍についてはそれぞれの思いがあって、ふたりとも米国にたいして盲目的な愛国心はもっていない。

セイビンは占領下日本の話をつづけた。

「サム。日本にはふしぎな子どもの病気がある。エキリといってね。日本脳炎に似ていて、子どもだけがかかる病気だ。日本脳炎は蚊が媒介するウイルス病だが、エキリのほうは原因がわからない。そして、いまのところ日本では医学研究などとうぶんできない状態だ」

「やっぱり日本の医学者が劣っているからかね」

「ぼくはそうは思わないよ。しかしもともとドイツ医学をとりいれたうえに、戦争のせいで十年

ほども外国のあたらしい知識が入っていかなかったから、医学そのものは遅れている。それに、あれではなにをしろといってもむりだよ。その日に食べるものもないんだからね」

セイビンの昼食の盆には、牛肉のパイのほかに、温野菜、白いコテージ・チーズをそえた缶詰の黄桃のサラダ、ケーキにコーヒーがのっている。よく似た食事が、東京の米軍食堂などで出たものだ。その食事の残飯をいっしょくたに煮込んだものを、日本人が買っていた。新橋や新宿のヤミ市では、脂肪の浮いたどんぶり一杯のそれが、飛ぶように売れていた。

セイビンがそんなことを思い出しているあいだに、ラポポートはいま聞いたエキリという病気のことを考えていた。ラポポートは医師ではあるが、シンシナティ小児病院では臨床医ではなく、研究スタッフのひとりだった。患者の診察をするよりは、その血液をとって生化学的分析をするほうがじぶんに合っていると思っている。

ラポポートはウィーン大学医学部の学生であったころから生化学の実験をやりはじめた。医師免許をもってシンシナティへ来てからも、生化学をもっと学びたくてシンシナティ大学の大学院へ入学して博士号をとってしまった。だから「日本のエキリというふしぎな病気」も、生化学で解き明かすことができないはずはない、とまず思った。

セイビンはつづけた。

「いちばんの違いは、下痢があるのがエキリ、ないのが日本脳炎という点だ。きみはちょうどこの《シンシナティ総合病院における急性下痢の処置について》を書きあげたところだ。だから下痢には詳しいだろうし、もし来年の夏に日本へ行ってエキリを調べてみてもいいというなら」

「行こう」

ラポポートのこたえに、セイビンのほうがおどろいた。

「奥さんはいいのか」

ラポポートは、新婚三か月目の夫である。来年の夏には、はじめての子どもが生まれることになっている。

「インゲならだいじょうぶだ。わかってくれるよ」

とラポポートはうけあった。

三か月まえにラポポート夫人となったもとのインゲボルグ・シルムは一九一二年生まれで、ハンブルグ大学で医学を学んだあと米国へ亡命し、昨年小児病院でインターンを終えたところだった。いまは臨床医として小児病院に勤務している。ラポポートは三十代後半まで独身だったのに、インゲに出会って迷いもなく結婚した。インゲが生活だけではなく、主義思想をともにする妻となることがわかっていたからだ。ただの美人インターンにすぎなかったら、いかに思慮深く女らしい魅力があっても結婚はしなかっただろう。

インゲも、米国が原爆を使って日本で無差別の大量虐殺をおこなったことを、この上ない罪悪だと考えている。その被爆国日本に、エキリという病気があるという。日本人の子どもの命をそのエキリから救うために日本へ行くなら、インゲはよろこんで送り出してくれるだろう。それに赤ん坊の誕生予定日は、六月はじめだ。うまくすれば赤ん坊が生まれたすぐあとに、日本へ発てるかもしれない。

セイビンはそれを聞いて、エキリの説明を進めた。

「生化学をやるきみが日本へいくべきだと思うのはね。エキリにかかるのは子どもだが、母親の乳を飲んでいるあいだはかからない。また、八歳ぐらいになればもうだいじょうぶだというんだ」

「母乳を飲んでいればいいというなら、カルシウムだな」

即座にラポポートはいった。

「それに八歳を過ぎればかからないというのは、歯がしっかりはえて、食べものを噛んでカルシウムをとれるようになるからだろう。血液のカルシウム測定はやったのか」

セイビンはおだやかにこたえた。

「エキリじゃ物凄い痙攣を起こすんだ。そんな子どもから血をとってカルシウム測定なんて、日本の医師はいまそれどころじゃないんだよ」

「物凄い痙攣か」

血液のなかのカルシウム量が低くなると、筋肉が痙攣をおこすことは知られている。ラポポートは頭の中で、「カルシウム不足」という仮説の調査方法をいくつか組み立てた。それからふたりは具体的な相談をはじめた。

まずエキリを診断するべき臨床小児科の医師だが、

「そういえば、きみの《シンシナティ総合病院における急性下痢の処置について》の共著者はケティ・ドッドだった。じゃケティも、貧しさと無知についてはきみとおなじ意見なんだろうね」

と、セイビンがいった。

ケティ・ドッドは第一次世界大戦のすぐあとに、ジョンズ・ホプキンス大学医学部を卒業した。臨床小児科医となってテネシー州のヴァンダビルト大学医学部で小児科学を教えたあと、シンシナティ小児病院へやってきた。いまはシンシナティ大学医学部の小児科学準教授でもある。

ドッドの診断能力はだれもが知っていた。アフリカ系米国人の子どもの漆黒の皮膚にうっすらと出た赤みを見分けて、

「猩紅熱《しょうこうねつ》ね」

と診断するような、ずばぬけた観察力がある。むずかしい患者をかかえて、診断をつけられずに悩んでいる医師には、

「あの膵臓の嚢胞《のうほう》性繊維症の患者のことだけれど、どんな治療を考えているの?」

と、さりげなく病名を教えてやったりする。(4)

しかし、ドッドはもう五十歳をこえているはずだ。夏は涼しい山の別荘へ行くと聞く。そんな独身の裕福な女医が、真夏の占領下日本へ行くだろうか。

だが、ラポポートはうけあった。

「ケティはいつも、弱い者の味方だ。いまもギリシャの戦争孤児の救援にかかわっている。きっと行くよ。かわいそうな日本の子どものためだ、そういえばいいんだ」

そのとおりに、セイビンからエキリの話を聞いたドッドは行くとこたえた。ドッドはこのとき五十五歳、ゆたかな銀髪を無造作にわけて断髪に切り、縁の黒い眼鏡をかけて男物の腕時計をつけている。白衣の下は、いつも簡単な絹のブラウスと黒スカートだ。ほほえむと清潔な白い歯な

みがのぞいて、やさしい顔になる。だが嘘やごまかしがきらいで、つじつまのあわないことをいうと容赦なく論破される。

日本の夏はけっして快適ではないが、というセイビンのことばを聞いて、ドッドは思い出すことがあった。二十五年まえに、ドッドはボランティアの女医としてソ連のヴォルガ地方へ行った。そこで飢饉というものをはじめて体験した。ボストンの弁護士の娘として豊かに育ったドッドは、その困窮の生活に衝撃をうけた。数か月のあいだ夢中で荒廃した町で働いて、ついにリューマチ熱にかかってしまった。やむなく帰って来たが、そうでなかったらもっと長くヴォルガにいたと思う。

二十五年がたって、いまのドッドは体力には自信があった。冬でも日曜日にはハイキングにでかける。氷の張った真冬の小川など、くつを脱いではだしで渡ってしまう。シンシナティでも夏には華氏百度[5]をこえる日があるが、気にしたことはない。だから日本の暑さにまけるとは思われない。

ドッドの承諾で小児科臨床医は決まった。こんどはエキリと赤痢菌とのかかわりをしらべる細菌学者だが、それについてはドッドがジョン・バディングという細菌学者を推薦した。バディングはドッドがシンシナティに来るまえ、ヴァンダビルト大学医学部で教えていたころの学生だった。医学部を卒業して、グッドパスチュアという米国細菌学界の長老学者の弟子として研究をつづけ、いまはヴァンダビルト大学医学部の細菌学準教授になっている。

そのバディングなら、セイビンも知っていた。ついこのあいだの学会でかれの発表を聞いて、セイビンはちょっと助言をしたことがある。(6)ひらめきに満ちた方法はとらずに、地道な研究をじっくりつづけるというタイプだ。エキリの子どもから便をとって、そこから細菌を培養するというなら適任だろう。

テネシー州ナッシュビルに住むバディングに連絡をとると、バディングもすぐに承諾した。かれはこのとき四十三歳、妻とふたり暮らしで、敬謙なクリスチャンでもある。恩師であるドッドからさそわれて、エキリ調査への興味をそそられたのはいうまでもない。また基礎医学の研究者にとって、極東の国で臨床医学の研究をするなど、めったにない機会だ。かれはよろこんで行くとこたえた。

ここに五十五歳のドッドを団長として、四十三歳のバディング、三十九歳のラポポートという「エキリ調査団《コミッション》」の人選ができた。セイビンはすぐに東京のサムスに航空便を出した。(7)もう一九四六年（昭和二十一年）の晩秋になっていた。

ドッド、バディング、ラポポートの三人が夏の研究休暇を申請しているあいだに、セイビンは首都ワシントン郊外にある国立保健研究所の公衆衛生機関に研究費を出すよう働きかけた。そして熱帯病研究会からエキリ研究費が下りることになった。

十二月に入るとシンシナティではクリスマスセールがはじまり、貧民への寄付をうながす救世軍の鐘が目抜き通りにひびきわたる。セイビンは三人にそろそろ日本で入り用のものを考えておくように、とすすめた。ＧＨＱのサムス大佐は新年には正式な招聘の手紙をくれるだろう。三人がしごとをするのは米陸軍付属の第四〇六医学総合研究所のほかにはないが、そこの所長のティガート中佐には研究室の用意をたのんでおいた。あとはめいめいで、必要なものについての連絡をとりはじめてほしい。

するとドッドが笑った。

「臨床の医者というものは、聴診器とふたつの目があれば、どこへでも行けるのよ。たいへんなのは検査をするサムとジョンのほうですよ。早めにその軍の研究所へ手紙を書いて、そこにないものは荷づくりすることね」

ドッドのことばにしたがって、バディングとラポポートは必要な検査器具の心づもりをはじめた。

こうしてセイビンは、帰国したその年のうちに調査団の人選を終わって、日本でのエキリ研究の手はずをととのえた。セイビンがえらんだのはじぶんに似て実行力に富んだラポポート、ラポポートに劣らぬ行動派のドッド、そしてドッドの弟子でまじめな研究者であるバディング、という三人だった。

この三人が考えていたエキリ研究の目的は、日本の謎の感染症エキリを解明して国際医学に貢献すること、患者である子どもたちの命を救い、同時に米国の進んだ医学を敗戦国日本に伝えること、というようなものだった。だが三人を招く側の東京の占領軍関係者たちの思惑は、それとはすこしちがっていた。そのために、調査団が到着するまでの半年のあいだに、いくつかの事件が東京で起こることとなる。

1 Weihl, C., Rapoport, S. & Dodd, K. Treatment of acute diarrhea in the Cincinnati General Hospital during the years 1944 and 1945. *The Journal of Pediatrics*, Vol.30, January-June, 1947, pp51-53.

2 米国共産党の機関紙 *The Daily Worker*（働く人）ニューヨーク本部版は１９４５年後半以降、しばしば日本の原爆災害についてのニュースをのせた。

3 Cotton, H. A. and Ebaugh, F. G. Japanese neuropsychiatry, *American Journal of Psychiatry*, *Vol.103*, November, 1946, pp342-348.

4 "Dodd, Dr. Katharine." In: Cattell, Jacques. *American Men of Science, A biographical directory*, 10th edition. Vol.1(A-E). The Jacques Cattell Press Inc. Tempe, Arizona, 1960, p959. Weech, A. Ashley. "Katharine Dodd." *The Journal of Pediatrics*, produced by 27 of K. Dodd's former students, Vol.60, No.5, May, 1962. pp650-653.

5 摂氏では37・8度にあたる。

6 Buddingh, G. John. Virus stomatitis and virus diarrhea of infants and young children. *Southern Medical Journal*, *Vol.39*, 1946, pp382-390.

7 GHQ/PHW records. No.00821. Sabin, Albert B. Letter to Sams, Crawford F. November 11, 1946.

ベセスダ通り（左下ななめの通り）に面したロータリーを三方から囲んで建てられたシンシナティ小児病院。その背後の、病院より高く黒ずんで見える四角いビルが付属研究所。Courtesy The Cincinnati Children's Hospital.

エキリ調査団の生化学者サムエル・ラポポート博士。Courtesy Dr. Samuel Rapoport.

第四章　ＧＨＱの思惑

東京では、昭和二十一（一九四六）年がおわろうとしていた。ＧＨＱ公衆衛生福祉局長のサムスはこのころようやく帝国ホテルを出て、米軍が接収した洋風の邸宅に移った。もとイタリア人外交官が住んでいた家で、しっかりしたモルタル造りで広い庭がついていた。

これまでヴァージニア州の家で留守を守っていた妻と次女のパトリシアは、客船で日本へ向かっていた（長女イヴォンヌは若い軍医と結婚したところだった）。サムス一家はこの邸宅で秋田犬を一頭飼って、メイドや運転手とともにあたらしい生活をはじめることになった。[1]日本に上陸してから一年四か月、サムスはほとんど休日なしに仕事をしてきた。きたる昭和二十二年にはもうすこし時間のゆとりをもつことができると思う。

とにかくことしはたいへんな年だった。一月には戦争に協力した者の公職追放。二月には旧円が新円に切り変わった。三月に発疹チフスの流行がはじまり、四月が総選挙、夏は食糧の放出に追われた。秋に入ると病院で医師や看護婦を含む職員ストライキがつづき、十一月にはあたらしい日本国憲法が発布された。

そして十二月、シンシナティのセイビンから航空便が舞いこんだ。エキリ調査のための研究者三人が、日本行きを承諾したという。サムスはすぐに手続きを始めた。

セイビンによると、三人は昭和二十二年の六月に来て、八月末には研究を終えるつもりだそうだ。そういうことなら、第四〇六医学総合研究所へ行ってもらうよりほかはない。所長のティガート軍医中佐にエキリ調査団のことを説明し、研究室の手配をたのまねばならぬ。薬品や器具も、米軍からまわしてもらうことになる。

だが米軍もそれに属するティガートも、米国の国益にならないことにはあまり協力しないことになっている。はたしてエキリ研究が、米国の国益になるだろうか。

ＧＨＱのサムスの局は、十三の課にわかれていた。いちばん大きいのは防疫を受けもつ予防医学課で、十人の課員がいた(2)。サムスは課長のルシウス・Ｇ・トーマス軍医中佐を呼んだ。

「エキリ調査団招聘のための、メモを書いてほしい」

「イエス、サー」

トーマスも、エキリについては知っている。

「エキリ調査の、目的だが」

といいながら、サムスはセイビンからの手紙に目を落とした。セイビンは調査の目的を、エキリの原因の解明としている。そして原因としていくつか考えられることをあげていた。新種の細菌か、ウイルスか、小児赤痢か、サルモネラ菌による食中毒か、それともなにかの生化学的な原因によるものか。サムスはそれをトーマスに伝えてから、いった。

「そういうことを調べるとして、問題は、なぜ米国が費用をはらって調査団を招くのか、なんだが」

これについてはセイビンはあっさりと、

「日本や極東のほかの地域の子どもたちがエキリにかからぬよう予防でき、またこの地方の感染症の知識も得られるわけです(3)」

と書いている。サムスはセイビンからの手紙をトーマスに渡した。

「医者が読むなら、これでいい。だが軍には、これでは足りない。エキリ調査が米国にとってどんな国益があるか、きみは軍やティガートから文句が出ないようなメモを書いてほしい」

「わかりました」

「エキリ調査は占領軍のために必要だ、と書いてもいい。それから、人道的にも必要だと書きたまえ。いまの日本の医師たちにまかせておいてはエキリの解明は無理だとか、このままにしておくとこの夏もまた子どもがたくさん死ぬ、とかな。軍もティガートも、子どもがかわいそうだという気持はあるんだ」

「局長はどうお考えですか」

「なにを?」

「エキリ調査団をよぶのは、日本の子どもの命を救うためだけですか」

「ほかに何か、あるかね」

サムスの灰色の目に、おもしろがっているような色がうかんだ。

「たとえば、いかに占領軍が日本の子どもの健康を気づかっているか、という宣伝に使えます」

「そうだな」

「それから、エキリを解決して米国医学が優秀であることを証明することもできます。なにしろドイツ一辺倒なんですからね、日本の医者は」

「そして日本の医者に、米国医学を教えることもできるな」

「サー？」

と、トーマスが聞き返した。

「米軍の第四〇六医学総合研究所で研究をして、どうやって日本の医者に米国医学を教えるのですか」

「まあ、すこし考えてみよう」

この計画は、もっとひろい展望のなかにはめこめるのではないか。サムスはエキリ調査団について、まだすこし考え足りないような気がしていた。

トーマスは予防医学課のじぶんの机へもどってきた。この計画が占領軍にとってぜったいにマイナスとならないことを考えてみる。子どもの命を救うことには、もちろん意義がある。そのうえＧＨＱの医療対策の宣伝にもなるし、米国医学がすぐれていることもはっきりする。むろん、ひと夏でエキリが解明されればだが、米国医学の最先端にいる医学者が三人も来るのなら、きっと解明できる。

トーマスは秘書のヘトリック夫人に声をかけた。

「速記をたのむよ。題は、エキリ調査団招聘についてのメモ、だ。ええと、箇条書にしてほしいね。だらだらと文を書くのはむだだからね。まず第一には」

トーマスはサムスから渡されたセイビンの手紙をいいかえて、もっと詳しくした。それからそこここに、思いつくかぎりの占領軍礼賛と宣伝をつけくわえた。(4)

「日本の医学研究が非能率的であるために、エキリの原因がいまだに究められていない」

「エキリの原因調査は、日本の医学者には無理な研究である」

「このまま日本の医師たちが、自力でエキリの原因を調べて明らかにできるかどうか疑わしい」

まったくこのとおりだ、とトーマスは思った。エキリは法定伝染病だから、患者が運びこまれるのは、たとえば都立の伝染病院である駒込病院だ。その駒込病院のありさまときたら、じっさいに見なければ信じられないとはこのことだ。

駒込病院は終戦の年の空襲で三百床を失った。院長の家も全焼したので、かれは以来病院の一室に住んでいる。廊下まであふれた入院患者に加えて、毎日上野公園から病気の浮浪者がトラックで連れてこられる。よごれた肌から垢がぼろぼろおちて、そのあちこちにゴマ塩をふりかけたようなのはシラミだ。(5)人手はまったく足りず、そのなかで医師と看護婦(6)が走りまわっている。ここでエキリの研究など、論外である。

トーマスはメモの仕上げに、このエキリ調査団がいかに占領軍のためになるかを書きこんだ。

「日本の子どもたちをエキリからまもることは、占領軍関係の子どもたちをまもるために重要である」

これでいい、だれかが統計をたずねさえしなければ。

ほんとうは、昭和二十一年夏のエキリ入院患者は、駒込病院で六十四人だった。東京都の子どもの数からすれば、数千人にひとりという発病率である。うち亡くなったのは二十人だ。

そのうえ日本人居住区は《オフ・リミッツ》となっていて、占領軍関係者の立ち入りは禁止されている。だから占領軍の子どもは隔離されていて、日本人と接触する機会などまったくない。接触の機会があるとすれば日本人メイドや運転手だが、かれらは雇われるまえに予防接種をうけている。つぎからつぎへとワクチンをうたれて、熱をだして寝込むメイドもいるぐらいだ。要するに占領軍の子どもがエキリにかかることなど、まずないのである。

だがトーマスのメモは功を奏した。一月の末に調査団の招聘が確定し、第四〇六医学総合研究所のティガート所長はすぐに調査団の三人に招待の手紙を出した。時を移さず返事をよこしたのは、ナッシュビルの細菌学者バディングだった。

昭和二十二年の二月に東京へついたその手紙は、ていねいな挨拶ではじまっていた。それからじぶんの経験では米軍の医学研究所というのはたいへん優秀だったので、この夏もおなじような援助をうけられると確信している、多くの症例を急いであつめるよりは、いくつかをゆっくり調べて、「糸口」だけでも東京でみつけることができれば満足だ、などと書いてあった(7)。

ひかえめで如才のない男だ、とティガートは好感をもった。それですぐに、薬品や器具はすべて用立てることができるから心配しないように、と返事を書いた。ついでにバディングが東京へ来てがっかりしないように、日本人についての忠告もしておいた。

「研究活動をするにおいて、日本人に手早い仕事をさせることがほとんど不可能に近いことは、夏が終わるまでにご理解いただけるところとなるでしょう(8)」

ていねいなバディングにくらべるとシンシナティ小児病院のラポポートはまったくちがってい
て、ティガートはあきれてしまった。ティガートあてに手紙がきたのが、招聘の手紙を出してか
ら二か月たった昭和二十二年の四月だ。挨拶もなくだしぬけに、じぶんのする検査はこれとこれ
だから、米軍の医学検査パンフレットのとおりに材料を用意するように、と書いてある。それか
らそれぞれの検査について七項目の注意書きがあり、つぎに追伸があった。

「いま思いついたのですが、冷蔵庫と氷室のほうもよろしく」

そのうえにまだ六ページ、ガラス器具やカルシウム測定についてのメモがついていた(9)。

こうしてエキリ調査団がティガートと手紙のやりとりをしながら出発の用意をしていたころ、サムスの局では夏にそなえてふたたび徹底した伝染病予防の計画をたてていた。この昭和二十二年春のことを、ボウフラやウジの始末まで進駐軍（占領軍）に命令されて、自ら進んでやれぬことが情けない、と新聞がのちにいっているが(10)、サムスの部下たちは町へとびだし、率先して仕事をした。ハエ、蚊、ねずみ駆除撲滅運動、発疹チフスの予防注射、町内で取り組む虫とり班、飲食店の衛生監視、セキリ・エキリについてのポスターも貼り出された。

その指揮をとるうちに、サムスはエキリ調査団をも、この伝染病予防計画に組み入れることを決心した。夏までに予防衛生を専門とする研究所をつくって、そこでエキリ調査団に研究をさせ、日本人スタッフに米国の医学研究を紹介する、というのである。

それまで日本に予防衛生学がまったくなかったわけではない。明治十六（一八八三）年には『大日本私立衛生会雑誌』が発刊されており、それが大正十二（一九二三）年に『公衆衛生』と改題

されてまだつづいている。[11]

明治のころから小学校では子どもたちに嗽《うがい》をさせたり手を洗わせたりし、強制種痘計画もあり、召集された日本軍の兵員はかならずチフスの予防注射を受けることになっていた。京都帝国大学医学部教授の戸田正三のもと、日本予防医学会が設立され、『国民衛生』が大正十二年から刊行されている。[12] 戸田正三は医学部の教室で、

「諸君。台風がきて、洪水になった。医師として救助にあたらねばならん。乗っていく小舟に、なにをのせるかいってみろ」

「救急薬です」「毛布でしょう」「にぎりめしもいります」

「馬鹿。大水が出たときにいるのは、水だ」

「……」

「飲み水だ、諸君」

というような講義をしていた。

だがサムスの考える公衆衛生はもっと大がかりなものだった。大洪水になってから助けにいくのではおそいのだ。洪水（病気）は予防すべきものだ。

洪水の先手をうって川岸に堤防をつくることと似て、防疫のわくを国民全体にひろげ、衛生を根底から積み上げて、それによってすべての国民に健康をもたらす。莫大な財源を必要とするが、政府のつとめは貧しい者の健康も富める者の健康も平等に守ることだ、という発想に立てば、予防のほうが治療をするより安いのだ。

サムスは二年まえ上陸して、日本にそういう考え方がないことにおどろいた。たとえばワクチンは日本でもつくられ、予防接種もなされていた。ところがそのワクチンは、だれが製造してもいいことになっていた。ワクチンの効力を検定する政府の機関もない。[13] 予防接種は国の責任だ、という考え方がないのだった。

一年半のあいだ、サムスの局は厚生省（現厚生労働省）を指導して種痘をやりなおし、ワクチンや血清の生産を監督し、厚生省のなかの衛生局を予防局と公衆保健局にわけた。また都道府県庁の衛生課に公衆衛生監視員をおいた。保健所を拡充する計画も進んでいる。ここでひとつ、政府に所属する予防衛生研究所が東京にあってもいい、そうサムスは考えた。

ついては、首都ワシントンの空港から車で三十分ぐらいのところに米国国立保健研究所というのがある。敷地にはがん研究所、眼科学研究所、公衆衛生研究所といった研究所があつまっていて、中央には全米一の医学図書館がある。研究費はふんだんに政府からおり、若手の人材が研修のためにあつまる。ここからは毎年たしかな研究成果があがって、それらはたちどころに政府の保健政策にとりいれられる。

占領下日本でおなじものをつくるのは無理だ。しかしせめて米国の公衆衛生研究所にあたるものを、日本にもつくっておきたい。ここではワクチンの製造や検定、伝染病の調査など、国民のための保健業務とそれにかかわる研究をする。その成果は保健政策にすぐさまとりいれる。

いま東京大学に付属して、伝染病研究所というのがある。さしあたってこれを接収して厚生省の一部とし、予防衛生研究所とする。研究員にはもとの伝染病研究所の人員をそのまま当てればいい。それならだれも失業しないし、伝染病の研究をつづけることにかわりはないから、反対もないだろう。

ここでエキリ調査団が、模範研究をやる。日本側と協力しながら、米国医学研究のありかたを紹介する。いまはまだ春だ。いそげばエキリ調査団が来る六月までに、日本でさいしょの予防衛生研究所を設立できるだろう。

GHQからの通達をうけとって、港区白金台にある伝染病研究所は大さわぎになった。東京大学に付属していた伝染病研究所が、厚生省付属の予防衛生研究所となるという。

ここの所員は、だいたいが戦前の東京帝国大学医学部の卒業生だ。しかし医師として開業もせず、教職にも管理職にもつかず、ただ研究をしたいと思ってここへ入ってきた。そういう者に、これから厚生技官、つまり役人になれという。役人になれば、学問の自由は、大学の自治独立は、そして創立者で国際的細菌学者北里柴三郎（一八五三〜一九三一）からつづく細菌学研究の伝統は、どうなるのか。

GHQは学問や研究の自由にまで干渉するのだ。終戦の年の秋にも、GHQは日本国内に残っていた数基のサイクロトロンをむりやり廃棄させた。あれは日本の核エネルギー研究の息の音をとめるためだった。こんどはここをつぶして、日本の医学研究を根絶やしにする気だ。

けっきょく伝染病研究所をまっぷたつにわけるという奇抜な案で、サムスは妥協した。伝染病研究所の建物を右と左にわけ、片方はそのまま伝染病研究所とし、もう片方を予防衛生研究所とする。

所長には小林六造もと慶応大学教授が来ることになった。副所長は東京大学教授であった小島三郎がひきうけた。そして、十四人の研究員が伝染病研究所から厚生技官となって移ってきた。そのひとりが、このとき三十三歳になっていた福見秀雄である。

福見は四国の松山市の出身で、東京帝国大学医学部を昭和十三年に卒業して伝染病研究所へ入った。研究が好きだったし、じぶんの性格として心にもないおせじがいえず、これでは医者になってもだめだろうと思ったためもある。

戦争中も思うところがあって、軍医予備員に志願するのを断わった。すると《非国民》ということで、即刻懲罰召集された。あのとき輸送船が敵に沈められて出払っていなかったら、二等兵のままレイテ島へ送られて、死んでいたところだった。

GHQ命令がきて大さわぎが始まるまえ、福見は『微生物の世界』という本を書いていた。手のひらにのるような本だった。医学博士号をもち、研究論文をつぎつぎと発表している学究が書くものとしては、装丁も質素だ。たのんできた出版社も高山書店といって、大手とはいえない。

だが福見はまえがきでじぶんの気持を説明しておいた。

「私は毎日細菌学の実験室で、細菌や、リケッチアや、ヴィールスのような、いわゆる小さい生物のいろいろのおもしろい性質を研究しています。微生物の世界にはいりこんで、その世界の住人たちと、いろいろの話をし、また話をきいているのです。

彼らの不平をきき、自慢ばなしに感嘆し、食べ物から、燃料、便所まで見学します。そこには、小さいながらも1個の生命の力強い息吹きを感じます。細菌が生物体の中で死力をつくして自分の生存権を守らんとする苦闘の姿、それとしのぎをけずる生体細胞のはげしいせりあいを、息を殺して見守ります。それは生命と生命との真剣な接触です。妥協をゆるさない戦場です」(14)

GHQ命令で四月には日本の教育制度が六三制にかわることになっている。かなめとなるのは六の次の三、つまり中学校でのあたらしい義務教育だ。しかし準備ができていない。とくに理科では教師もおらず、教科書さえない。そういう時だからこそ、自然と生命の奥深い神秘を若いひとたちに語りかけたい、それが福見の気持だった。

酸とアルカリ、蛋白質を構成するアミノ酸、酵素。赤痢菌のビタミンとなるニコチン酸。血清。スルフォン・アミド。福見は数か月かかって、項目をひとつひとつ書き上げた。あとがきにはこう書いた。

「見てきたように語りましたが、それがよし空想の中に消え、夢の中に沈んでも、私はこの話によって諸君に、生命の不思議をとおして生命の神秘の扉を開きたい誘惑をあたえたことと思います。あなたたちが、この誘惑によってさらに深く、生命の探求に志《こころざ》されれば、わたしはそれで満足なのです」

だが、福見は満足していなかった。ほんとうのことを、ありのままに、わかってもらえるように書けたかどうか。

「読み直してみますと、はじめの計画とはよほどかけはなれた、ちぐはぐのところやとりとめのない理くつがならべられているところを、どうにもしようのない気持ちでながめるだけです。そして、全部をもう一度新たに書き直してみたい気持ちにかられるのです。
とにかく私は私としての最大の努力をついやして、生命の泉をわきでるままにくみとろうとしました。そして、そのさわやかな一極を諸君にもわかちたいと思いました。その心だけをくんでいただきたい、そして、みなさんも、さらにいろいろの実験をされ、また書物をよまれて、深く深く生命の本質を理解するように努力して下さい」

このようなことを考えている人間が、予防衛生研究所設立反対運動を熱心にやらなかったのは当然だった。そうでなくとも、暮らしは苦しかった。たばこの『コロナ』が十五円にあがり、米のかわりに蒸しかぼちゃ、おかずは菜っ葉の煮つけなのだ。だから福見は恩師の小島三郎副所長にすすめられるまま、伝染病研究所から予防衛生研究所へ移ってきた。

昭和二十二年五月二十一日、福見はできるだけの服装をととのえて研究所へ出かけた。きょう、予防衛生研究所が正式に開所することになっている。開所式の会場は正面の前庭だ。福見が厚生技官のための席に座っていると、そばで厚生省からきた男が、

「今日は曇るのが当然ですよ」

といっている。見上げると、空はたしかに曇っている。

「晴れる道理がないじゃありませんか。まだ暴風雨にならないだけましですよ」

とうとうサムスに押しきられた。その日本側の無念が、今日の空を曇らせたというのだ。(15)

福見はしかし、この日それほどの反感をもって式に出かけてきたのではない。じぶんの研究課題は流行病だ。それなら東京大学より厚生省の研究所の方が都合がよいのではないか。研究費も多いだろうし。

福見は駆け引きも嫌いで、英語をしゃべることもそう好きではない。だからここまでのなりゆきを黙って見てきた。その観察をあわせると、たしかにサムスのやり方には日本側の気持を尊重するところがあまりないと思う。しかしまた、サムスがかならずしもみながいうような悪党ではないと思うのだ。行き違いのひとつは、ことばが通じないことから来るのではないだろうか。通訳政治ということばがある。通訳をすると、通訳者の気持によってどうしても表現が変わったり解釈がゆがんだりするものだ。

式がはじまった。まず壇のうえで、新所長の小林六造が式辞をのべた。

「本日ここに予防衛生研究所の開所式にあたり、ご多忙中にもかかわらず、連合軍総司令部ならびにわが国朝野の多数名士のかたがたのご臨席をえまして、ご挨拶を申し上げる機会をえましたことは、わたくしのもっとも光栄とするところであります」(16)

つぎの拍手の音で、福見はまた目をあげた。サムスが連合軍総司令部貴賓席から立ち上がったところだった。ぴたりと仕立てた軍服。四十代なかばで、額の両脇がうすくなりはじめている。あごが四角く、顔立ちは男前だとはいえない。鼻の下の口髭がちょっと喜劇役者を思わせるが、まじめな口元が自律と強い意志をあらわしている。

サムスは壇にあがると、マッカーサー元帥からの祝辞を代読した。サムス自身はきのう記者会見をして、この研究所について長い演説をしておいた。そしてむすびに、「日本政府が、その代表するひとびとの厚生を保護するために、熟慮のすえの判断と先見をもって、このような責任を負われるということは、まことに心あたたまることであります」[17]

とつけくわえて、研究所設立がＧＨＱ命令だったことにはわざとふれなかった。ＧＨＱの方針として、すべての改革は日本政府の自発的発想であるようにいいまわすのがならわしになっている。自発的発想なのだから、局はＧＨＱ民間情報教育局の検閲支隊にも手をまわして、新聞が載せようとした所員たちの反対運動の記事を削除させてきた。[18]

昨日のサムスの演説のまとめはけさの新聞にのっていた。[19] 福見もその記事を読んで来た。記事のさいごに、予防衛生研究所での研究の手始めとして来月、米国から「医学委員会」が到着すると書いてあった。

これについては、式のなかばで説明があった。「医学委員会」というのは、英語のエキリ・コミッション（エキリ調査団）のことだそうだ。このエキリ調査団は来月やってきて、ここでエキリの研究をするという。

日本側は唖然とした。そういえば、あと十日たつと六月だ。エキリの季節がはじまる。だが、なぜ日本のエキリを米国の医者が調べに来るのだ？　研究所の前庭は私語でざわめいた。

福見はしかし、冷静に考えていた。細菌学者として、エキリが謎の感染症であることはよく知っている。調査団が米国から派遣されるというのなら、それは占領軍の乳幼児がエキリの犠牲にならないよう守るためではないか。エキリの原因が不明で、したがって治療方法もわからないのだから、向こうがそういう手を打つのはむりからぬことだ。

だが、サムスは予防衛生研究所をまだ見ていない。ＧＨＱ一行は、式のあとで建物を視察することになっている。

福見は笑うわけにもいかず、あごをぐっと襟のなかにうずめた。棟から棟へ、すべての器材は伝染病研究所へ引きあげられていた。新設の予防衛生研究所には、中身がまったくないのだった。

1　C・F・サムス（竹前栄治監訳）『DDT革命』岩波書店、東京、1986年、400頁。
2　竹前栄治、笹本征男「GHQ・PHWの組織と人事」『東京経大学会誌』156号、1988年6月号、275頁。
3　GHQ/PHW records. No.00821. Sabin, Albert B. Letter to Sams, Crawford F. November 11, 1946.
4　GHQ/PHW records. No.00821-7. Thomas, Lucius G. Memorandum for record. January 10, 1947.
5　東京都立駒込病院『駒込病院百年史』第一部、第一法規出版、1983年、654頁、376－378頁。
6　看護師を当時はこのように呼んだ。以下同様。
7　GHQ/PHW records. No.00821-7. Buddingh, G. John. Letter to Tigertt, W. D. February 8, 1947.
8　GHQ/PHW records. No.00821-7. Tigertt, W. D. Letter to Buddingh, G. John. February 18, 1947.
9　GHQ/PHW records. No.00821-6. Rapoport, Samuel. Letter to Tigertt, W. D. April 26, 1947.
10　『朝日新聞』1947年8月27日。
11　『公衆衛生』41巻1号、1919年、1頁。
12　戸田正三「発刊に際して」『国民衛生』1巻、1923年、1－7頁。

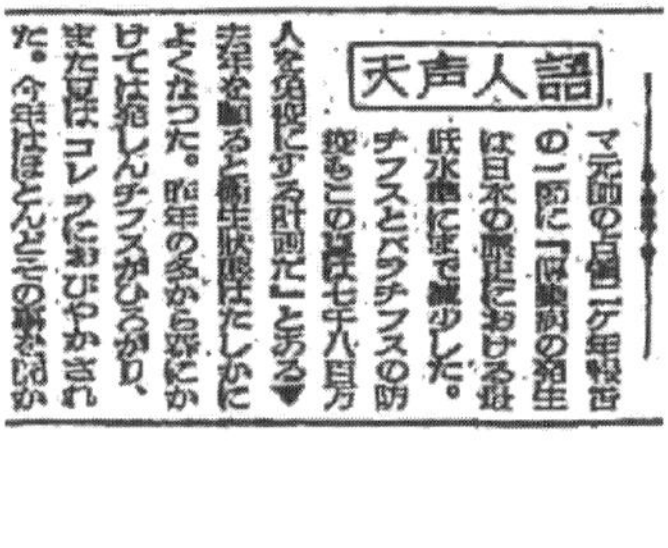
天声人語

▼元帥の占領一ケ年報告の一節に「戦前の発生は日本の歴史における最低水準にまで減少した。チフスとパラチフスの防疫もこの政策は七千八百万人を免疫にする計画だ」とある▼去年を顧ると衛生状態はたしかによくなった。昨年の冬から春にかけては発しんチフスがひろがり、また夏はコレラにおびやかされた。今年はほとんどその話を聞か

後に国立予防衛生研究所長となって活躍した福見秀雄博士。（朝日新聞社提供）

13 Sams, C. F. Supreme Commander for the Allied Powers. Summation of Non-Military Activities in Japan and Korea, Section 1, *Public Health and Welfare*, September / October, 1945, p11.

14 福見秀雄『微生物の世界』高山書店、東京、1947年、1－2頁、215頁、216－217頁。

15 『日本医事新報』1947年6月11日、13頁。

16 小林六造「開所式式辞」『予防衛生研究所年報』1巻1号、1947年、88頁。

17 「サムス大佐の談」Speech on the National Institute of Health to be delivered by Colonel Crawford F. Sams, Chief of the Public Health and Welfare Section, SCAP, at a press conference on May 20, 1947.『予防衛生研究所年報』1巻1号付録、1947年、76頁。"NIH opens." *Stars and Stripes*, May 22, 1947.

18 GHQ/CIS Record. CIS01024. Malloy, Patrick J. Log of stories referred to or checked with SCAP Sections. Press, pictorial, and broadcast division. District I. News Agency Subsection, Confidential, March 14, 1947. ゲラ刷は朝日新聞、毎日新聞および共同通信が提出した。

19 『朝日新聞』1947年5月21日、2頁。

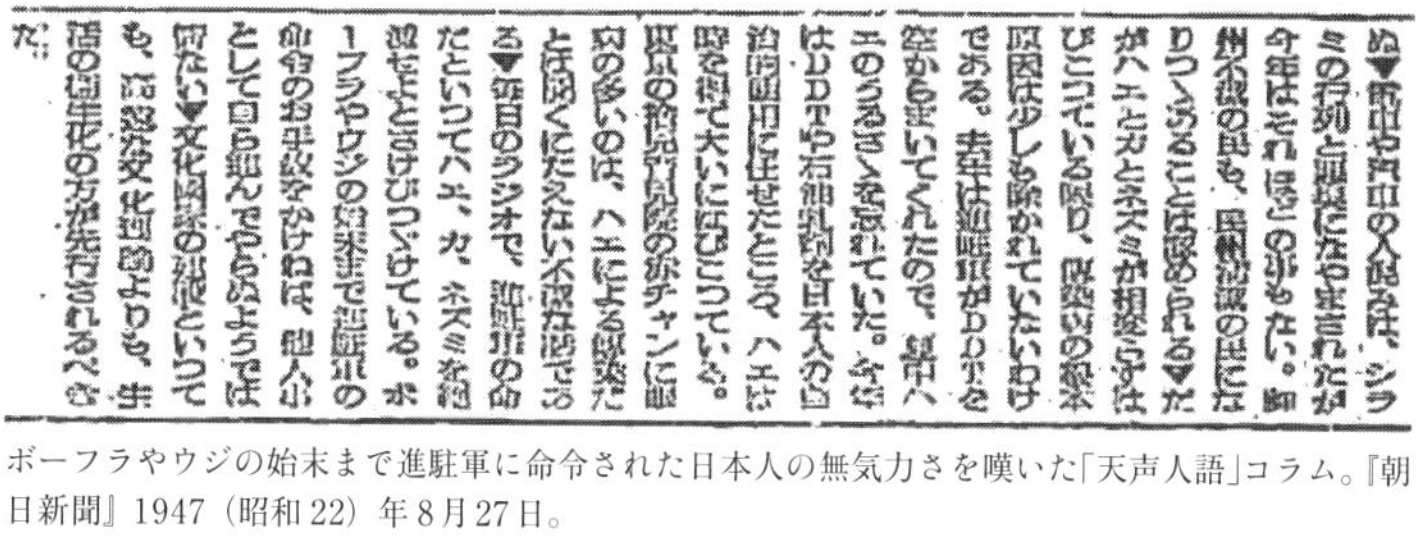

ボーフラやウジの始末まで進駐軍に命令された日本人の無気力さを嘆いた「天声人語」コラム。『朝日新聞』1947（昭和22）年8月27日。

予防衛生研究所の開所と、ここで実施されるエキリ研究計画を報じた記事。
『朝日新聞』1947（昭和22）年5月21日

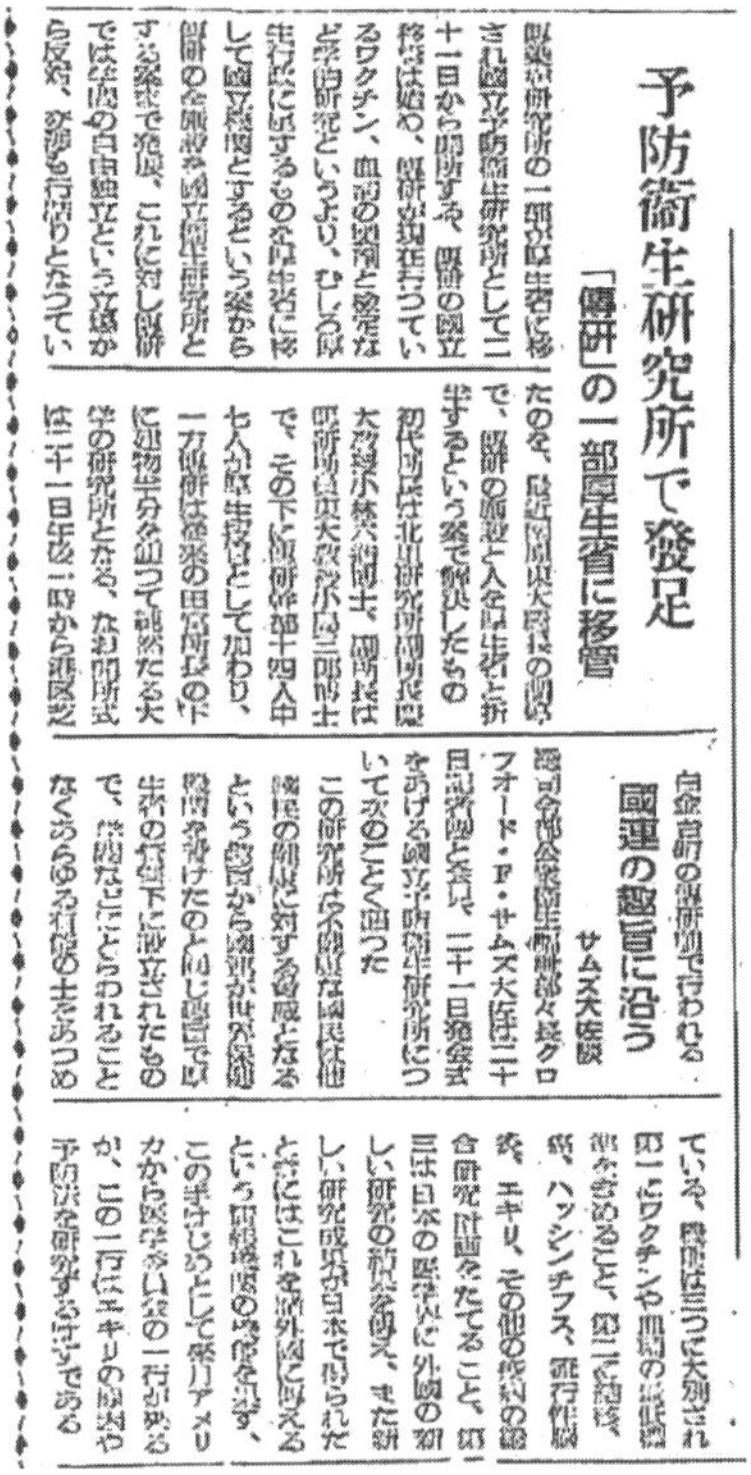

予防衛生研究所で發足

「傳研」の一部厚生省に移管

傳染病研究所の一部が厚生省に移され國立予防衛生研究所として二十一日から開所する、傳研の國立移管は始め、傳研が現在行っているワクチン、血清の製造と純粋など基礎研究というより、むしろ厚生行政に直結するものを厚生省に移して國立機関とするという案から傳研の全施設を國立衛生研究所とする案まで発展、これに対し傳研では学問の自由独立という立場から反対、紛争も行詰りとなっていたのを、最近関屋東大総長の調停で、傳研の施設と人を厚生省と折半するという案で解決したもの初代所長は北里研究所副所長慶大教授小林六造博士、副所長は東研究所長兼東大教授小島三郎博士で、その下に傳研部十四人中七人が厚生技官として加わり、一方傳研は従来の田宮所長の下に研究所を分けて純然たる大学の研究所となる、なお開所式は二十一日午後一時から

國運の趣旨に沿う

白金台町の傳研側で行われる

サムス大佐談

總司令部公衆衛生福祉部長クロフォード・F・サムス大佐は二十日記者団と会見、二十一日発会式をあげる國立予防衛生研究所について次のごとく語った

この研究所は大規模な国民保健機関の創設に対する前提となるという意図から各国が衛生保健機関を設けたのと同じ趣旨で政府の行政下に設立されたもので、傳研などにとらわれることなくあらゆる有能の士をあつめている、機能は三つに大別され第一はワクチンや血清の検定機関たること、第二に結核、性病、ハッシンチフス、流行性脳炎、エキリ、その他の疾病の総合研究計画をたてること、第三は日本の医学界に外国の新しい研究の結果を伝え、また新しい研究成果が日本で得られたときにはこれを海外諸国に伝えるという国際機関の役目を果す、この手はじめとして近くアメリカから医学者の一行が来るが、この一行はエキリの原因や予防法を研究するはずである

東京大学に付属していた伝染病研究所。1947年5月に中央から二等分され、右側が厚生省付属の予防衛生研究所となった。現東京大学医科学研究所。

第五章　さいしょの決断

サムスは憮然としてＧＨＱに帰ってきた。

エキリ調査団が来るから、予防衛生研究所をつくったわけではない。いろいろ計画がゆきかううちに、エキリ研究と予防衛生研究所が噛《か》み合った。占領下日本のあたらしい研究所で、医学の最先端にいる米国の研究者がエキリを研究する。相互の協力をとおして日本の医学研究のレベルが上がり、エキリは解明される。

いま、エキリ調査団は米国で出発の用意をしている。予防衛生研究所も開所式にこぎつけた。きょう五月二十一日、その研究所をはじめて見た。すると中になにもなかった。伝染病研究所は「人員、建物および設備の約半分」を厚生省に譲ると約束したにもかかわらず、だ。(1)

サムスは数日考えた。それからハムリン博士を呼んだ。ハムリンは局の予防医学課の医学検査室コンサルタントで、ワクチンの検定指導などにかかわっている。六月にエキリ調査団がくれば、ひきうけて案内をすることになっていた。

サムスはハムリンに言った。

「あす、第四〇六医学総合研究所長のティガート中佐に会いにいく。きみもいっしょに来てほしい」

ハムリンはていねいにこたえた。

「あす、局長は大阪へ出張されることになっていますが」

「そっちは延期だ。ティガートに会って、第四〇六の所長とうちの局の顧問を兼ねないか、たずねてみる」

「ティガート中佐を、この局の顧問にですか」

「そうすれば、たとえエキリ調査団がティガートのところで研究をやっても、実績は半分GHQのものになる」

「やっぱり、エキリ研究は第四〇六ですか」

「予防衛生研究所を見ただろう。あれではとうてい研究はできん。ティガートをうちの顧問にして、エキリ研究をなんとかGHQにつなぐよりほかはない」

ハムリンはこたえた。

「おことばですが、それは無理だと思います、局長」

「どうしてかね」

サムスは理がとおれば、部下の意見に耳をかたむけた。ハムリンは春からこっち伝染病研究所へ何度も出かけて、予防衛生研究所設立の折衝にあたってきた。それにかかわって第四〇六へも行ったので、ティガートを知っている。

「ティガート中佐は、終わりよければ手段をえらばず、という人物です」

「それで?」

「われわれの仕事に、理解も同情もまったくない、ということです。きっとアラブ男とラクダのようになるでしょう(2)」

砂漠で砂嵐が起こって、アラブ男はテントにもぐりこむ。するとラクダが、「せめて鼻だけ、テントに入れさせて下さいませんか。砂で息ができませんので」という。しばらくして「ちょっと頭だけ」「前足だけ」、やがてアラブ男は押しだされ、テントにはラクダが入っていた。それとおなじことが起こるというのだ。

「ティガート中佐がエキリ調査団にかかわるというのは、アラブ男のテントにラクダが鼻をつっこむのとおなじです。さいごには、エキリ研究は第四〇六の業績になってしまうでしょう。ティガート中佐には、業績が必要でもあります」

「だが、予防衛生研究所を見ただろう」

「なんとかします」

「エキリ調査団の研究者は、軍医ではない。わかっているかね」

サムスが上陸してから一年のあいだに、いくつかの医師団が米国から日本へやってきた。おもに広島や長崎の原爆の災禍を視察しにきたのだが、みんな軍服を着て米軍の配給食糧をたずさえ、テントで眠る覚悟でやってきた(3)。

だがこんどの三人は女性をふくむ一般人だ。水道管からは水がでて、太陽が沈めば電灯がつくものだと思っている。それがいまの東京では信じられないようなぜいたくだ、という理解がない。予防衛生研究所のなにもない部屋で研究をしろといわれれば、怒るだろう。このまま帰国するといいだすかもしれない。調査団の到着を目前にして、サムスはほとんどあきらめていた。

ところがハムリンは真剣だった。ハムリンは日本が好きで、いずれは日本の医師免許をとってここに住みたいといっている。そしてこのエキリ研究は、あたらしい日本の研究所にとってかけがえのない講習の機会だと信じている。

「あと十日あります。きっと、なんとかします、局長」

ハムリンは予防衛生研究所へとんでいって、エキリ調査団のための用意をつづけるよう伝えた。まだ十日あるから、まず掃除をして、壁にペンキを塗ること。ペンキはＧＨＱから手配しよう。そのうえで、研究器具をあらゆる手をつくして集める。伝染病研究所からでも東京大学からでもまわしてもらう。英語を理解する助手も、数人さがしておくこと。

所員たちは十日のあいだ必死にはたらいた。水の出る早朝に出勤して掃除をし、天井と壁にクリーム色のペンキをぬり、古い木の床には油をひき、水道の蛇口をみがいた。となりの伝染病研究所は反対さわぎのしこりもあってわずかな器具しか出してくれなかったが、かろうじてブンゼンバーナーやビーカー、試験管がそろった。

十日たって視察に来たハムリンは、その日サムスに文書で報告をした。

「エキリ調査団のための検査室と研究室は、すべて改築されていました。器具の準備は全部終わっていませんでしたが、調査団がくるまでには終わる予定です。研究所をあげてエキリ調査団のために便利で快適な研究室を用意してくれました。こちらとしては満足です[4]」

記録のうえでは、予防衛生研究所がエキリ調査団をうけいれる準備はととのった。

三日後の六月八日、エキリ調査団が乗った軍用飛行機は羽田飛行場《エアベース》についた。米国から日本まで、むかしは汽船でひと月かかった。いまは飛行機をうまく乗り継ぐと四十二時間だ。だがオハイオ州のシンシナティとテネシー州のナッシュビルから三人が出発してシカゴで合流し、サンフランシスコ、ロサンゼルスを経てホノルルとカロリン諸島で給油をして、やっと東京についたら、四日が過ぎていた。

エキリ調査団の生化学者ラポポートは、その日に妻のインゲにあてて手紙を書き始めた。(5) 赤ん坊の誕生には、とうとう間にあわなかった。

これから出発するという六月三日に、

「予定日は六月はじめでも、はじめてのベビーは予定日がのびるっていうから」

と、インゲはシンシナティの飛行場までラポポートを送ってきた。

「インゲならだいじょうぶですよ。本人も女医なのよ」

と、そばでケティ・ドッドがいった。ドッドは去年インゲがインターンだったときの指導医だ。見かけはきびしいが、ほんとうはじつに心の優しいケティ。そのケティがインゲのそばにいてくれたら、とラポポートは思った。だがケティもじぶんもそろって極東の敗戦国日本へ行ってしまうのだ。赤ん坊がぶじに生まれても、さいしょの百日はインゲがひとりで育てることになる。気づかう夫に、

「だいじょうぶよ」

とインゲはにっこりした。それからドイツ語でつけくわえた。

「大きな目的のためですもの」

インゲはこのとき三十五歳だったが、二十六歳までドイツにいたので母国語はドイツ語だ。だがそばにいるケティ・ドッドのためにインゲはまた英語にもどった。

「家のことは忘れて、気をつけていってらっしゃい」

「きみ、痛みがきて病院へいくときは、ハイヤーを呼ぶんだよ」

「あらあなた。じぶんで運転して入院するわ。車があるんだから」

インゲのばら色の頬に、長いまつ毛が影をおとしていた……。

ラポポートは万年筆をとりだすと、ドイツ語で手紙を書きはじめた。この日エキリ調査団は羽田飛行場でGHQ局員のむかえをうけ、午後二時半ごろ帝国ホテルに落ち着いた。それから三人で散歩にでかけて、皇居まで行って帰ってきた。ラジオをつけると、米軍放送でペリー・コモの歌がながれてきた。日本のNHK放送ではショパンやブラームスをやっていて、ラポポートはそれを聞きながら眠ってしまった。

つぎの朝、ラポポートはすっかり元気になって起きだした。ほかの二人はまだ休んでいるので、朝食はひとりですませる。それから散歩にでかけた。

きょうは六月九日で、南の風が吹いて、さわやかな天気だ。帝国ホテルからあてずっぽうに歩く。終戦から二年たっているのに、まだ破壊のあとが残っている。米軍は無差別爆撃をやったらしい。だがかたづけはすんでいて、ずいぶん清潔な町だと思う。あちこち崩れてはいるが、もとの偉大でモダンな感じは消えていない。開け放した店。ひとびとのていねいなものごし。日本人は芸術を愛すると聞いてはいたが、木や花をこまかくたいせつにするやりかたは、はじめて見るものだった。

小児科の専門医として、つい子どもに目が行く。だいたい健康で、元気なようだ。赤ん坊はどういうわけか、母親の背中にしばりつけられている。ちっとも泣かないのは、母の背中の暖かみを感じて安心しているのだろうか。このやりかたを、インゲにもすすめてみよう。

肌の色は象牙色から茶色まであって、輝くようにきれいだ。女たちのなかには、ふりかえってしげしげと見たいような美しい顔もある。痩せさらばえているとか、ひどく太っているとかいう者はいない。

日本人たちのあいだを、頭ひとつ大きい米兵が大股であるいてゆく。明るいペンキが塗られた店もあって、なかからジャズがきこえてくる。車道を大きな米軍のバスが走る。バスの胴体に「プラン・ユア・フューチャー（将来の設計を）」と書いてある。除隊をひかえた米兵向けなのだろう。牛がひく車を、クライスラーがやかましくラジオをかけて追いこす。(6) ラポポートはすっかり心を奪われて帝国ホテルへもどってきた。

つぎの日、エキリ調査団はGHQへ出かけてサムスに会った。

「われわれは、いつも日本側と協力する姿勢をとりたいのです」

と、サムスが口を切った。

サムスはそれから、米軍付属の第四〇六医学総合研究所のティガートとじぶんが不和であることを認めた。その理由は、日本人と協力する態度をとるかどうか、という点にある。そばからハムリンも、予防衛生研究所が三週間まえにようやく開いたなりゆきや、この研究所でのはじめての仕事がエキリ研究であることなどを説明した。

説明が終わると、サムスはいった。

「それで、われわれからのお願いですが、予防衛生研究所で三人の先生がたにエキリの研究をしていただいて、その成果を発表してほしいのです」

「発表もできないような、つまらない研究はしませんよ」

と、団長のドッドがきれいな足を組みなおした。きょうはサムスに会うので、黒いパンプスをはいている。バディングとラポポートも、すこし蒸し暑かったがきちんと上着をつけていた。

サムスはつづけた。

「発表といっても、国際医学誌での発表でなくてはならんのです。どんな雑誌に成果を発表するか、それで研究所の価値はきまる。だから世界に知られた雑誌に、この日本の研究所でエキリを解明したことを載せてほしい、それがこちらの願いです(7)」

そのあとの打合わせでもサムスがおなじことをいうので、ラポポートが口をはさんだ。

「われわれは米国の日本占領政策の片棒をかつぐために来たのではありません。日本の子どもの命を救うために来たんです。いまのお話では、エキリ研究はけっきょく宣伝のためということになりますが」

「そのとおり、宣伝です」

「GHQの宣伝は、エキリ調査団の目的ではありません」

「GHQの宣伝ではない。占領下日本で、日本人との協力によってすぐれた医学研究ができた、ということの宣伝です」

サムスは頑固そうだったが、目に卑しい色がないことは三人にも見てとれた。


そのあとハムリンの案内で、三人は予防衛生研究所へ出かけた。ジープが門をはいると、新緑の木立がつづく。すぐに三階だての西洋建築があらわれた。正面玄関の外柱はギリシャ風だ。白衣を着た日本人が二十人ほどならんでいる。

さいしょのジープからハムリンと通訳、二台めのジープからは、身軽くドッドが降りたつ。バディングがつづく。ラポポートはすでに後部座席からとび降りていた。

紹介がすんで、三人は玄関を入った。目のまえにヨーロッパ風の階段がうねって二階へつづいている。ラポポートは階段をのぼりかけて、ちょっと足がもつれたような気がした。階段は日本人の脚の長さにあわせて、段差が小さくしてあった。見上げると、天井も低かった。

一行は研究室に案内された。がらんとした部屋が三つ、壁と天井は明るいクリーム色だ。中央にテーブルがあって器具がおいてあるが、みんなひと時代まえの細菌学の実験道具だ。そういえばさっき紹介された所長も、背のたかい副所長も、これから案内をうけもつ福見という研究員も、細菌学が専門だといっていた。

三人の顔にうかんだ驚愕を見て、ハムリンが、

「三日まえの視察のときに、ほかの器具をもっと用意するように命令しておいたのですが」

と申しわけなさそうにいった。ラポポートはふしぎな気がして、ハムリンにたずねた。

「命令しておいたって、GHQのほうで手配ができなかったのですか」

「われわれにはそういうものは手に入りません。命令して、研究所が調達するのです」

「しかし、無理なものだったらどうします。研究機器は高価じゃないですか」

「物資は米軍からしか来ないし、米軍はなにもよこさないのです」

そうか、とラポポートは考えた。つまりGHQは日本人に命令するだけで、じぶんたちはなにもしないのだ。

三人はしばらくして研究所をひきあげた。三人ともここで研究などとうていできない、と思っていたが、ハムリンにはいわなかった。しかし帝国ホテルについてハムリンとわかれると、ドッドが第四〇六医学総合研究所のティガートに電話をかけることになった。かれを知っているわけではないが、バディングとラポポートはすでに手紙のやりとりをしている。サムスがなんといおうと、エキリ研究をやる気ならティガートの、米軍の研究所へ行くほかはない。

ティガートはすぐに電話に出た。軍人らしい無駄のない話しぶりで、連絡を予測していたように、あすの朝八時半に会おうといってくれた(8)。

つぎの朝、三人はティガートに会いに行かなかった。ひと晩眠ってまた元気になったラポポー

トが、朝食のテーブルでドッドとバディングを説得したのだ。

ラポポートの朝食はヨーロッパ風で、バターを塗ったロールパンとコーヒーだけだ。ほかのふたりよりずっとはやく食べ終えたラポポートが、口を切った。

「ゆうべ考えたんだが、ぼくが日本へ来たのは、原爆を落とされた国の子どもたちを救いたいと思ったからだ。その過程で、ぼくはこの国の医学にも貢献したいと思う」

ドッドとバディングがうなずいた。

「だから、われわれはあの予防衛生研究所へ行くべきだと思うんだ」

バディングがびっくりしてラポポートを見た。ドッドはトーストにジャムをぬりながら、黙っている。

バディングが遠慮がちにいった。

「しかし、サム。あんなになにもないのでは、どんなものだろう。検査試薬などもいるんだし、予防衛生研究所で手に入れるのはむずかしいんじゃないか」

そういいながらバディングは応援をもとめてドッドを見たが、ドッドはちょうどトーストの大きな切れを口に入れたところだ。ラポポートがまた話しはじめた。

「サムスがいったように、エキリ研究を予防衛生研究所でやれば、占領下日本でのはじめての日米の共同研究となるわけだ」

「フム」

と、ドッドがうなずいた。

「研究をとおして、日本の医学者にあたらしい医学をつたえることもできる。それは科学ぜんたいの進歩ともなる」

「……」

「ぼくらが良い研究室をあそこにつくれば、それは残る」

「それはうまくいけばのことだと思うけれども」

と、バディングが遠慮がちにいった。きのう研究所をたずねたとき、ドッドは団長として日本人たちと握手をするのにいそがしかった。ラポポートのほうは、建物や機器の点検に注意をうばわれていた。そのあいだにバディングは、日本人たちの表情を見ていたのだ。

「日本の医学者たちがわれわれをそんなふうに受けいれるかどうか、ぼくはちょっとあやぶむ気持ちがあるんだが。いくらこちらが、あたらしい米国医学を知っているといってもね」

「医師たる者ならみな、進んだ医学を学びたがるはずだろう。患者の命がかかっているんだから」

「理屈では、そうかもしれないが」

「ジョン。きみはじぶんの仕事をどう考えているんだ」

「ぼくか。エキリ研究がここでのじぶんの仕事だと思う」

「それだけが、科学者の仕事だろうか」

「科学者の仕事は、けんめいに科学の研究をすることだろう?」

「きみは、研究などじつにはかないものだと思わないか」

そういう話になるとバディングが口をつぐむことは、数日の経験でラポポートにはわかっていた。バディングは思想的な論争をこのまないのだ。ラポポートはつづけた。

「きょうのぼくらの業績は、あすには古くなってしまう。いかにすごい発見をしても、いずれは当然の事実になって、忘れられていくんだ」

「……」

「ここで貧しい占領下日本の、なんにもない研究所をゼロから出発させる。これはぼくらが帰ったあとも残るじゃないか。そういうことも、未来にのこる成果だと思う」

「そうね、サム」

と、あっさりドッドが賛成した。

米国で医学部へ進学するためには、まず四年制大学を卒業せねばならない。ドッドはジョンズ・ホプキンス大学医学部にすすむまえ、東部のブリン・モーア・カレッジという名門の女子大学を卒業している。(9) 米国のリベラルアーツ単科大学、つまりカレッジは戦前日本の高等学校に似て、進歩的な主義や風潮をとりこみ、人生とはそういう理想が主で、現実は従にすぎないと教えるところである。

ドッドが女子大生となったのは第一次世界大戦（一九一四年〜一九一八年）が始まるしばらく前だった。このころ米国では、人道博愛主義があたらしい思想としてひろがりはじめていた。これまでのように神に頼るばかりではいけない。人間どうしがもっと助けあって行かなければ、という人道主義の思想が、そのころ若いドッドの心に根づいた。

それから三十年がたってしまった。しかしわずかでもじぶんの手で世の中を良いほうに変える努力をしたい、という心の姿勢はかわらない。ソ連へボランティアの女医としてでかけたのも、ギリシャ戦争孤児の救援も、そして今回日本へやってきたのも、青春の日にカレッジでつちかわれた理想が原動力となっていた。

ドッドはバディングに話しかけた。

「わたしはただの臨床医で、じぶんの研究室なんか持ったことがないの。わからないことがあると、だれかを病室にひっぱってきて研究するように説得しただけ。だからわたしは研究室がどこにあってもいいのよ。困るのはそちらなんだから、あなたとサムで決めてちょうだい」

幸か不幸か、細菌学者バディングは用心深い性格で、ティガートの懇切な保証にもかかわらず念のためにと細菌の培養地まで持参していた。出発まえにラポポートが手紙をよこして、日本は敗戦国なのだからアフリカへサファリ旅行に行くつもりでできるだけの準備をしろといってきたのを、真《ま》にうけたのだ。

検査機器や助手がぜったいに必要なのは、生化学者ラポポートだった。だが本人がアルミ製の大トランクにいろいろ器具をつめこんできていて、かまわないから予防衛生研究所へ行こうという。

ドッドが反対しないのを見たバディングは、それ以上なにもいわなかった。科学者として冷静な判断をくだせば、あの赤貧の研究所で研究をすることなど考えられない。また日本人が本心からエキリ調査団を受けいれてくれるかどうかも不安だ。すこしでもＧＨＱにかかわりがあれば、いちおうはていねいにあつかわれるだけではないのだろうか。

しかしバディングはキリスト教徒だった。オランダに生まれて十代で米国へ移り、清貧の新教徒の家庭に育っている。ヴァンダビルト大学医学部にすすむまえに卒業したのは、カルヴィン・カレッジという新教カルヴィン派のリベラルアーツ単科大学だ。(10)バディングはキリスト教信仰をもつ者として、つつましい奉仕の気持で予防衛生研究所へ行くことを決めたのである。

こうしてエキリ調査団はそれぞれちがった動機をもって、さいしょの決断にゆきついた。三人はこの日から、発案者アルバート・セイビンが敷いておいた線路をはずれてゆく。物資豊富な米軍の第四〇六医学総合研究所をやりすごし、窮乏をきわめた予防衛生研究所、つまり日本の医界にとびこんでいくのである。

1 １００周年記念委員会（黒木登志夫、渡邊俊樹、小高健）『伝染病研究所・医科学研究所の１００年』東京大学医科学研究所、１９９２年、29頁。

2 GHQ/PHW records. No.00821-2. Hamlin, H. H. Memorandum for record. May 26, 1947.

3 平賀稔「連合軍総司令部医学調査委員会一行に同行して」『医学』１巻、５号、１９４６年、３７８－３８１頁。

4 GHQ/PHW records. No.00821-3. Hamlin, H. H. Memorandum for record, June 6, 1947.

5 Rapoport, Samuel. Letter to Rapoport, Ingeborg (Rapoport letter), June 9 & June 10, 1947.

6 『毎日新聞』１９４７年７月９日。

7 Rapoport letter. June 10, 1947.

8 Rapoport letter. June 10, 1947.

9 Steigman, Alex J. "Foreword to the issue in honor of Katie Dodd." *The Journal of Pediatrics*, *Vol.60*, No.5, May, 1960, p647. Weech, A. Ashley. "Katherine Dodd." *The Journal of Pediatrics*, *Vol.60*, No.5, May, 1960, pp650-653.

10 *American Men-Women of Science*. Cumulative Index, Biography, "G. J. Buddingh", 13th Edition, Vol.1, 1976, p550.

キャサリン・ドッド博士（左）とラポポート夫妻。Courtesy Dr. Samuel Rapoport.

エキリ調査団の細菌学者、G・ジョン・バディング博士。Courtesy Eskind Biomedical Library Special Collections Photographic Archive, Vanderbilt University Medical Center.

部分拡大

エキリ調査団が到着した6月中旬に『アサヒグラフ』に掲載された防疫用飲み薬の広告。薬名の上に内服防疫痢、つまり「疫痢を防ぐ飲み薬」とある。「防疫剤」の誤植（のちの号では訂正）だったが、やがて来るエキリ流行に敏感な読者の注意を引き、販売促進につながったと思われる。『アサヒグラフ』1947年6月15日号、表紙裏。

エキリ調査団が見た占領下東京の街角風景をしるした記事。『毎日新聞』1947（昭和22）年7月9日

第六章　濃紫の紫陽花《あじさい》

きょうは六月十二日、東京近辺でエキリにかかわっている医学者が予防衛生研究所にあつまって、エキリ調査団と会う日だ。

小島三郎副所長はすでに会議室へ来て、挨拶原稿を見なおしていた。たばこをふかしながら、ときどき山羊《やぎ》ヒゲをつまんでいる。

「三人ともむこうの小児下痢の学者なんだそうだが、わしの書斎さえ焼けねば、いろいろ調べることができたのになあ」

小島副所長の自宅は空襲をうけて、蔵書もろとも全焼した。しかし二十年まえにはストックホルムへ留学し、帰りに米国にも立ち寄った。だから英語には親しみをもっている。きょうの挨拶は日本語だが、謄写版の英訳原稿が用意してあった。

「エキリについてはこちらの経験のほうが豊かなんだから、それを向こうに忘れられては困る。まずエキリをありのままに見てもらわねばならんね」

「はい」

と、所員のひとりが返事をした。

「そしてこちらも積極的に意見をいう。なぜならば、向こうがわれわれを道具のように利用するつもりなら、共同研究は意味がないからね」

「はい」

「いいこともある。われわれは新しい海外の知識を得たいだろう。だから調査団にニュースソースになってもらって、おおいに交流を深めればいいじゃないか」

小島副所長は長い足をのばしてにっこりした。いま五十九歳、去年取材に来た『日本医事新報』の記者が「時の人」欄に書いたように[1]、書斎は丸焼けになったが意気はすこぶる軒昂だった。

そこへひとりの男がはいってきた。数人がすぐに、

「内山先生。おひさしぶりです」

と、ていねいにあいさつをした。内山圭梧は、駒込病院の院長である。がっしりした体格で、あさ黒い顔に黒ぶちめがねをかけ、きちんとわけた髪もまっ黒だ。東京帝国大学医学部を卒業して駒込病院に入局し、ずっと伝染病患者の診療にあたってきた。戦争が終わって米軍占領がはじまると、ＧＨＱ公衆衛生福祉局の病院管理課員が視察にやって来た。そして危険きわまる伝染病院の一室に（いくら空襲で家を焼かれたとはいえ）院長が住んでいるときいて、あきれて帰っていった。それが内山院長である。

この内山院長にていねいに挨拶をした者のなかに、福見秀雄もいた。福見は伝染病研究のために駒込病院へよく出かけていく。だから、内山院長が病院に住んでいるのは、住むところがみつからないためだけではないと思う。交通の便がわるいときに通勤に時間をとられるよりは、院内から走っていくほうがずっとはやい。だから駒込病院では患者の容態がわるくなると、かならず

院長がやってきた。福見も、そういう内山院長を心から尊敬しているひとりだった。

都立荏原《えばら》病院長の長岐《ながき》三郎が、

「このたびは、小島先生と福見さんが調査団をお世話されるそうですな。これからよろしく」

といいながら入って来た。エキリ調査団はこの夏、都内の伝染病院をぜんぶまわることになっている。だから都立本所病院や豊島病院からも院長が来ていた。(2)

となりの伝染病研究所の附属医院からは美甘《みかも》義夫院長が、東京大学医学部からは三人の教授、慶応大学医学部からもひとり、厚生省と東京都庁の衛生課からも責任者が来ていた。学会以外でこんな顔ぶれがそろうことはめずらしいので、雑談がはじまった。

「きのう電話がかかってきて、きょうこれだけそろうんですから、ＧＨＱの命令はぜったいなんですな」

とだれかがいった。

「まあなんといっても、いよいよアメリカ医学の時代ですよ」

「このあいだＧＨＱの軍医に会ったですが、日本の医学は十年遅れておる、ドイツは忘れて今後はアメリカを手本にしろといったですよ。率直なものですな」

「親切なんだろうが、懐疑というか、自省というか、そういう内側へ向かうものがないね」

「しかし米国医学というのは患者をすごく大事にして、痛い思いをなるべくしないようにしてやるそうでございますよ、手術のときにも(3)」

「どういうことかね。手術は痛いものときまっておる」

「さいしょから麻酔をたっぷりかけまして、眠らせてしまうんです。それほど患者を大切にするというわけでございます」

「患者のほうが手術に耐える、というんではないんですな」

「患者を大切にする、というんで思い出した。はじめて患者をみた京都の若い医者の話ですが、患者に《うちの体どないでっしゃろ》と聞かれた、それでこの若先生、ほんとうのことをこたえたというんだ。うむ、死を待つばかりですなあ、とね」

「そういえばわしもよそから聞いた話だが、むかしの帝国大学医学部の教授は患者をなぐったそうだよ」

「……」

「きちんと座らんから診察がしにくい、といってね。命を助けてもらう相手にたいして、態度がわるいということだろうね。こういうのは例外だろうがね」

「……」

「フィリピンの米軍病院で捕虜になっていた医師の話でございますが」

と、だれかがとりなすようにまた話しはじめた。

「遠い村から、重症の患者が来るというので待ってたら、ヘリコプターが飛んできまして」

「ヘリコプターで患者を運ぶのか。金ではかなわんなあ」

「二百キロもの距離をヘリコプターで飛んできまして、患者は脊椎を折っておりました。これが日本軍の捕虜であった、と。人種や国籍で患者をわけへだてしない、おなじ人間として大切にする、というのです[3]」

「しかしきみ。そういうのはみな、金持ちの国の医学だろう。いまの日本のような貧乏国にそのまま押しつける、というのはどんなものかね。ひとっとびにアメリカ式には、ならんもんだよ。これから何十年、若い者が営々と努力して、国情にあわせて、すこしづつ良くする以外にないとわしは思うが」

「そのとおり。それに、敗れたりといえどもだ。日本国民を疫難から救う使命は、あくまで日本医師の手によって果たしたいじゃないか[4]」

ドアがあいたので、会議室はしずかになった。ＧＨＱのハムリンと通訳に案内されて、エキリ調査団が入ってきた。

はりつめた空気のなかで番茶が出され、まず小林所長が立ち上がって短く挨拶をした。

小島副所長の挨拶は、英訳の原稿が配られてからはじまった。それは予防衛生の重要さからときおこし、日本の医学および伝染病の趨勢《すうせい》をじっくり紹介し、むすびは、エキリ調査団をぜひ、エキリとかかわりがあるとされている赤痢菌の発見者である志賀潔先生のところへご案内したい、先生の「御目の黒いうちに」エキリを撲滅するのがじぶんの悲願である、というのだった[5]。

三十分たっていた。

ドッドの口の両はしがかすかにさがっている。不機嫌のしるしだ。ドッドは団長として、ＧＨＱのサムスあてに報告書を出すことになっている。だから英訳原稿にきちんと目をとおし、小島副所長の日本語にも注意をはらった。志賀潔に会わせてあげようというのは、日本にも偉大な細菌学者がいるのだぞ、ということだろう。志賀はドイツに留学し、ノーベル医学・生理賞を受賞したパウル・エーリッヒ（一八五四〜一九一五）とともに研究をして、国際的に知られている。だが志賀による赤痢菌の発見は、五十年ちかくもまえのことである。

　こんどの大戦で、優秀なユダヤ系の医学者がヒトラーの迫害をのがれてドイツやオーストリアを去った。だからドイツ医学は落ち目で、そのドイツ医学の亜流で、そのうえ十年ほども遅れているのが日本医学だと聞く。はやく本題のエキリの話をしてくれないかしら。

　ラポポートはさっきから、エキリ調査団は侵入者なのだ、と感じていた。われわれはエキリを見たことがない。日本側の業績も調べてきていない。じつに失礼な訪問者なのだ。日本人たちが不安そうな顔をしているのは、われわれがかれらを利用して、エキリ研究の成果をひとりじめするんじゃないか、と思っているのだ。

　ここではこちらの無知をはっきりと認める、それから日米の協力の重要さを強調する。どうかケティが団長として、そういう挨拶をしてくれるといいが。そう思ってラポポートは隣りのドッドを見た[6]。

　ドッドは立って、こちらの無知を認めるどころではない短い挨拶をした。そのあとバディングが立って、小児下痢の細菌学の話をした。それからラポポートが生化学の話をするために立ち上がった。

　会議室いっぱいに「コ」の字に座って、日本人たちがこちらを見ている。ふとラポポートは、きのうハムリンから聞いたことを思い出した。日本では理科系の学生は中学校のときからドイツ語をならうので、医師はカルテまでドイツ語で書くという。一瞬ラポポートは、ドイツ語で話そうかと考えた。

しかしドッドやバディングにとっては、ドイツ語は外国語だ。ラポポートがまた通訳をしなければならない。英語なら通訳が一文づつ日本語に訳していく。ラポポートは英語で話しはじめた。

それが終わると、日本側が赤痢菌の分類の話をはじめた。エキリ便のなかから発見されるのは、どの菌の型が多いか。専門用語に通訳がとまどって英訳ができず、エキリ調査団にはほとんどわからなかった。もう四時半だ。

窓のそとに目をやると、遠くに東京湾の青い海が見えた。焼け残ったビルがいくつか見える。そのあいだに、トタン板や板ぎれでつくった小屋が無数にある。残りはすべて緑だった。どんな小さな空き地にも、野菜がつくってあるのだ。(6)

六時近くにようやく会議が終わった。よどんだたばこの煙のなかで、通訳が立ち上がった。

「あすからのことですが、エキリ患者が出ましたら、すぐにご一報をいただきたいといっておられます。調査団の先生がたが、駆けつけるそうです(7)」

「夜間患者の場合もでしょうか」

とだれかがいった。

「夜でも昼でも、診察に行かれるとのことです」

占領軍の人間が、日本人のために夜も出かけて来るというのはめずらしい。部屋がしずかになった。通訳は電話番号をふたつ、黒板に書きつけた。予防衛生研究所と、三人のこれからの宿舎である新橋の第一ホテルの番号だった。

　ＧＨＱ関係の五人が会議室を去ると、日本人たちも帰りじたくをはじめた。緊張がとけて、また雑談になった。

「あの女性団長、ドッドさんですか。ずいぶんご機嫌がわるそうだったですな。日本側のエキリ研究報告を、これから読むとはいわなんだ」

「それがね、エキリ文献の表を見て、あんまり数が多いのでドッドさん悲鳴をあげたそうですよ(8)」

「やっぱりじぶんたちの方がすぐれておる、という優越感があるんだね」

「そりゃ、天然資源と金ではね。人材ならば、日本は負けはしません」

　そこへ低い声が割ってはいった。

「しかしエキリ調査団とわれわれは、エキリを解明する、子どもの命を救う、その目的においては、おなじではないですかな」

　駒込病院の内山院長だった。

「だから、きょうここに集まったのは、米国のエキリ調査団と日本の医者たちではない。日米合同のエキリ調査団です。駒込病院は、できるだけの協力をするつもりでおります」

　青森なまりのかすかに残る、いつもの内山院長のとつとつとした話しぶりだった。

つぎの日の朝から、仕事が始まった。予防衛生研究所のエキリ調査団の研究室では、バディングが机に向かっていた。だがしばらくするとかれはペンをおき、机に頬づえをついた。疲れたのだ。部屋にあるのは背もたれのない回転椅子だけだった。

ドッドはべつの机にむかってタイプライターを打っていた。きのうの顔あわせの会について、サムスに報告書を書いているのだ。バディングがペンをおいたのを見て、ドッドが声をかけた。

「志賀潔博士の疎開先へおつれしますって、招待をうけたことを書いておいたわ[8]」

おなじころラポポートは廊下を歩いていて、戸があいている研究室があったので、ちょっとのぞいてみた。部屋の中央に、大きなテーブルが見える。そのうえに測定機械のようなものがおいてある。そばに実験動物の檻があって、なかでキキ、チュウチュウとネズミが鳴いている。その隣に細菌を培養する試験官がいくつか立ててある。培養液は濁っているから、黴菌が入っているのだ。すぐ手前に飲みかけの湯飲み茶碗があって、番茶が残っている。横に割れた瓶が数本、そしてそばの花瓶に美しい濃紫の紫陽花《あじさい》が活けてあった[9]。

ここの室長は米国でなら即刻解雇だ、とラポポートは呆れた。米国での医学研究の基本は整理整頓と清潔だ。しかしラポポートは黙ってエキリ調査団の研究室へ帰ってくると、じぶんのアルミ製の大トランクをあけて、実験設備をととのえはじめた。

テーブルの上に器具をきちんとならべる。こまかい道具はひきだしにしまう。湯飲み茶碗は流しの横に、実験ノートやハンドブックは書棚に、試薬は棚にアルファベット順にならべた。

それから、血液カルシウム測定の手順を追ってみた。

「もちろんマッフルオーブンはないんだから、なしでやってみよう」

はかりの皿やピペットを、きれいに洗う。持ってきたパイレックス耐熱ガラスの試験管に試薬をいれ、バーナーに点火し、青い炎にその試験管をかざす。試験管の中身がゆっくりかわいて、黒く変わっていく。マッフルオーブンがなくても、直火《じかび》で炭酸カルシウムができた。変法ではあるが、結果はおなじことだ。[10] どうやらカルシウム測定はできそうだった。

だが、あすから三人そろって伝染病院へ出かけることになっている。そうなると、ラポポートが留守でもカルシウム検査をすすめてくれる有能な助手が必要だ。

「この研究所には、生化学を専門とする所員はいますか」

と、ラポポートはずっと案内をしてくれている福見にたずねてみた。

「おりません」

「駒込病院には?」

「ノー。いい病理学者がおりますが」

「米国では、病院にはかならず生化学の専門家がいて、患者の血液検査なんかをするものなんだが」

専門家でなくとも、米国の医者ならだれでも医学部で習った生化学検査をすることができる。ニューヨークの大病院にいても、テキサスの平原で開業していてもだ。[11] だが日本の医学部では生化学という課目さえないという。

福見がゆっくりした英語でいいだした。

「東京大学医学部には、生化学教室があります。吉川助教授[12]がおられます。かれは、米国に留学をしていました」

「ほう?」

「太平洋戦争のはじまる直前に、いそいで米国から帰って来られました」

吉川春壽《はるひさ》は、ロックフェラー財団の医学研究員としてニューヨーク州北部にあるロチェスター大学へ留学した。ところが日米開戦が間近だということで、じっくり腰をすえるひまもなく日本へもどってきた。昭和十六(一九四一)年の夏のことだった[13]。

ロックフェラー財団の英語試験にとおるぐらいだから、吉川は英会話がたくみである。かれがラポポートの研究室へ来れば、また米国留学をするのと同じことになる。かたやラポポートは、と福見は考えた。ラポポートは生化学があたらしくて細菌学は古い学問だと思っている。だから細菌学が専門のじぶんでは、ラポポートの役には立つまい。吉川が来てくれれば、双方に好都合だ。福見は素直にそう考えた。福見は頑固だが、むやみな反感をもたぬ男だった。

「こんど、吉川先生をおよびしましょう」

と、福見は約束した。

ラポポートは福見を、遠慮深いきちんとした男だと思っていた。あんまりものをいわないが、学識がある。調査団の目的をよくわかってくれて、協力を惜しまない。協力を惜しまないのは福見だけではなく、予防衛生研究所員全員でもあった。おかげで器具もなんとかそろい、助手もふたりまわしてもらった。椅子もなかった研究室が、一週間たつうちにかなり居心地がよくなった。

六月十八日、ラポポートはインゲへの手紙にそんなことを書いてきて、もっと書きたいことがあることに気がついた。

「きのう、駒込病院へ初めて出かけた」

しかしさいしょの一週間がすぎて、さすがのラポポートも疲れていた。

「駒込病院というのは、じつに想像を絶したところだった。あした、これについてもっと書くよ(14)」

万年筆にキャップをかぶせると、ラポポートは眠ってしまった。

1　「時の人　小島三郎氏」『日本医事新報』１９４６年９月17日、12頁。

2　都立荏原病院は現東京都保健医療公社荏原病院。本所病院、豊島病院はそれぞれ現東京都立墨東病院、現東京都保健医療公社豊島病院。

3　石川七郎「アメリカ医学」『文芸春秋』１９４７年７月号、35－37頁。

4　『日本医学』表紙１９４６年７月10日。

5　小島三郎「疫痢調査団を迎えて」『医学通信』２巻86号、１９４７年11月５日、９－12頁。

6　Rapoport letter, June 13, 1947.

7　GHQ/PHW records, No.00821-3, Hamlin, H. H. Memorandum for record, June 12, 1947.

8　GHQ/PHW records, No.00821-3, Dodd, Katharine. Memorandum for record, June 12, 1947.

9　Rapoport letter, June 27, 1947.

10　吉川春壽「疫痢研究のひと月」『日新医学』１９４８年１月、41－42頁。

11　Y・T・編集後記『日本語版ＪＡＭＡ』１巻５号、１９４８年、71頁。

12　現在では准教授を指す。

内山圭梧都立駒込病院長（１８９３～１９６４）。大平洋戦争開戦の１９４１年に48歳で第８代院長となり、戦中４年および敗戦後の10年を駒込病院の維持と再建につとめた。
「駒込病院百年史」より転載。

13 吉川春壽「研究の思い出——光陰に移されて」『生体の科学』24巻6号、1970年12月、46‐47頁。

14 Rapoport letter, June 18, 1947.

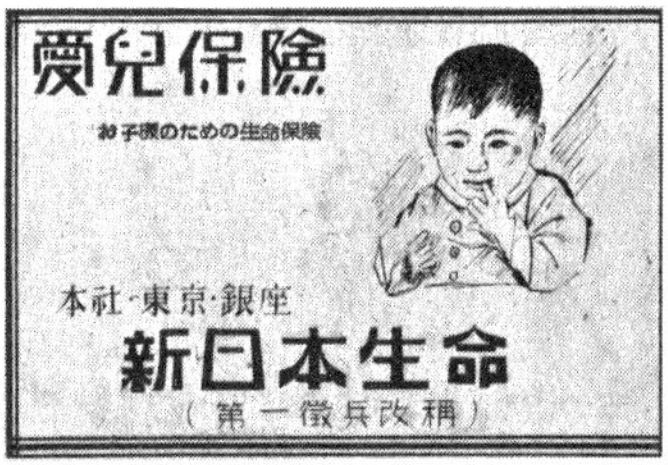

新日本生命（のちの東邦生命、現廃業）は「愛児保険」を《お子様のための生命保険》と銘打って売り出した。子どもの病死が十分予測された終戦直後の時代を反映している。
『アサヒグラフ』1946年6月25日号、9頁。

第七章　はじめて見るエキリ

　エキリ調査団が駒込病院をたずねる朝がきた[1]。数日を予防衛生研究所で過ごすうちに、三人は梅雨空に慣れ、街になじみ、日本人への心遣いも板についてきた。だからきょうはなにを見てもおどろかないつもりである。

　第一ホテルを出て九時まえに研究所につくと、小林所長、小島副所長、福見所員、そしてもう一人が前庭で待っていた。駒込病院へ案内をするのだという。シンシナティであれば、

「三人の案内をするのに、なぜ四人も来るのよ」

　ぐらいいったにちがいないドッドも、けさはなにもいわない。ラポポートはウィーンの医界にも形式を重んじるところがあったことを思い出して、黙っていた。バディングだけが如才なく、

「われわれを重要人物（ＶＩＰ）のようにあつかってくださって、ありがとう」

　などといっている。

　七人が駒込病院の車寄せに降り立つと、内山院長と数人の医師が玄関にあらわれた。朝の光のなかで、内山院長の額の皺が深い。その片頬に微笑らしいものが浮かんだのは、三人の外国人と握手をしたときだけだ。あとは黙って立っている。内山院長は英語がわかるのだが、ぜったいに話さないのだ。はじめから「こんな英語ではとうてい通じんだろう」と思っていて、じぶんの名

前さえいわない。

かわりに若い医師がすすみでて、きれいな英語で挨拶をした。小張《こばり》一峰《かずみね》医師だった。小張は子どものころ、成城小学校で米国人女性から英語を習った。そのあと暁星中学校へ進んだので、フランス語も話せる。千葉医科大学を卒業して駒込病院へ入り、最下級軍医として召集されて、ようやくのことでニューギニアの惨憺たる戦場から帰ってきた。[2] 駒込病院の内科医師にもどって、まだ一年がたたなかった。

その小張が、エキリ調査団の通訳を内山院長からたのまれた。通訳などすると、

「GHQにへつらって」

と見る者もいるだろう。だが小張も、内山院長を尊敬することにかけてひけはとらない。きょうはできるだけの説明をするつもりだった。

駒込病院の廊下はいたみ、壁は黒ずんであちこち崩れていた。天井には雨もりのあとが広がって、窓ガラスはひび割れている。

「戦争のために、十年ほど修理ができなかったのです」

と、小張は調査団に説明した。

便所のまえをとおると臭気がする。

「水洗ですが、断水で水がとまるのです」

と、小張は入り口においてある洗面器をさした。灰濁色の液が入っている。老人がひとり便所から出てきて、両手をその洗面器につけた。

「クレゾール消毒液です」

ぬれた手を、老人はズボンにこすりつけた。バディングがとりなすように、だれにともなくいった。

「アメリカにだって、野原の小屋のなかの穴が手洗いだという家が、まだたくさんありますからね」

病室をのぞくと、患者はわらのマットレスに寝ている。シーツはなく、布団の皮が裂けて綿がはみ出している。小張がまた説明した。

「病院には布団がないので、患者が入院のときに持ってくるのです」

「患者が、布団を持ってくるんですって？」

「退院するときに、すべて消毒して持ち帰らせます」

部屋の奥に一段高くなったところがあって、そこに七輪と鍋、茶碗がいくつかおいてある。

「食事は患者のほうでつくります。いえ、患者ではなくて、付き添う家族がつくるのです」

煮炊き道具のそばに、べつの焼けこげた布団がたたんであった。

「家族は、夜はあれで寝ます」

「看護婦は？」

「看護婦の数がすくなくて、手がまわらないのです」

バディングがまたとりなした。

「そう。はじめて会う看護婦より、家族が食事をつくって、看病もしてくれるほうが病人にはよほど安心かもしれませんね。とくに子どもだったら、母親がそばにいるだけで不安もずいぶん減るでしょう」

ラポポートがたずねた。

「家族がいない患者は？　だれが食事をつくって、看病するんです？」

「そういう患者は、付添いを雇うのです」

雇う費用は、患者が払うのだという。それならひとりぼっちの貧しい者は、入院なんかぜったいにできないことになるじゃないか、とラポポートは思った。

小児科病棟では、もう起きてもいい子どもたちが板敷きに座っていた。質素な浴衣を着て、看護婦が見せる紙芝居を見ている。きせかえ人形のようにかわいい(3)。

そこをとおりすぎると、エキリ病室だった。ドッド、バディング、ラポポート、研究所からの案内者四人、そして内山院長と小張医師が入ると病室はいっぱいになった。四つのベッドのうち、二つがふさがっていた。全員がさいしょのベッドの子どもをのぞきこんだ。

まぶたがきつくとじられて、顔がこわばっている。口を魚のようにつきだすので鼻のわきに皺がよって、息はやっとのことでとおる。手足は金縛りにあったように硬くつっぱって、曲げることもできない。

ラポポートは思わずいった。

「ケティ、これはテタニーですよ」

テタニーというのは、あるところの神経を刺激すると起こる筋肉の痙攣や強直《ごうちょく》のことだ。消化器の感染などでは体温が急にあがるが、そのときに筋肉をながれる血液中のカルシウム量が低いと起きやすい。こういう痙攣を、ラポポートはウィーンで見たことがあった。

ドッドは首をふった。

「これは、ちがうと思うわ、サム」

「どうしてです？」

「テタニーの痙攣ならわたしのほうがよく知ってますよ。わたしにも出るんだから」

「わたしにも出るって、どういう……」

その瞬間、患者の全身に激しい痙攣がひろがった。喉が強直して呼吸がとまった。内山院長がかがみこんだが強直はとけない。数分たつと、臨終はだれの目にも明らかだった。

もうひとりの子どもは昏睡していた。触ってもまったく反応がない。体温は高く、呼吸はせわしい。うわごとをいう。名前を呼ぶと、ぼんやりこちらを向く。やがて痙攣がきた。

ドッドがそっと手首をとって、脈をみた。

「はやいわね」

それから浴衣をひろげて、聴診器を子どもの胸にあてる。

「心音はよく聞こえるから、心臓はしっかりしているわ」

呼吸が困難なので、脳へじゅうぶんな酸素がいかない、そういう症状だ。そのとき唇から手足に、青藍色がみるみるひろがった。酸素が足りないために、血液が青く変わったのだ。そのまま呼吸がとまり、この子どもも亡くなった。

おどろくまいという決心も忘れて、エキリ調査団の三人はただ立っていた。小さな子どもがふたりも、痙攣のためにたてつづけに命を落とすのを見るのは初めてだった。バディングの顔色が悪い。ドッドがラポポートの方を向いていった。

「これがテタニーの痙攣だとはとうてい思えないわ、サム。子どものテタニーは見たことがあるけれども、こんなに全身に起こるものではないし、ましてそれで死ぬはずはないと思う。原因はきっと、ほかにあるわ」

ドッドにそういわれて、このつぎはかならず採血をしよう、とラポポートは決心した。血液を分析すれば、低カルシウムはすぐにわかる。

ここは敗戦国日本で、米国の病院でのように、栄養士が食事を用意するのではない。付添いの家族が配給食糧で勝手につくるというのだから、栄養がじゅうぶんだとは思えない。まずGHQへ行こう。日本人がいまどんな栄養をとっているか、調べてもらうのだ。カルシウムの摂取量は、低いはずだ。

この日のできごとをラポポートが妻のインゲに書き送ったのは、二日たってからのことだった。[4]その二日のあいだ、エキリ調査団はほかの伝染病院をたずねた。そして駒込病院だけがひどい状態にあるのではないことを知った。荒れ果てた建物、薬も布団も食べ物もなく、そのなかで医師や看護婦が休む間もない労働を強《し》いられていた。本所、荏原、豊島、豊多摩病院など、都立伝染病院すべてがおなじだった。

この五つの伝染病院には《エキリ患者が出ればすぐ電話連絡を》とたのんであったが、さいしょの訪問のあと、いちはやく二度目の電話をかけてきたのは駒込病院だった。けさエキリの子どもがひとり亡くなったので、エキリ調査団の到着を待って、午後に病理解剖をするという。病理解剖というのは亡くなった患者を解剖して、死因や治療の効果を調べることをいう。ラポポートは福見のことばを思い出した。

「そういえば、駒込病院には専任の病理医がいると聞きましたよ、ケティ。りっぱなものじゃないですか。米国の病院でも、専任の病理医がかならずいるとはまだかぎらないからね」

バディングが、

「病理医というのは報われない仕事で、一日じゅう生きた患者を見ることがないんですよ」

とつけくわえた。バディングは医学部卒業後、インターンとして臨床研修をするかわりに病理解剖学の医局へ入った。その結果、死体解剖ばかりして一年を過ごしたのである。

ドッドはふしぎそうだった。

「けさ亡くなって午後に解剖するって、半日もたっていないんじゃないの？」

午後、三人は小島副所長と福見所員につれられて駒込病院へ出かけた。

解剖室は地下にあった。廊下の電灯がまばらなので、薄暗い。しかし解剖室はひろくとってあって、よく整頓されていた。器具や備品は古いが清潔だ。ガラスケースの棚には薬瓶が整然とならべてある。解剖台は高価な大理石でできていた。部屋ぜんたいに冷気がただよって、梅雨の蒸し暑さがうそのようだ。

病理医が机から立ち上がった。まだ若かった。背が高く、内山院長とおなじ黒ぶちのまるい眼鏡をかけている。机のうえには顕微鏡とスライド標本を入れた箱、ほかにはノートが一冊あるだけで、すっきりとかたづいていた。

「病理医の、諏訪紀夫《すわのりお》先生です」

と、内山院長が紹介した。

親友の諏訪がにこりともせずに立っているのを、福見は部屋のすみからながめていた。諏訪は福見の、東京帝国大学医学部での一年後輩にあたる。だからいま三十二歳ぐらいだ。かれも研究が好きで、昭和十四(一九三九)年の卒業と同時に伝染病研究所に入ってきた。福見とはそこで出会った。

諏訪はさいしょ結核菌の研究をしていたが、そのうち、黴菌が人間の体にどんな力をふるうかを研究したくなった。だが伝染病研究所では黴菌だけを研究する細菌学が主流である。だから東京大学へもどって、病理学教室の鈴木遂《すすむ》教授の研究室へ移ってしまった。その後かれは伝染病患者の病理解剖をするために駒込病院にときどき行くようになって、福見とは駒込病院で会うこともあった。

諏訪の人柄とずばぬけた頭脳を見抜いたのは、駒込病院の内山院長である。指導教授の鈴木教授が終戦の日に亡くなったこともあって、内山院長はとうとう諏訪を説得した。専任の病理医として駒込病院へひっぱってきたのが、去年のことだ。

医学部に籍をおく学究は、ふつうは教職につくことになっている。その道をはずれて伝染病院の一介の病理医になることについては、やはりそれなりの決心がいったことだろう。けっきょくは内山院長の人柄にひかれて心を決めたにちがいない。福見はそう思っていた。

もちろん、研究のこともある。内山院長は駒込病院の医局へ入りたての若いころに、当時の院長であった二木謙三博士から研究の重要さについて教えられた。だから内山院長が率いる駒込病院では、医師たちが患者をみながら研究をすることがあたりまえになっている。

また内山院長の性格を反映して、ここでは上の者が研究計画をおしつけるとか、下の者の成果を上の者の名前で発表する、というような雰囲気がない。自由な研究をして、自由に発表をする。そういうやりかたをしない因習にみちた世界もあるが——たとえば大学の医学部のようなところだが、それは長いあいだには人間精神の荒廃をもたらすだけだ、と諏訪は考えていた(5)。

内山院長は諏訪を駒込病院に入れるにあたって、病理医というようなポストはもちろんないので、内科医のひとりということにして強引に人事をとおしてしまった。だから諏訪は「なんだか患者をちっともみない先生」なのである。

そんなことを福見が思い出していると、防水ガウンにマスクをつけて手袋をはめた諏訪が、小さな遺体に一礼した。白布がはずされ、解剖がはじまる。遺体は見るまに真っ赤な切り口をあけてゆく。肺、心臓、胃、と内臓が取り出される。諏訪の手さばきは外科医のように速く、狂いがない。

それを見ながら福見は、諏訪君はこの夏からエキリの病理解剖をはじめるといってたな、と思い出した。駒込病院に病理医はひとりしかいないから、諏訪が死亡患者全員の解剖をする。だがこの夏は、エキリで亡くなった患者に研究の焦点をあわせたいというのだ。諏訪がエキリの病理解剖に興味をもって、昭和二十年あたりからすこしづつ症例を集めていることも、福見は知っていた。

それならきょう、エキリ調査団と諏訪がおたがい知り合いになれれば、たいへんつごうがいい。ついては諏訪は、第一高等学校時代からドイツ語専攻だったと聞く。ドイツ語といってもふつうは読むほうだけに力を入れるものだが、諏訪のばあいはドイツ人はだしの会話力も身につけていた。

いっぽう、エキリ調査団のラポポートはウィーンからの亡命者で、ドイツ語が母国語だそうだ。ではラポポートさえその気になってくれれば、諏訪との会話には困らないことになる。駒込病院でのエキリの経験に裏うちされた日本の病理解剖学が、米国の生化学と小児科学、それに細菌学と組めば、万全のエキリ研究ができるだろう。

解剖台の諏訪は、すでに腸にかかっていた。腸を摘出するには、腸をささえている腸間膜をぜんぶとることになっている。諏訪はそれをせず、すっすっとメスをいれた。そしてそのまま根元からはずすように、腸ぜんたいを摘出した。腸は体内とおなじ位置で巻いたままだ。これなら病変がどこにあったか、ひとめでわかる。ドッドとバディングが顔を見合わせた。この病理医は優秀だ。(6)

すべての内臓が摘出されたところで、エキリ調査団が観察をした。ドッドは腸のなかの便に、とくに注意をはらった。

「典型的な赤痢便のようね」

バディングが、

「しかしケティ。脳にずいぶん浮腫がありますね。脳細胞が水を吸って、ふくれていますよ」

と、ふしぎそうにいった。

ドッドが通訳をとおして、内山院長に診断をたずねた。内山院長はためらわず、

「エキリです」

とこたえた。ドッドがたずねかえした。

「なぜエキリなのですか。腸の病変は、赤痢のそれでしょう」

「そうです。しかし赤痢のようには、炎症が重くありません。カルテによれば、亡くなるまえ何度も典型的なエキリの激しい痙攣を起こしております。だからこれは、エキリです[7]」

「赤痢の病変があるのに、痙攣があるとエキリになるのですか」

「エキリはかならずしも赤痢ではないように思われます。それに」

しかしドッドは内山院長のことばが通訳されるのを待たずに、バディングをふりかえった。

「ジョン。あなたはどう思う？」

「やっぱり赤痢でしょうね、ケティ」

そのままエキリ調査団は活発な討論をはじめた。そのために、うしろに立っていた福見も小島副所長も、内山院長が赤痢やエキリについてはいまの日本における最高権威だ、とつけ加えるこ

とができなかった。内山院長はその種の論文だけでも六十以上発表している。またじぶんで解剖をすることもあって、病理解剖の論文も七つぐらいある。[8] 内山院長はなにもいわれないがほんとうはじぶんよりずっと知識が深い、と諏訪がいうぐらいなのだ。

エキリ調査団はやがて解剖室を去った。かんじんの諏訪は、ほとんど口をひらかなかった。だからラポポートがかれにドイツ語で話しかけるはずはなく、またきょうの出会いによってたちまち日米共同のエキリ研究が実現する、とは行かないようだった。

この日をさいごに、小島副所長と福見所員は案内役を免じられた。病院めぐりは車と運転手だけでじゅうぶんだ、とドッドが申し入れたのだ。小島副所長はうかぬ顔で、たばこに火をつけた。

「困ったもんだね。これからはじぶんたちで診断をする、細菌培養も採血もする。日本人医師の助力は、もういらんという」

「でも、たしかに採血や細菌培養に通訳はいらんでしょうし、病院のほうにも通訳のできる医師がおりますようでもあり」

と福見がとりなすと、小島副所長はいった。

「しかし、病院のほうじゃわれわれのことをずいぶん冷淡だと思うだろう。エキリ調査団だけが熱心に研究をしているように見えるよ。[9] だいいち、とつぜんエキリ病室へアメリカ人が三人も入っていったら、患者も親もびっくりするだろうじゃないか」

小島副所長が危ぶんだとおりだった。数日あと、駒込病院のエキリ病室で患者につきそっていた親たちが、まえぶれもなくはいってきた三人の外国人を見て胆をつぶすのである。

つぎの日、ラポポートは朝からGHQへでかけた。エキリの痙攣がカルシウム不足からくる、と確信はしていたが、証明するためには日本人の栄養状態を知る必要があった。

GHQ一階の公衆衛生福祉局にはいると、サムスはこころよく会ってくれた。ラポポートはエキリについてのじぶんの仮説を説明した。

「そういうわけで、母乳を飲んでいる赤ん坊はエキリにかからないそうです。だから」

「カルシウムの足りない子がエキリにかかる、という仮説になるんですな」

サムスはじゅうぶんな医化学の知識をもっていて、くわしい説明はしないですんだ。

「カルシウムが足りないと、急な発熱で痙攣を起こします。その痙攣で窒息して、死に至るように思えるのです。だから日本の子どものカルシウム摂取量を知りたいんですが」

サムスは統計をとりだした。

「国民栄養調査というのを、終戦の年の暮に初めて実施しました。食糧援助をワシントンからとりつけるために、厚生省に数値をとらせたのです。以来数か月ごとに調査をつづけている。だから一日のカルシウム摂取量もわかっています」

栄養調査をすでにしていたとは立派なものだ。しかしこれも、GHQは命令するだけだったのだろう。厚生省の日本人技官が空腹をかかえて調査に駆けずりまわっているところをラポポートが想像していると、おだやかな青い目をした大男がやってきた。

「ポール・E・ハウ大佐。局の予防医学課の、栄養コンサルタントです」
ラポポートはびっくりした。
「まさか、『ケミカル・アブストラクト』誌の評議員のハウ博士ではないですよね」
サムスはおどろいているラポポートをハウにまかせて応接の椅子から立ち上がり、局長室へもどってドアをしめた。ラポポートのいうとおり、ハウは米国では高名な栄養学者だ。『ケミカル・アブストラクト』という化学論文抄録雑誌の評議員でもある。しかし親切で偉ぶらないので、厚生省の役人たちもハウには親しみをもっている。
ハウは去年あやうく局をクビになるところだった。解雇勧告が参謀第一部から来たのだ。「米国軍人としての総合能率指数」が低いというのである。[10]
たしかにハウは、たのまれもしないのに日本の学者のために『栄養・食糧学会』をつくったり、刑務所を見学して《懲罰として囚人の食事を減らす》のはやめろと進言したりする。[11] これでは「米国軍人」としての能率指数は低いだろう。しかしこの局にはそんなふうに日本人を思いやる人材がいつもいる。国民栄養調査にしても、終戦の秋に厚生省栄養課の若い課長が何度も「食糧がない」と陳情にくるので、ハウの前任のM・B・コーレット少佐が思いついたものだ。コーレットがその課長を指導しなければ、あの混乱の時期に栄養調査などとてもできなかった。[12]
ハウの解雇勧告について参謀第一部へ手きびしいこたえをかえしてやったことを思い出して、サムスはにやにやした。さて、ラポポートによれば予防衛生研究所での日米共同研究も進んでいて、エキリ解明の手がかりもできたようだ。難題ばかりのなかで、こういうニュースはじつにうれしい。難題といえば、来週は全国の飲食店に休業命令を出す。だがいくら飲食店へながれるヤミの食糧を家庭への配給にまわすためとはいえ、休業させられる飲食店のほうもさぞかし困るだろう。サムスはパイプに火をつけると、つぎの仕事にとりかかった。

予防医学課では、ハウがラポポートにおなじことを話していた。

「ヤミの食べ物を家庭にまわすために、七月一日から全国の飲食店を休業させるのです。なにしろいま、おとな一日の摂取カロリーが千七百とでています」[13]

「それでは毎日、昼食ぬきじゃないですか、ハウ大佐」

主婦たちは栄養を考えるまえに、その日手に入ったものをともかく調理する。[14]婦人雑誌が載せるのはあり得ないきれいごとの献立だが、それでさえ、朝はグリーンピース入り蒸しまんじゅう、うどん入りの汁、ほうれん草。昼は麦飯、グリーンピース、わずかなはんぺん。夕飯も麦飯、野菜汁、ほうれん草、そして芋にわずか十五グラムの鮭肉とねぎをまぜたコロッケだ。[15]

予防衛生研究所の職員はそんな食事で仕事に来ているのか。エキリ調査団は昼食時に第一ホテルへもどる。第一ホテルは米軍将校用宿舎だから、軍の配給食ながら食堂ではじゅうぶんな食事がでる。一日の摂取カロリーは二千数百というところだろう。

ハウが説明してくれた。

「日本へは終戦まで植民地から食糧が入っていたが、敗戦でそれを失った。国内生産はまだ追いつかないし、生産しても輸送ができない。人を運ぶことさえむりですからね。そのうえ五百万人をこえる引揚者がもどってきています」

ハウはカルシウムはおとなでは一日三百ミリグラムもとれていないといった。(16) ラポポートの予想どおりだった。

「米国では一日千ミリグラムをすすめている。いったい日本人は、ミルクを飲まないんですか」

「この国は平地がせまくて、広い土地を必要とする牧畜には向かないのです。しかしカルシウム源としては、日本人は大豆をよく食べるし、干魚や海草にもカルシウムがある。わたしも食べてみましたが」

「食べてみた?」

「わたしはなんでも味わってみる主義です」

と、ハウはじぶんの豊かな胴まわりをさして笑った。

「干魚や海草は、かたいのでしょう」

「じゅうぶんに噛めない子どもにはむきませんね」

二歳から八歳ぐらいまでの、いわゆるエキリ年齢にあるこどもの骨はたえまなく成長している。だから骨のもととなるカルシウムを、おとなよりも多くとる必要がある。一日千ミリグラムはむりでも、七百ミリグラムはほしい。ところが、いまはおとなさえ一日三百ミリグラム、だから子どもはその半分の百五十ミリグラムにも足りないのではないか、というのがハウの意見だった。

それなら日本の子どもはみんなカルシウム不足だ。だから赤痢菌に感染して急に熱をだすと、たちどころにテタニーの痙攣を起こすのだ。すぐに血液検査をしてこれを証明しよう。ラポポートが立ち上がると、ハウはいった。

「異国の食べ物の習慣には思いもかけぬ自然の選択がはたらいていて、こちらが足りないと思っても、じつはそのままでじゅうぶんということもあります。[17] 注意すべきことです。ではご幸運を、ラポポート博士」

その日の午後、エキリ調査団は初めて三人だけで駒込病院へでかけることになっていた。GHQからもどったラポポートが採血の道具を持っておりてくると、バディングが自動車の運転手となにか話している。そのあと運転手がにこにこして、ドッドとラポポートのためにドアをあけてくれた。

「リグレイのガムを運転手にあげたんだよ」

といって、バディングはかばんのなかを見せた。細菌培養器具のあいだに、キャメルのたばこがいくつか入っている。

「このキャメルは、駒込病院の通訳の若いドクターのためだ。小島副所長にもさっき、ひとつ渡してきたよ」

「まあ」

とドッドが感心した。いくら占領下の日本では貴重品だからといって、ガムやたばこを大きなおとなにやるなど、ドッドには思いもよらない。そういう気遣いはいつもバディングのものだった。

駒込病院のエキリ病室では若い父親が息子を看病していた。けさ、五歳の息子は変におとなしかった。二階借りのひと間で、布団はもう上げたのに、またたたみに横になっている。額が熱い。

「アイスキャンデー、ないしょで食ったのか」

「ううん」

「じゃバナナ、だれかにもらったのか」

「ううん」

父親は薬箱から「イチジク浣腸」をさがしだし、おまるを布団のそばに用意し、薬局へ駆けていって下剤のヒマシ油を買い、角の米屋で電話をかりて医者をよんだ。

やってきた医者がヒマシ油と浣腸で出た便をみて、

「赤痢かもしれませんな」

といった。

「エキリじゃないんですね」

「まだわからんね。しかし赤痢なら伝染病だから、入院ですな。ここからなら駒込病院だ」

父親が押し入れに首をつっこんで布団を用意していると、階下から家主のおばさんが上がってきた。

「赤痢はねえ、女が手を洗わないで料理すると感染するっていうけれど、おたくは奥さんが亡くなって女手はないのにねえ。病院でおかゆを煮る鍋はいれたの？　七輪のたきつけとタドンは？

そうだ、梅干しをもってきてあげよう」

父の背に負われて駒込病院に入院した息子は、昏睡したままエキリ病室に入れられた。隣のベッドには四歳ぐらいのおかっぱの女の子が寝ている。若い母親が付き添っていた。

父親は看護婦にいわれたとおりに、まず布団で息子の体をくるんで、熱い額に水でぬらした手拭いをのせた。それから看護婦がくれた二十グラムのひまし油を飲ませていると、若い医師がはいってきた。注射器をもっている。

「この注射は、カンフルですよ。昏睡しているから、気つけ薬のようなものです。サルファ剤があればうってあげるのに、いまほとんど手に入らないんです。なるべくお茶か重湯を飲ませるといいですよ」

カンフルをうたれても、息子は昏睡からさめなかった。父親が椅子にかけてぼんやりしていると、病院の中庭で声がする。窓のそとで、ねじりはちまきの男がなにか呼びかけながら魚の切身をならべている。付添いの女たちが出てきた。やがて人垣で魚屋は見えなくなった。人垣が散って魚屋が去ったと思ったら、パタパタと七輪をあおぐ音がして魚の焼ける匂いがただよってきた。

そういえばもう昼だ。さっきの医師がお茶か重湯を飲ませろといっていたが、重湯には米がせめて一さじ必要だ。しかし主食の配給は十二日遅れていて、もちろんヤミの高価な米を買う金はない。

小さな紙袋が目のまえにさしだされた。女の子の母親だった。紙袋のなかに小粒の卵がひとつ、それがわずかな生米のなかに埋めてあった。

「引揚船のなかで、乾パンを半分わけてくれたひとがいたの。それでこの子は死ななかったの。だから」

父親は礼もそこそこに庭へとびだして七輪に火をおこし、重湯をつくりはじめた。そばで赤ん坊を背負った女が七輪をあおいでいる。鍋のかわりにアルマイトの洗面器を使っていて、汁のなかにスイトンのだんごがおよいでいる。こちらの鍋をみて、

「重湯なら、塩をあげましょうか」

「すみません」

「うちは赤痢なんですよ」

「そうですか」

「さっきね、看護婦さんがきのうおろした病院のおまるがないってんで、さがしにきましたよ」

「はあ」

「だれかが鍋に使っちゃったんだって」

部屋へもどると、父親はさじで重湯をすくって、息を吹いてさまして、息子の口元へもっていった。しかし食いしばった歯のせいで、流しこむこともできない。白い液がぽとぽとと、布団に落ちた……。

駒込病院のエキリ病室というのは、このようなところだった。そこへ、白衣こそ着ているが断髪の白人女性、中年の太った白人男性、そして中肉中背で黒髪なのに眼が青い白人男性、という三人が、異国のせっけんの香料の匂いとともに、とつぜん入って行ったのである。

三人はまず女の子のベッドへいって、母親に目で挨拶をした。それからドッドが聴診器をとりだし、女の子をさして「オーケイ?」といって、ほほえんだ。母親がうなずいたので女の子のゆかたとおむつがはずされ、ドッドは診察をはじめた。

そのあいだにバディングはアルコールランプに火をつけていた。かばんをあけて、まるくて平たいガラス容器と、手かぎに柄がついたようなものをとりだし、その先をアルコールランプの火にかざす。数秒待って、おむつの便をすこしとって、液の入った試験官に移す。液をまぜあわせ、手かぎをそれに浸し、ガラス容器のなかの寒天のようなものの上を、ぐるぐるとなぞってゆく。終わると、ガラス容器にふたをした。

ラポポートは、注射器と試験管を用意して待っていた。

そこへ小張医師が足早に入って来て、

「こちらはアメリカのエキリ調査団の先生がたです。エキリの研究をなさっているのだから、心配しないで」

と説明した。

女の子の痙攣が激しくなった。すると注射器を用意していたラポポートはすばやくアルコール脱脂綿で女の子の腕をぬぐい、注射針をかまえた。するとドッドがそれをはらいのけた。けげんそうに見上げるラポポートに、ドッドはきびしい表情で、

「サム、採血の許可を得てないじゃないの」

といった。

「しかしケティ、いまとらないとだめなんです。痙攣のさいちゅうに血液をとらないと」

「患者になにかをする場合に、主治医の許可を得るのは臨床の礼儀よ。こちらの小張先生に、きちんとたのみなさい」

そばではらはらしていた小張医師が、いそいでとりなした。

「どうぞ、どうぞ、採血なさって結構です」

「それに、あなたのような研究者が慣れないまま採血をすると、痛いじゃないの」

ドッドはいつも患者の味方だ。

「じゃケティ、採血をたのみます」

と、かたい表情でラポポートがドッドに注射器をわたした。

痙攣中のかぼそい腕の血管に注射針は一度では入らなかった。バディングが女の子の腕をささえ、ラポポートが注射器に手をそえた。数回やりなおして、ようやく注射器に血が吸いこまれた。

三人はここでほっと息をついた。三人の努力が真摯なものであることは、ことばを超えて親たちにつたわった。

夜中に、エキリ病室の女の子がひきつけたまま息をとめた。看護婦が駆けつけ、すぐあとから内山院長が入ってきた。

「内山先生。呼吸がとまっております」

とふりかえる看護婦に、内山院長が
「カンフル」

といった。ガラスのアンプルの首に、ハート型のやすりで手早く傷をつける。ぽきっと首を折って注射針をさしこみ、吸いこんだ液を一滴分おしだすとそのままうった。女の子は息をしない。

「ストリキニーネ」

こんどはずっと少量だったがおなじことがくりかえされた。女の子は動かなかった。しばらく待って、内山院長が頭をさげた。母親が子どもを抱き上げると、おかっぱ頭ががくりとあおむいた。

母親のむせび泣きがようやくすすり泣きになったころ、しずかな足どりでべつの若い医師が入ってきた。背が高くて、眼鏡をかけている。医師は遺体に合掌し、ていねいに悔やみをいった。それから、

「ご悲嘆のなか、まことに申し上げにくいことですが、お子さまを病理解剖させていただけませんでしょうか」

といった。

「あんた、だれ」

「病理医の諏訪と申します。この病院で病理解剖を受け持っています。学問のために、どうかお願いいたします」

「解剖って、切るんでしょ」

「それは、そうなんですが」

「じゃ、痛いじゃないの」

母親は着物の袖から濡れそぼった襦袢をひきだして、また目にあてた。

「だめ。うちの子が痛がるから」

「お気持はお察しいたしますが、もうお亡くなりになっておられるのですから、痛いことはないのですが」

「それに、そんなことをするともう一度死ぬって聞いたわ。五体満足じゃなきゃ、あの世へ生まれかわれないって」

母親の頬を涙がつたった。

「さっき死んだばっかりだってのに、よくもそんなことといいに来れるわね。学問のためだなんて」

「しかし、ご遺体を解剖させていただくことが、これからさき人を助ける、その手助けになるのですから」

母親はどうしても承諾しなかった。あきらめて、諏訪という医師は去った。息子がまだ息をしているかどうか確かめながら見ていた父親は、時計に目をやった。午前三時だ。あの医師はどこから来たのだろう。病理解剖とやらのためにこんな深夜にわざわざ来たのか、それともここに泊まりこんでいたのだろうか。

父親は夜が明けるまで、痙攣をくりかえす息子のそばについていた。朝の九時すぎに、息子は息をひきとった。

死んだ息子を抱き上げて泣くかわりに、父親は白布の下の体をなでてみた。生きていた時とおなじに、きゃしゃでやわらかい。ただ、動かないだけだ。

「とうちゃんは『せんそう』ってよくいうけど、『せんそう』は食べられるものなの」

なんて、いってたな。五歳で、いつも腹を減らしていたんじゃ、ものの分別は食えるか食えないかで決まるんだろうな。おまえはおれのように中学を出ただけで戦争になんか行かせない、バイオリンを習って、児童文学全集を部屋にならべて、いずれ大学へ行くんだ、そう願って育ててきた。エキリで死ぬなんて、ひどいじゃないか。

しばらくしてゆうべの背の高い医師があらわれて遺体に合掌し、病理解剖をさせていただけないかといったとき、父親は黙ってうなずいた。

1 Rapoport letter, June 18, 1947.
2 小張一峰「赤痢菌と私」『臨床と微生物』18巻4号、1991年、92頁。
3 東京都立駒込病院『駒込病院百年史』第一部、第一法規出版、1993年、388頁。
4 Rapoport letter, June 21, 1947.
5 諏訪紀夫『諏訪紀夫病理業績集』1巻序、1977年。
6 GHQ/PHW records, No.00819-3. Dodd, Katharine. Memorandum for record, Visits to isolation hospitals, June 20, 1947.
7 GHQ/PHW records, No.00819-3. Dodd, Katharine. Memorandum for record, Visits to isolation hospitals, June 20, 1947.
8 東京都立駒込病院『駒込病院百年史』第3部、第一法規出版、1983年、7−8頁。
9 小島三郎「米国の疫痢調査団を迎えて」『医学通信』1947年11月5日、10頁。
10 GHQ/PHW records, No.01300. Checksheet, G-1 to PHW. Officers with low general efficiency indices, November 26, 1946.
11 Howe, Paul E. Nutrition in public health in Japan. *U.S.Armed Forces Medical Journal*, Vol.1, No.6, June, 1950, p697.

東京都立駒込伝染病院正面玄関。1943年以前撮影。『駒込病院百年史』より転載。

駒込病院勤務当時の諏訪紀夫病理医（左）と小張一峰内科医。『駒込病院百年史』より転載。

12 大磯敏雄『混迷のなかの飽食』医歯薬出版、1981年、126－145頁、181－183頁、291頁。Oiso, Toshio. "How I coped with the postwar food crisis in Japan during the period of 1945-1946." Unpublished, November, 1990, pp17-18.

13 Supreme Commander for the Allied Powers. Summation of Non-Military Activities in Japan, Section 1, *Public Health and Welfare*, October, 1947, p260.

14 桑原丙午生『日本医事新報』1946年4月15日、16頁。

15 『婦人の友』1947年7月号、40頁。

16 Supreme Commander for the Allied Powers. Summation of Non-Military Activities in Japan, Section 1, Public Health and Welfare, October, 1947, p261.

17 Howe, Paul E. Nutrition in public health in Japan. *U.S.Armed Forces Medical Journal, Vol.1*, No.6, June, 1950, p697.

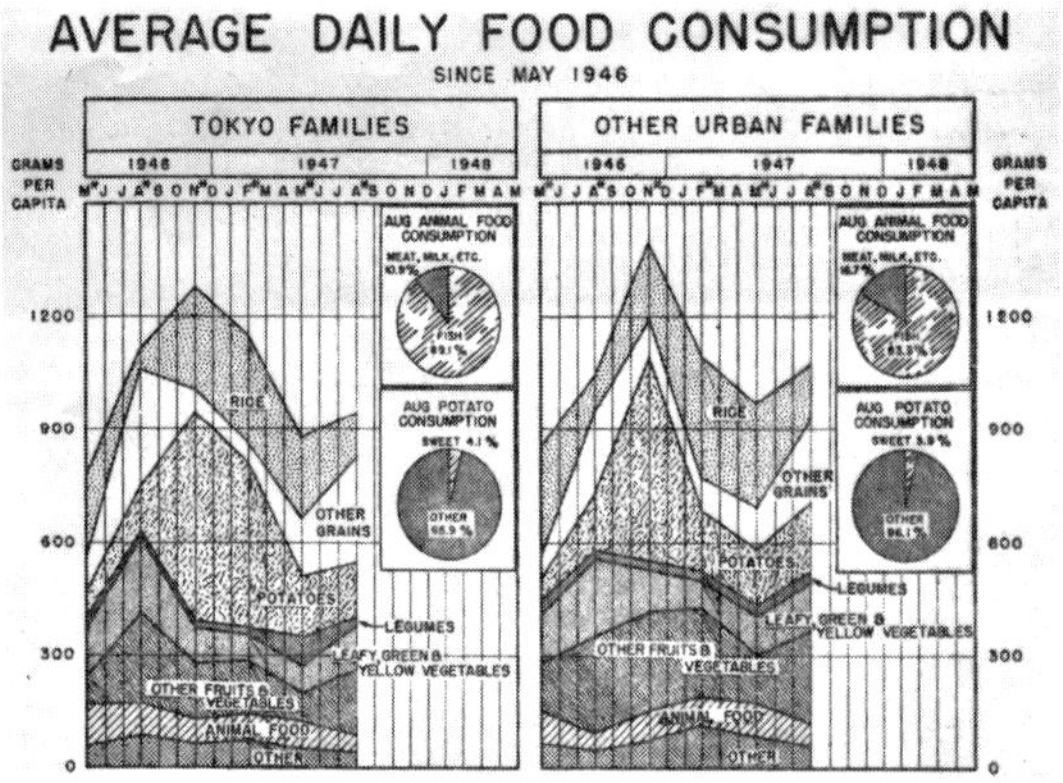

厚生省の国民栄養調査の結果をもとに、GHQ公衆衛生福祉局が作成した日本人の月別一日平均各種食糧消費変化図。グラフのさいごの点が1947年8月。東京近辺の家庭（左側のグラフ）では1946年11月以降減り続け、1947年5月からは一人当たりの一日の食糧は900グラムほどになっている。Supreme Commander for the Allied Powers. Summation of Non-Military Activities in Japan. Section 1. Public Health and Welfare. October, 1947. p259.

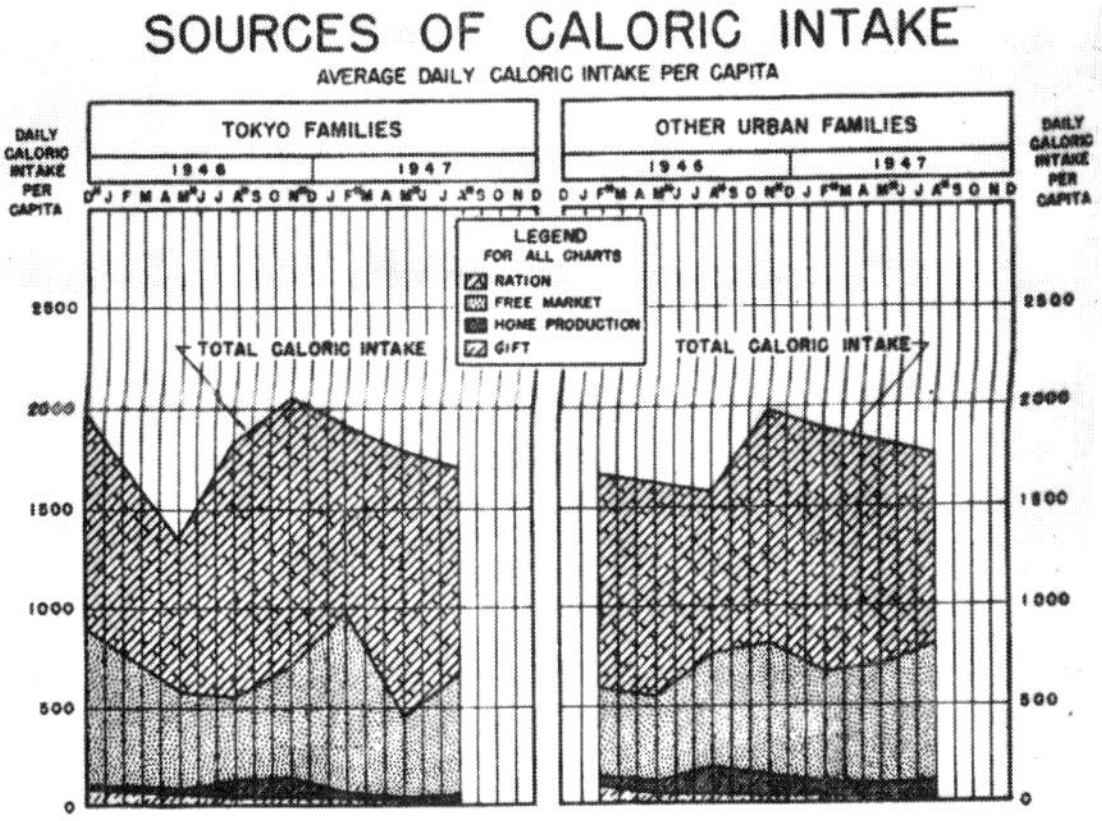

厚生省の国民栄養調査の結果をもとにGHQ公衆衛生福祉局が作成した日本人の月別一日平均摂取カロリー変化図。グラフのさいごの点が1947年8月にあたり、東京近辺の家庭（左側のグラフ）では配給食糧、闇食糧、家庭栽培食糧などをあわせても一日1700カロリーほどで、現在の昼食抜きにあたる。Supreme Commander for the Allied Powers. Summation of Non-Military Activities in Japan. Section 1. Public Health and Welfare. October, 1947. p260.

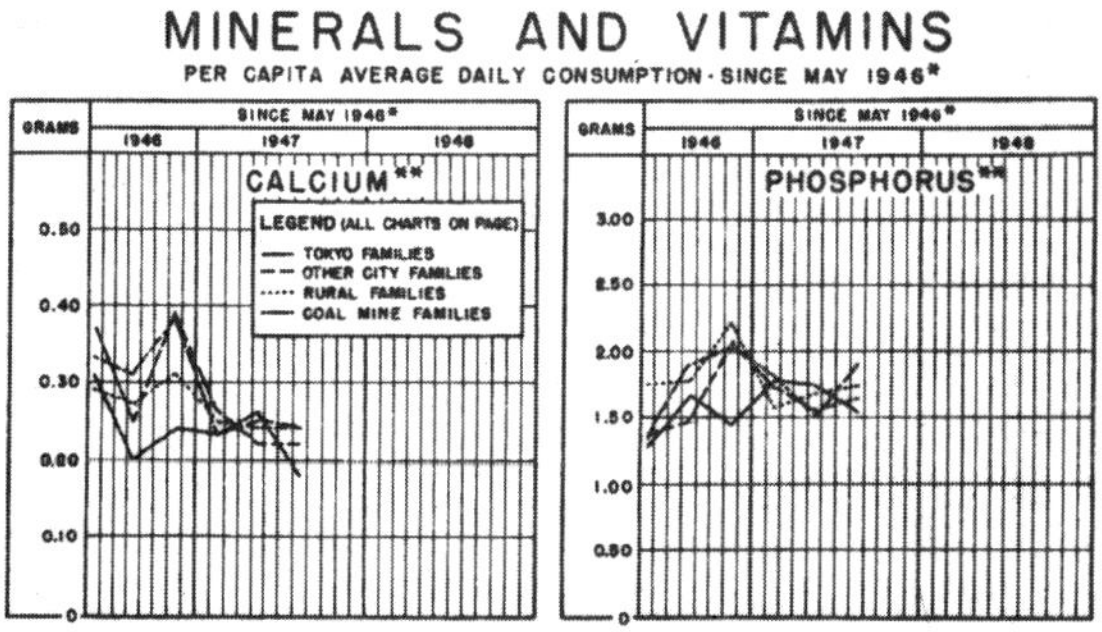

厚生省の国民栄養調査の結果をもとにGHQ公衆衛生福祉局が作成した日本人の月別カルシウム一日摂取量変化図（左側のグラフ）。グラフのさいごの点が1947年8月にあたり、東京近辺の家庭ではとくに低く、一日平均200ミリグラムを下回っている。Supreme Commander for the Allied Powers. Summation of Non-Military Activities in Japan. Section 1. Public Health and Welfare. October, 1947. p261.

第八章　困窮の病舎

諏訪紀夫は駒込病院の解剖室で、病理解剖をはじめるところだった。男の子の遺体が解剖台にのっている。この子の父親は復員服に下駄をはき、バンドがわりにひもをズボンにとおして、二日分の濃いひげが頬に影を落としていた。息子が亡くなった直後だというのに、なにもいわずに解剖許可をくれて、遺体をすぐに解剖室にはこぶことを拒まなかった。

亡くなったそのときから、遺体には死後変化が起こる。冷蔵室にいれて冷やしても、氷をまわりにつめてもだめだ。中まで冷えるのに時間がかかるし、だからといって急いで凍らせると、かんじんの細胞が変化する。けっきょく、死後変化があまりすすんでいない二時間か三時間以内に解剖をするより適当な方法がないのだ。

だから昭和二十（一九四五）年にエキリに焦点をあてながら死亡患者の解剖をはじめたころ、夏が来ると諏訪はろくに家へ帰らなくなった。老いた両親は慣れていたが、三か月まえに見合いで結婚した妻の尚子《なおこ》がびっくりした。

「お姑様《かあさま》。あたくしちょっと、見てまいりますわ。帰って来なくなって、きょうで四日目ですもの」

「でもね、あなた。そんなことしないほうがいいわよ」

「どうしてでございますか」

「そういうこと、あの子は嫌がるから」

尚子はまだ二十一歳だったが、夫が女のところで泊まっているとは思わなかった。ただ、なぜ家へ帰ってこないのかわからない。

「ですけど、夏ですから汗もかいてるでしょうし、あたくしやっぱり着替えを持って、駒込病院へ行ってまいりますわ」

ひとがふりかえるほどに美しい尚子が殺風景な解剖室へ入って来たとき、諏訪は、

「なんだ、来たのか」

といっただけである。尚子も防水ガウンをつけた諏訪の姿を見て、理解することがあった。それで、

「着替え、ここにおきますね」

といって、帰ってきた。

そのときから二年たって、さすがに諏訪もこのごろは帰宅するが、《いま亡くなった》という深夜の知らせで何度病院へもどったかわからない。

「真夜中に、よく往診にいく先生だね」

「なんのお医者かね」

と、近所のうわさになっているぐらいだ。

病院へつくと、病室へいって病理解剖をさせていただけないかとたのむ。ふつうは病理医が死

亡患者の病理解剖の交渉をするものではない。それまで患者をうけもっていた医師が話すのがいちばんいい。だが病院では人手が足りず、《病理解剖はかならずすべきものだ》という考えは医師のあいだにもまだいきわたっていない。それで諏訪は、夜中でも明け方でもじぶんで家族にたのみに行く。どなられたり、追い出されたり、またきょうのように承諾してもらえる時もある。

遺体の前で合掌してから、諏訪は解剖にかかった。(1) この男の子は、いかにもきのうまで道で遊んでいそうな栄養のよい子だ。ひどくやせてもいないし、弱々しくもない。

腸には大半のばあい炎症があるが、それが赤痢のときのように重くはない。

肺はふくらんで、血が少なく、かわいた感じがする。たぶん気管支の筋肉が痙攣して、呼吸に障害があって、血がじゅうぶん肺へいかなかったためだろう。胃のなかには、いつものコーヒーかすのような出血がまじっている。

肝臓はいちめんに黄色に変わっていた。ふつうの肝臓はチョコレート色なのに、これは膨張して水分が多く、血のながれがまだらになっていて、黄色い。エキリのこどもを解剖すると、いつも肝臓が黄色いのだ。

そして脳も水を吸って、前頭の部分がとくにふくれている。重さが標準の千グラムを二百グラムもこえている。それだけの水分を吸った脳が、かたい頭蓋骨に四方八方からおさえられれば、かならず脳の障害がでる。エキリの全身にわたる痙攣を脳の症状だと考えれば、原因はここにあるのではないか。諏訪の手は正確にうごいていたが、思考は火花のように飛んだ。

その週の終わりに、諏訪は内山院長に会った。

「エキリに特有の、肝臓と脳の所見があるようなのです(2)」

諏訪はエキリ患者の肝臓が黄色いことを話し、組織標本でみると、それは黄色い脂肪のつぶが肝臓の細胞にたまっているためらしいこと、脳は水分を吸って血の量が減り、ふくれて蒼白であることを話した。

「みな、そうなのかね」

「はい。そのうえひとり肺炎の患者で、解剖すると肝臓と脳がエキリそっくりというのがありました」

「しかしその肝臓だが、それはもっとべつの、たとえば呼吸困難をおこして酸素が足りなかった、ということに原因がありはしないかね。酸素が不足すると、臓器の脂肪化を起こすだろう」

「そう思いまして、ジフテリアで亡くなった子どもとくらべてみました。ジフテリアでは喉が狭窄《きょうさく》を起こして酸素が不足し、二、三日で亡くなります。しかし」

おなじような黄色の肝臓、つまり激しい脂肪化は見られなかった。

「なにか、体内の代謝にかかわりがあると思われます。それは循環障害のためかもしれません」

内山院長はまだ慎重だった。

「しかし諏訪君。これまでもエキリの病理解剖の報告はいくつか出ているが、肝臓や脳のそんな特徴をのべたものはない。なぜきみの解剖でだけ、そんな結果が出たのだろう」

諏訪は正直にこたえた。

「わたしは死後二時間ぐらいで解剖をしました。ご存じのとおり、脳と肝臓はいちばんにだめになります。三時間以上もおけば、肝臓は混濁します。脳ももちろん、崩れてしまいます」

「そうか」

死後二時間での病理解剖は、違法である。解剖は死後八時間をすぎてからでなければしてはいけないことになっている。万が一、患者が蘇生した場合にそなえてのことだろう。だが内山院長がここへ来てから三十年のあいだに、亡くなった患者が生き返ったことはまったくない。それに、諏訪のことだから死亡の確認にはじゅうぶんに注意をはらっているだろう。

「じゃ、わたしが目をつぶっているから、きみは解剖を続けなさい」

それから内山院長はつけ加えた。

「ああ、これからは夜中に患者が亡くなったら自動車をきみの家にまわそう。練馬から来るんじゃたいへんだからな」

「ありがとう存じます」

「それからね、これはやはりエキリ調査団に話さねば」

「はい」

「ラポポート博士は生化学者だ。これがきみのいうとおりに代謝にかかわりがあるなら、きみは形態、あっちは代謝をうけもって、研究をいっしょにできるかもしれん」

つぎの日、諏訪はエキリ調査団がくるのを待っていた。ドイツ語でなら話せるが、英語に自信はもてない。だが専門の用語ぐらいは知っている。単語を順にならべてでも、きょうはなんとか説明をするつもりだった。

しかし心のおどる会見とはいえない。このまえエキリ調査団が解剖室へ見学にきたとき、三人がはじめて見るエキリの症例なのに、つぎからつぎへと意見をいっていた。見ていた諏訪は、あきれてしまった。

「なんにも事情もわからんで、よく簡単にものをいうなあ」

いかにむこうの医学が進んでいても、じぶんの扱う対象について、ある程度の経験があってからでなければ、むやみに意見はいえないはずだ。

諏訪はこれまでドイツ風の考え方に親しんできた。科学というものは、じぶんの問題意識以上のこたえは出してくれない。だからどういうふうに問題を切り取るか、それはじぶんのつみかさねてきた経験にもとづくよりほかはない。医学の研究も、そういうものだと思っていた。

それが終戦と米軍の進駐で、がらっと変わってしまった。米国医学は、まったくちがう。たとえばあのときの病理解剖にしても、はじめてみたエキリの症例を、これは赤痢だと女性団長が断定した。内山院長の診断には、耳をかたむけなかった。まるで問題を向こうで勝手に決めてきて、赤痢でなければならんといっているようではないか。

諏訪は三人の到着を待ちながら、じぶんの気持を分析した。ドイツ医学を学んだ者がまったく異質の米国医学に出会って、おどろきのあまり、急には適応ができなくて反感を持つ、そういうことだろうか。

この日、エキリ調査団に研究所から福見がついてきておれば、福見は諏訪にラポポートがウィーンからの亡命者であることを告げ、ドイツ語を使うようすすめただろう。結果として諏訪とラポポートとは共同研究者として出会っていたかもしれない。

しかしエキリ調査団はきょうも案内なしでやってきた。そして諏訪の英語に、礼儀ただしく聞き入った。解剖をすると、肝臓と脳に異常があるということはわかったようだった。

「では、お手数ですけれどもその組織標本を、シンシナティへ送っていただけますか」

と、ドッドがいった。エキリ調査団の団長として、よく考えたつもりである。この病理医の腕がよいことはこのまえの見学で知っている。そのことばを信じないわけではないが、なにしろ若い。日本の医学を学んだだけで、欧米留学の経験もないらしい。かれとおなじことをシンシナティ小児病院の病理学者ベンジャミン・H・ランディングがいうだろうか。そうでなければこの報告をうのみにすることはできない。

三人がじぶんの報告を信用していないようだ、と思うまえに、諏訪はもっと目先のことが気にかかった。組織標本をシンシナティへ送れというエキリ調査団のたのみは、GHQ命令とおなじなのだ。

「しかし、パラフィンがありません」

諏訪が調べたのは、病理解剖直後の新鮮な組織切片だった。これを米国へ送るとなると、パラフィンで組織の切片をろう細工のように固めなければならない。しかしいま駒込病院ではパラフィンどころではない。薬さえ手に入らないのだ。

「パラフィン？　GHQにたのめばいいですよ。安いものだから」

とドッドがいって、立ち上がった。諏訪はもうすこしじぶんの仮説を説明しようかと思って口をあけて、またとじた。組織標本を送れというのは、エキリ調査団の優越感のあらわれだ。なんでもむこうのほうが上だと思っていて、ことばのはしばしにそれがうかがえるのでは、共同研究などできはしない。内山院長には申し訳ないが、これはこれで縁がなかったということだ。

諏訪はのちに第四〇六医学総合研究所にパラフィンを申請し、エキリで亡くなった子ども十二人の臓器の組織標本をつくり、それをシンシナティ小児病院へ送った。この十二人はドッドが診察し、バディングが便から細菌を培養し、ラポポートが腕をとって採血した子どもたちだった。その数時間後に諏訪が病理解剖をしたのだから、おたがいの所見をつきあわせれば周到な研究となり、のちに海外で報告される同様の報告のさきがけとなったかもしれない。

諏訪のことばをこのときエキリ調査団が聞きながしたのは、米国の医師としてこちらが上だと思っていたためだけともいえない。三人は疲れてきていた。梅雨は終わって、むし暑かった。毎日が第一ホテルから予防衛生研究所と都内の伝染病院へまわるだけで過ぎた。出会うのは困窮をきわめた病舎の、瀕死の子どもたちばかりだった。

きょうも病室につくと、子どもは危篤状態だった。だがエキリ調査団は観察者で、医師としての治療はできない。臨床経験のないバディングの心の平衡《バランス》がくずれはじめていた。

この日ドッドにかわって痙攣している子どもから採血をしようとしていたバディングが、やにわにそばにいた父親の腕をとった。労働者らしいその腕にはふとい血管がいく筋も浮いていた。その血管のひとつに注射針が入り血液が吸いこまれ、それがそのまま子どもの腕に輸血された。ドッドとラポポートがとめるひまもないできごとだった。(3)

「血液型を」

とドッドがいいかけたとき、痙攣していた子どもの息がとまった。ドッドとラポポートの顔が青ざめた。米国でなら、血液型のあわない輸血をして患者が死ねば、医事訴訟の対象になる。そこへ駒込病院の医師と看護婦がかけつけてきた。いつもの手順で子どもの顔に白布がかけられると、それまで黙っていた父親がバディングに頭を下げた。

「ありがとう、ございました。血まで打ってもらって」

母親と姉たちも、バディングにおじぎをした。それから父親が、

「うかがったところでは、エキリ患者の血がいるんだそうで。さ、どうぞ、やって下さい」といった。

三人が病室を去るとき、家族は病理解剖が終わるまでここで待つといって、もう一度おじぎをした。ラポポートは数分間の恐慌から解き放たれて廊下を歩きながら、バディングの《なんとかしてやりたい》という心が家族につたわったんだな、と考えた。

「ジョンはとても思いやりのある、しかし内気な男でね、反対意見をいうということをしない。ぼくといるときはぼくに、ケティがいればケティに味方する。しかし、かならずしも心底そう思っているわけじゃない。これは何週間もあとで、べつのことを話していて、わかるんだ」

バディングのことを、ラポポートはイングにこんなふうに書き送った[4]。

しかしバディングだけではなかった。占領下の日本はエキリ調査団の経験と想像を超えていた。ドッドもこのころ、口かずが少なくなってきていた。

つぎの日、エキリ調査団が駒込病院へやってくると、患者の痙攣はもう手がつけられなかった。ラポポートはいつものように、子どものこめかみをそっと指さきで打ってみた。横顔にひくひくと痙攣が走る。腕や太腿の血管をおさえて血をとめると、ぐうっと親指からそりかえってくる。きょうの子どもの場合は、とくにはっきりしている。ドッドが聴診器をはずすのを待って、ラポポートはいった。

「ケティ。これは教科書にあるとおりの、テタニーの痙攣に特有の兆候です。さっきのこめかみの痙攣がクボステックの兆候で、手足の強直はトルーソーの兆候でしょう」

「クボステックの兆候なら、わたしにもむかしからでるのよ」

ドッドがじぶんの頬をかるく打つと、口のはしがひくひくとひきつった。

「でも、わたしに潜伏したテタニーがあるからといって、カルシウム不足だとはいえないでしょう。それに、まえからいっているように、テタニーの痙攣で意識がなくなって、そのうえ死んだというのは聞いたことがないわ。こんな全身の激しい痙攣は、テタニーではないと思う」

「見方をすこし変えてみてくれませんか、ケティ。クボステックとトルーソーの兆候がこんなにきれいにでる。[5] これがテタニーの痙攣でないとすれば、じゃ何なんです？」

「わたしはただ、エキリの痙攣とわたしの知っているテタニーとはちがっていると」

「だから、テタニーでなければ何です？」

ドッドはしばらく黙っていた。それから、

「……特有の兆候が出るのだから、もしもこれがテタニーだとするなら」

と、ゆっくりいいはじめた。

「わたしはテタニーについてじゅうぶん知らなかった、そういうことになるわね。死ぬ場合もあるっていうことは、あのテタニーの大権威のフィンケルシュタインの報告でもふれていなかったわ」

「フィンケルシュタインとか、欧米の文献ばかりを信じるのはまちがいだとぼくは思う。欧米じゃミルクやクリームは毎日の食事だから、カルシウム量がこんなに低いことはめったにないんです。ぼくはもう十人ほどの血液を分析したが、カルシウムは極端に低い。ふつうは数値が九か十なのに、六っていうのもあります。テタニーが激しければ死ぬこともある、そう考えられませんか」

「そうね」

「それにケティ。エキリの痙攣がテタニーならばカルシウム不足のせいだから、治療方法がありますよ。たとえばカルシウムを注射するとか、もっと食べさせるとか。しかしテタニーでないっていうんなら、エキリにはほどこす手がないことになりますよ」

「そうね」

ドッドが芯まで冷徹な性格だったら、その論理的な頭脳であくまで疑いつづけたはずだった。しかし危篤状態の子どもたちと、疲れと、生来のやさしい心がこのときドッドを回心させた。

このあとドッドはテタニーの定義をひろげて、エキリの痙攣もその一種なのだと考えた。(6)《はやく治療をしたい》という気持が、その裏にあった。それはもとよりラポポートの意図であり、バディングには意見がなく、このあとエキリ調査団はこれを仮説として全速力で調査をすすめていく。

ラポポートにはまだ提案が残っていた。

われわれはもう子どもが死ぬのを見ているのはやめよう。ここは日本だから、日本の医師のやり方を尊重すべきだと思って黙っていた。しかしこれからは遠慮せずに、日本の医師たちにわれわれの治療のやり方を教えよう。まず不足しているカルシウムの注射からはじめたいが、どうだろうか。

「そうね。カルシウムはどうせ不足しているのだから、注射をしてみてもいいわ。それにヒマシ油は下痢を起こさせて脱水症状をますますひどくするだけだし、心臓はしっかりしているからカンフルやストリキニーネは必要がないし、熱があるのに布団でくるんだりしないように、そういいたいわね。それから静脈注射でどんどん補液をするようにいいたい。それも生理食塩水はやめて、ブドウ糖液をね。水分は呼吸から失うのだから、塩分はじゅうぶん身体に残っているわけなのよ(7)」

バディングもいった。

「細菌学者のぼくとしても、蒸留水を病院にはいつも用意しておきたいね。むずかしいだろうけれども」

ラポポートは提案をつづけた。

「われわれはもっと気晴らしに出かけるべきだと思う」

「出かけるって?」

「占領下の日本が悲惨だからって、こちらも気が滅入っていてはだめだよ。劇場とか美術館とか海辺とか、日本人が夏にあそびに行くところへ、われわれも行くんだ」

「そういう劇場とかは、GHQ命令で米国人には立ち入り禁止じゃなかったかな」

「GHQの命令なんか」

つづくラポポートの悪口雑言をさえぎるべく、ドッドがいった。

「わたしは日本の田舎を歩きたいわ。ハイキングはわたしのたのしみですもの」

そうなると暑がりのバディングも、細菌検査済みのプールで泳ぎたい、といった。

そういうことならラポポートがよく知っていた。第一ホテルでの夕食後、かれはロビーで米軍の男たちと話をする。だからプールなら横浜に米軍が接収したのがあるし、海辺はきれいに仕切ってあってMPが監視していることを聞いていた。三人はまず鎌倉へ行こうときめた。野天の大仏があるという。それからカブキも見たいし、べつの劇場ではワグナーの『タンホイザー』をやっているそうだ。

このときラポポートだけがいっこうに疲れを見せず、そのためリーダー格になっていたのにはわけがあった。インゲからの航空便で、かれは赤ん坊の誕生を知ったところだった。六月十八日、インゲはじぶんで車を運転して入院し、ぶじ元気な息子トムが生まれたという。

その朗報のいきおいで、ラポポートは採血してきた血液を夜までかかって分析した。米国へ注文しておいた分光光度計がちっとも来ないので、横浜へ行って米軍の倉庫からむりやり借り出した。七月は雨の降らない日がつづいて研究所がよく断水したが、水道局へ改善するよう交渉に行ったのもラポポートだった。このころ福見の手配で、東京大学医学部の生化学研究室から吉川春壽助教授が手伝いにきていたが、ラポポートはその吉川にも実験生化学を教えはじめた(8)。

吉川は漆黒の髪をして若々しく、態度がていねいだった。そして戦前にロチェスター大学へ留学していただけあって、英語が流暢だった。おかげでラポポートは、はじめて日本人の気持を知ることができた。

吉川も空襲で家を焼かれて、終戦のときは医学部の教室のすみに寝泊まりしていた。戦争中は思うままの研究はできず、戦争が終わってようやくなにを研究しようと自由になったという。

ラポポートも、戦争のあいだはじぶんの研究ができなかったことを話した。

「なにをしていたのですか」

「ACD保存法といってね、輸血のための血液保存法を開発していた。兵員が野戦で負傷するだろう。負傷すると失血するから、なによりさきにまず輸血だ。そのための血を、うまく保存する方法だね」

「わたしのほうも厚生省研究所で、お国のために疲労の研究をしていましたよ(9)」

そういう話から、

「あなたがたのエキリ研究と日本側の研究とでは、速度がウサギとカメのようにちがいますね」

「それはね、ぼくらが研究の目的をはっきりつかんでいるからだよ」

といった研究の本質についての談議になることもあった。(10)

「しかしアメリカの研究がはやく進むのは、お金があって、ほしいものがすぐ間に合うからでは」

「それもないとはいえない。たしかにぼくはシンシナティから器具や薬品を持ってきているし、高価な分光光度計もこのとおり米軍からぶんどってきたしね。しかし、なんといっても研究というものは、まず目的を決めて、計画を立てなければだめだ」

「じっくりあれこれをして経験をつんで、そこからしだいに問題がみえてくる、じゃいけないというわけですか」

「そんなんじゃ、米国では間にあわない。きちっと目的を決めて、むだのない計画を立てる。その目的を決めるためには、仮説がいるんだ。その仮説が正しいかどうか、計画にそって調べる。そうすると、はやいんだよ」

「それで、エキリのテタニー説、つまり低カルシウムによる痙攣説が出たんですね」

「そう。研究の独創性というのは、どんな仮説を思いつくかにかかっているんだね。もちろん事実のうえに立ってのことだけれども」

そんな話をしながら、ラポポートは吉川にできるかぎりの生化学の実験方法を教えた。そして吉川が従順にそれを吸収していくのを見て、もうひとつ思いついた。この研究室には、じぶんの研究費で買ってシンシナティからもってきた器具や薬品で設備がととのっている。これを吉川に残していく、というのはどうだろうか。今後は吉川をリーダーとして、ここを生化学研究室のモデルにする。全国の研究機関からそれを見に来てもらい、吉川が講習もする。そうすれば日本の医学研究のレベルを引き上げることができ、いずれは全国の病院にりっぱな総合検査室ができるかもしれない。いまのように、めいめいの医師がじぶんの患者の検査をするというのでは、まったく能率が上がらないわけだから。(11)

こういうときに、予防衛生研究所がエキリ調査団歓迎会をひらいた。小林所長、小島副所長、福見所員、その他の所員はもちろん、GHQ公衆衛生福祉局と厚生省からも関係者がまねかれた。

エキリ調査団はよろこんだ。第一ホテルでは米軍配給食糧が材料なので、煮込んだ豆に豚肉、缶詰のほうれんそう、黄桃のシロップ漬け、といった献立には、もうあきあきしていた。

その夜は主賓たちがたたみに足を折って座らなくてもいいように、椅子とテーブルの部屋がとってあった。盛り花がふたつのテーブルにおかれ、まずビールが出た。そのあと日本酒が出た。酒が入ると、日本人たちはとつぜん英語が話せるようになった。

「日本のインフレーションがいまいちばんグレートなのは酒でしょうな。一升、ええと二リットルぐらいですが、冬に四十三円、春に百十九円、いまは夏で二百四円」

「それにしてもことしは夏のさなかに火事が多い。とくに、ヤミ市はすぐに燃える。これはなんといっても保険金めあてですよ」

そのあいだにハマグリのお吸い物、さしみ、伊勢エビ、すき焼き（生たまごつき）と会食はすんだ。(12) ドッドはフォークをもらって、慣れぬご馳走を食べていた。GHQの栄養コンサルタントに会ってきたラポポートの話では、食糧がなくて全国の飲食店は先週から休業し、国民の摂取カロリーは一日千七百だという。だのにきょうのこの豪華で新鮮な食料は、どこからきたのだろう。

「ブラック・マーケット、オブコース」

とだれかがこたえた。

家庭の消費支出のうち食費が占めるわりあいは、このとき七十パーセントに近かった。妻から今月は食費に何千円かかった、と聞いて夫は《よくやった》とほめるべきか、《もっと締めろ》と叱るべきかわからないという。(13)

やや太り気味のバディングは、すき焼き鍋のなかの肉について考えていた。いま日本には肉がまったくなくて、先日はＧＨＱから日本の捕鯨船隊に《南氷洋へ出かけてもよろしい》という許可が下りたそうだ。バディングはすき焼きの肉をひときれ、こわごわ口にいれた。なじみのある牛肉の滋味にさとうと醤油がからまって、口一杯にひろがった。

ラポポートはウィーンの美食になれていて、きょうの日本料理も心からたのしんでいた。つぎつぎと料理をたいらげながら、通訳をはさんで小林所長に話しかけた。

「だから予防衛生研究所のぼくの研究室をモデルにして、生化学の研究と医化学検査のシステムを、日本全国にひろげていく。そのためになら、ぼくがシンシナティから持ってきた器具も機械も薬品も、そっくりおいていきましょう」

「それはまったく、なんともありがたい」

のどから手がでるほど機器がほしい小林所長は、心からの礼をいった。そして、さっそくあす第二細菌部の福見所員にそのことを話して、引き継ぎの心得を教えてやっていただきたい、とたのんだ。

「ドクター福見はだめです。かれは細菌学者じゃないですか(14)」

ラポポートのにべもないことばに、小林所長はびっくりした。ラポポートはつづけた。

「ドクター吉川じゃ、どうしていけないんです。生化学者でなければこれだけの設備は使えないと思いますが」

「しかし、吉川先生は東京大学の方ですよ。研究所の所員ではなくて」

小林所長はこのときまで、午前中だけ大学からやってくる吉川を、ラポポートがそのように見ていたことに気がつかなかった。そういえば、吉川の英語はじつに流暢である。くらべて福見はあまり口をきかない。だいたいが福見は気質が四国の男だ。ふるさとの愛媛県の村では、病人が出ると東大医学部教授の写真を拝ませるのだ、などといって笑っている。ところが吉川は東京の開業医の息子で、都会人そのものだ。

小林所長も、じつはおなじような対照のなかにいた。性格のせいもあり、また京都帝国大学医学部を卒業したために、ともすれば東京では地方人としてあつかわれる。東京帝国大学出身の小島三郎副所長のハイカラな雰囲気を引き立たせて、好一対の所長と副所長なのである。

ともかくいまはまだ七月だ。エキリ調査団は八月末までいるだろうから、この件についてはもうしばらく時期を待つことにしよう。小林所長はそう心をきめた(15)。

あすからでも引き継ぎをはじめたいラポポートには、小林所長の態度が不可解だった。この老いた細菌学者は、おなじ細菌学者である福見をひいきにしているのではないか。なぜ吉川が東京大学助教授と予防衛生研究所員をかねることができないのか。ラポポートはシンシナティ小児病院のスタッフであると同時に、シンシナティ大学医学部の生化学助教授でもある。日本では公務員がふたつの仕事を兼任しないのだということは、わからなかった。

当の福見は、末席にいた。

国のゆくえもわからぬいま、この宴会はまるで別世界だ。ふつうの日本人の食生活は、油をとったあとの大豆のかす、料理法のわからぬ米国産とうもろこし粉、いもやかぼちゃの煮付け、ときおりの配給魚の小さな切り身だ。(16) もちろん、いつの時代にもあるところにはあるから、飲食店休業中といっても新橋などでは窓にめばりをして、白米の握りずしを出していると聞く。そういう食事には給料のひと月分ぐらい払うんだろうな。

「福見さん、聞きましたか」

だれかが酌をしにきて、話しかけた。

「駒込病院の内山院長のことですよ」

「いや、聞いていません」

「病院の事務の話では、警察へ呼ばれたそうです」

「えっ」

「なんでも病理医が死体を死後二時間ぐらいで解剖するってんで、院長呼び出し」

「病理医の先生も、呼ばれたんですか」

「いや、そこだ。内山先生ガンとして、学問のことだから仕方がないといい通されたんだそうですよ。駒込署も困ったでしょうなあ」

諏訪君は知らない、と福見は思った。内山院長は《きみの解剖のことで警察に呼ばれたよ》などと本人にはぜったいにいわない。若い者とみたら、黙ってかばっておくひとだからだ。おれだって黙っているだろうから、諏訪君はこのさきも、なにも知らないでエキリの病理解剖をつづけるのではないだろうか。

こちらのほうを、むこうの席の小林所長とラポポートがしきりに見る。それをふしぎに思いつつ、福見はうたげの歓声とすき焼きの甘辛い匂いをたのしんでいた。

1 諏訪紀夫「疫痢の病理解剖」『日本臨床』6巻11号、1948年、1－5頁。

2 諏訪紀夫「疫痢の病理解剖」『日本臨床』6巻12号、1948年、1－5頁。

3 Rapoport letter, July 11, 1947.

4 Rapoport letter, June 27, 1947.

5 座談会「いろんな話（4）疫痢のこと」『日新医学』36巻8号、1949年、377頁。

6 Rapoport letter. July 10, 1947.

7 Dodd, K., Rapoport, S. and Buddingh, G.J. Clinical features and treatment of ekiri.『日本臨床』1947年10月25日、10－11頁。

8 Rapoport letter, July 5, 1947.

9 吉川春壽「光陰に移されて」『生体の科学』24巻6号、1973年、47頁。

10 吉川春壽「疫痢研究のひと月」『日新医学』35巻1号、1948年、39－44頁。

11 Rapoport letter, August 3, 1947.

12 Rapoport letter, July 2, 1947.

13 『婦人朝日』1947年12月号、22－23頁。

14 Rapoport letter, August 3, 1947.

15 Rapoport letter, August 4, 1947.

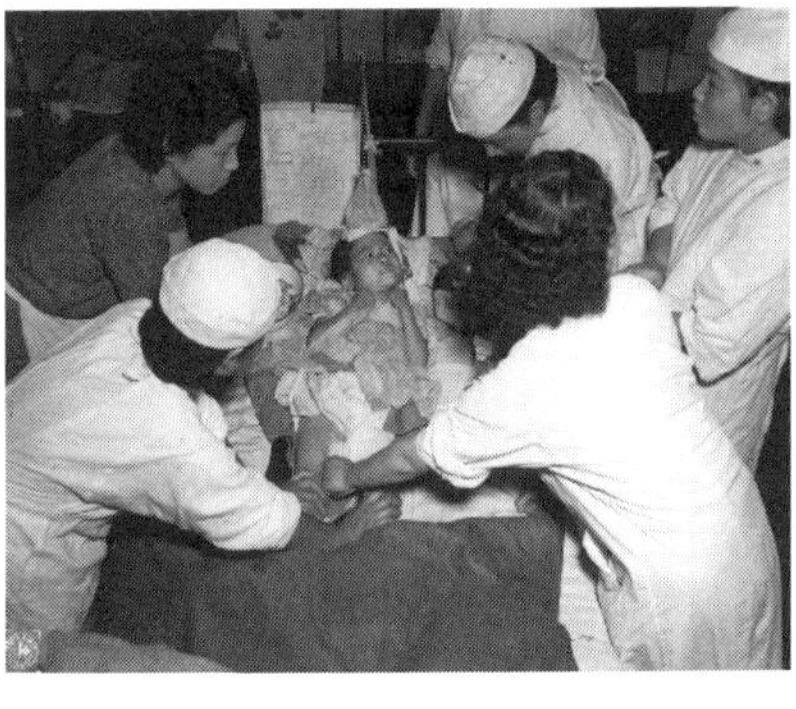

駒込病院に入院した幼い女の子。発熱のため氷嚢をあてられ、看護婦が足を抑えている。左端は母親だと思われる。US Army Signal Corps. Courtesy C. F. Sams Collection. The Hoover Institution Archives, Stanford University.

16　「或る日の晩餐」『アサヒグラフ』1947年7月30日号、230－231頁。

1947年7月のある家庭。30年勤続の巡査の父と、働いている息子の月収はあわせて3800円ほど。母をいれて3人の夕食の献立は、ヤミの芋粉で作った団子、ゆでた自作のじゃが芋、配給のマグロのわずかな切り身3切。「或る日の晩餐」『アサヒグラフ』1947年7月30日号、10頁。

第九章　夏の終わり

エキリ調査団は七月のある日、千葉の銚子へ出かけた。浜辺が半分に区切ってあった。日本人用の半分は黒い頭でにぎわっている。あいだに、海草やサイダーの空き瓶がちらばっている。もう半分は占領軍用で、清潔な砂に色あざやかなパラソルがいくつも立っていて、米国人がのんびりと寝ころんでいる。境界には、銃をもったMPが立っていた。

七月に入ってから、赤痢は東京から全国にひろがった[1]。エキリ患者も増えた。ドッドは診察、バディングは赤痢菌の培養、ラポポートは採血した血液を分析して一日をすごす。予防衛生研究所での停電と断水はあいかわらずだ。それでもようやく二十人のカルシウム検査が終わった。うち十六人の値が低かった。だからきょうは休日にして、三人は銚子まで出かけてきたのだった。

休日のはずなのに、ひと泳ぎするとエキリの相談になってしまった。数日後に、予防衛生研究所で中間の発表をすることになっている。ラポポートがいった。

「まず、こちらの結果を発表します。それからあとは、黙っているんです」

「なんですって」

「必要なことはこたえるが、それ以上はいわないんです」

そうすると日本側は、最初の顔あわせの会でやったようにじぶんたちで論争をはじめる。エキリを起こしやすいのは赤痢菌のどの種類であるか。味噌へのアレルギーが原因か。冬のエキリは（そんなものがあるとして）夏のより重いか、軽いか。

「論争で意見が出つくすころには、みんな疲れています。そこではじめて、カルシウムのデータを出す。そのうえで、カルシウム注射をすすめるんです」

「そのほうが、おちついて聞いてもらえるかもしれませんね」

と、バディングがいった。

「それから日本の医師たちには英語を読む力はあるから、あらかじめ治療方法を書いたプリントをくばっておく[2]」

とラポポートがいうと、

「それはわたしが用意してもいいわ」

と、ドッドが賛成した。はじめての会議では、五時間もかかってけっきょくわからなかった。それを思うと、こういうやりかたもやむをえない。作戦会議を終えて三人はまた海水浴をたのしみ、日に焼けて帰ってきた。

発表の日、予防衛生研究所の会議室には、顔あわせのときとおなじ医師たちが集まった[3]。欠席したのは駒込病院の内山院長だけで、かわりにエキリ病室から小張一峰医師がきていた。

先週の夕食会のおかげもあって、発表はなごやかにはじまった。予想どおりに日本側の討論が始まり、それが終わるとラポポートが立った。ゆっくりした英語で、カルシウム注射をした結果ふたりの子どもが回復したことを話してゆく。

ラポポートの声を聞きながら、小張は思い出していた。その日、駒込病院のエキリ病室には危篤の子どもがふたりいた。そこへ三人が入ってきて、とつぜん十パーセントの塩化カルシウム液を注射したいという。そのカルシウムを溶かす蒸留水を手に入れるやらで、小張は走りまわったのだ。

カルシウム注射がすむと、子どものひとりはこわばりを解いた。もうひとりの体もぐたっとやわらかくなった。痙攣はとまっていた。つぎの朝、ひとりはまったく元気になっていて、もうひとりも強直がとけて静かに息をしていた(3)。

ラポポートはその報告を終えると、こんどは日本の伝統的なエキリ医療を批判しはじめた。これも小張にとっては、あたらしいことではなかった。すでに何度かドッドから注意をうけている。浣腸やヒマシ油は下剤で、下剤は脱水症状をおこす。脱水しているのに補液をあたえず、あたえても生理食塩水では、体内の塩分が増えてよけいに喉がかわく。発熱している患者の腹部をあためねばならぬ根拠はなく、心臓に問題はないのだから強心剤のカンフルやストリキニーネはいらない。ドッドはこんなふうに理路整然と、小張に教えたのだ。

ラポポートの話の通訳がすすむにつれて、会議室のなごやかな空気が消えていった。ネクタイをぐいとゆるめた医師、こちらを見ない医師、プリントにバツをいくつも書き込んでいる医師、小島副所長の顔からも、いつもの愛想のよさが消えていた。

会議室の末席にいた福見秀雄は、このとき両方の気持が理解できた。

日本が政令で漢方医学を廃し、ドイツ医学をとりいれたのは明治二（一八六九）年、ここにいる医師たちの親の時代だ。つまり日本での西洋医学のあゆみはまだ二世代に過ぎない。それまで数百年つづいた医師と患者との伝統的なやりとりを、政令ひとつで消すことができようか。とくにふつうの下痢などは、迷信でも漢方でも西洋医学でも、いずれはなおることが多いのだ。

下剤や浣腸をエキリ調査団は誤りだというが、これは腹の洗浄をするためだ。そして腹の洗浄は、漢方では下痢のもっともたいせつな手当てである。中国の後漢時代末期の『傷寒論』では蜜をまぜた水などを、日本に残る最古の漢方医書である平安時代の『医心方』でも水と塩をまぜた液を肛門から入れるようすすめている。近世になってからは油を入れるようになった。《下痢は腹から毒素が排泄されればなおる》という考えかたは、根強いのだ。[4]

腹部をあたためることについても、『医心方』では腹部に灸をすえ、塩を炒って肛門部をあたためる。江戸中期の古医方でもおなじで、温泉へ入れたり、熱い湯で腰湯をつかわせたりする。効果はともかく、病人の気分は改善する。

病人が要求するのが、そのときどきの医学でもある。病人が古いやりかたを信じているなら、臨床医はそれをも治療に含まなければならない。患者が治ると信じなければ、病気は治らないのだ。福見は四国でそういうことを見知って育った。だからエキリ調査団がもうすこし日本の事情を理解しようと努力をしてくれたら、と思った。

小林所長が口をひらいた。[5]

「子どもは腸の病気をよく起こすが、わたしは四十年まえに幼い息子を亡くしております。命のあるうちは診断がつかず、病理解剖でようやく腸重積《ちょうじゅうせき》であったことがわかった。はじめに浣腸をやっておいたなら、と何度思ったことかわかりません。したがって、下剤などをやめて子どもを手遅れで死なせるよりは、脱水症状のほうがまだましであるかと思われます」

通訳はエキリ調査団に向いて、英語でいった。

「小林所長の息子が四十年まえ、便秘で亡くなりました。それは下剤を使わなかったためだそうです」

つぎに小林所長は、細菌による侵襲にたいして、その部分を冷やすと体内の抵抗力を失うようだ、これはエキリを長年みてきた医師の観察だ、といった。

通訳が英語でこれを伝えた。

「冷えると腹が風邪をひいてエキリがわるくなるから、あたたかいほうがいいのです」

「じゃなぜ、エキリは冬に起こらず、暑い夏に起こるんです」

と、非論理性に耐えかねてドッドがいった。

つづいて、小林所長は牛乳についてのべた。

「日本の幼児は遺伝的に牛乳を消化できないのでありまして、それは、消化器において牛乳を分解する酵素を成長するにつれて失うからです」

通訳が訳した。

「日本の子どもはミルクを飲むと、下痢をします」

エキリ調査団はだれかから、小林所長がいま「哲学」の本を書いていると聞いていた。また専門の細菌学についても、いつか学会で免疫に関して、

「私は一匹のチフス菌に変身して生体のなかに入り、その生体のなかのそれぞれの細胞や組織と話しあっているような気持である」

といったことがある。[6] だからエキリ調査団は小林所長を、科学者というよりはいっぷう変わった哲学者であると思っていた。だからこの日、通訳をとおしたかれのことばのあまりの単純さをあやしまなかった。さいごの、

「エキリ患者の半数は、どちらにしても助かります。したがってふたりの患者が元気になったのはカルシウム注射ゆえである、と断言することはできません」

ということばにも、注意をはらわなかった。

そのあと会議室は静かになった。エキリ調査団にも、じぶんたちの発表が好意的に受けいれられなかったことは感じ取れた。

しかし、駒込病院の小張はほほえんでいる。伝染病研究所の附属医院長の美甘《みかも》義夫の顔にも、微笑がある。福見のおだやかな顔にも反感はない。とすると、若い医師たちはわかってくれたのだろうか。

この日の印象をもとに、エキリ調査団はつぎの作戦を立てた。あしたからは年輩の医師への説得はやめる。かわりに、若い医師たちに教える。

つぎの日、伝染病研究所附属医院の若い医師三人が、エキリ調査団の研究室に呼ばれた。ドッドがゆっくりした英語で黒板を使って説明していくと、医師たちは熱心に記録をとりはじめた。うまくいきそうだ。そう思ってラポポートとバディングが見ていると、とつぜん小林所長、小島

副所長、そして福見をふくむ四人の所員が入ってきた。[7]だれかがとんでいって知らせたのだ。

小林所長はむずかしい顔をしている。小島副所長はかんかんにおこっている。上の者をはずして、秘密に打合せをしていたというのだ。若い医師たちはびっくりして、もう米国式医療をおそわるどころではなかった。

こうなったらこれからは無差別にやろう、とエキリ調査団は決めた。行ったさきの伝染病院で、機会をとらえてどしどし指導をする。聞いてくれればよし、駄目でもかまわない。

七月下旬になると、駒込病院のエキリ病室の医療が変わりはじめた。小張の力だった。小張はニューギニアで、軍医として多くの日本兵の臨終をみとってきた。その分、日本の将来を背負うこの子どもたちの命を救いたいと思う。またこのころになると、小張はラポポートのドイツなまり、バディングの米国南部アクセント、そしてドッドのボストン式発音を正確に聞き取ることができるようになった。そして納得がいくと、すぐに治療のやりかたを変えた。まだ三十代の小張にそんなことができたのは、もちろん内山院長の庇護があったからだった。[8]

エキリ病室では補液があたえられ、ヒマシ油やカンフルはもう使われなかった。熱が四十度をこえたら氷で冷やせといわれて、付添いたちが氷を奪いあうなか、小張も苦労して氷を手に入れた。カルシウム注射のときは、液が血管からもれてまわりの組織を壊死《えし》させないように気をつけた。

そういう小張の素直な性格はエキリ調査団の信頼を得て、バディングがとくに親切にしてくれた。たびたびキャメルのたばこを目立たぬようにくれ、駒込病院の検査室の顕微鏡を使って、いろいろな菌を見せてくれたりもした。

ある朝、駒込病院でエキリ調査団がカルシウム注射をしている最中に、子どもが死んだ。ラポートの説明は、小張の英語力をもってしてもよくわからなかった。それで小張はこの日、地下の解剖室まで遺体についておりた。

「諏訪さん」

小張は諏訪紀夫より年齢はすこし上だったが、敬意をこめていつも諏訪さんと呼んだ。

「この子はカルシウム注射の最中に、痙攣で亡くなりました。テタニーの痙攣ならカルシウムでとまるはずで、死因がよくわからないのです」

諏訪紀夫はいつものように遺体に合掌してから、病理解剖をはじめた。それから防水ガウンをつけてのぞきこんでいる小張に、ていねいに説明した。

「胃に出血性のびらんがありますね。それから肝臓の毛細管の周囲の浮腫、胆嚢の壁にも浮腫。これは上腹動脈の反応の結果です。時間がたてば、この浮腫は腎臓にも出ます。脳には、循環障害があるようです」

「そういう所見ですと、ショック症状でしょうか」

「ひどい全身のショックというか、コラプス（虚脱）ともいえますね。つまり血が内臓から減ると、急激に生命の危険状態が起こります。脈は速くなり呼吸は促迫《そくはく》して、意識障害がきます」

「それなら、カンフルをうつのは正しい、そういうことになりますが」

「ふつうは、そうです」

「でも、テタニーの痙攣というのは」

「テタニーの症例はまだ解剖したことがないから、わかりません」

諏訪は、エキリの痙攣はテタニーのような部分的なものとはぜんぜんちがう、と思っていた。しかしそれこそ証拠のないことだから、口には出さなかった。

エキリ患者特有の黄色く脂肪化した肝臓と、重くふくれた脳に小張は目をみはった。

「すると、諏訪さん。エキリの原因というのはなんでしょうか」

「病原的なものは、だいたい赤痢菌といえるでしょう。ですが、肺炎でもおなじことが起ることがあるのです。だからエキリというのは、原因をこれひとつ、といったような立場からは決定できないのではないかと思います。むしろこういう、体の反応のかたちとして決めることができるともいえます(9)」

小張がはじめて聞く発想だった。

「じゃ、カルシウムは」

「カルシウムの不足が原因で、これだけのことが起こるとは、ちょっとぼくには考えられませんね」

諏訪の視点はエキリ調査団のそれとまったくちがっていた。だが諏訪はすでにエキリ調査団に説明はしたという。去りぎわに、小張はいった。

「これからときどき諏訪さんの解剖をみせてもらって、お手伝いをしてもいいですか」

あしたエキリ調査団にこのことを話してたずねてみよう、と小張がこのとき思ったとしても、それが実現したかどうかわからない。というのは、まだ七月の下旬だというのに、エキリ調査団はさいごの仕上げにかかっていた。八月のはじめには東京大学で研究結果を発表することになっている。全国から専門の医学者が聞きに来るという。エキリと赤痢の症例数は、あわせて百例をこえた。だから病院めぐりはそろそろやめて、研究の整理にかからねばならない。

エキリ調査団は精魂をかたむけて研究室で働いた。しかしまた、夏の終わりが見えてきたというのびのびした気持から、藤原歌劇団の『タンホイザー』や能の『船弁慶』、モリエールの喜劇『タルテュフ』などを見に行った。上野公園では、大きな池を埋めたてて稲が植えてあった。美術館では日本の近代絵画を見て、ドッドがフランスそっくりだといい、ラポポートは手技が米国の画家よりずっとすぐれていると思った。(10)

研究も気晴らしもつりあいのとれた日がつづいて、エキリ調査団が駒込病院の小張と諏訪の観察について話しあう機会は、とうとうめぐってこなかった。

七月二十六日の朝、ドッドは灰色の夏服にサンダル、夏帽子という姿で部屋を出た。きょうはひとりでGHQへ行くのである。(11)

きのうサムスから電話がかかった。ドッドが電話口で、

「大佐とエキリ調査団との会議は、あさってだと思っていましたが」

というと、

「エキリとは関係のないおたずねがあるのです。申し訳ありませんが明朝、ドッド団長ひとりでご出頭ください」

というこたえだった。

第一ホテルを出て、日比谷通りを北へ歩く。明るい朝の街をみていると、耳にするおぞましい話がほんとうなのかと疑いたくなる。国鉄（現ＪＲ）の駅の汲み取り便所から女の足首が出た、強盗が服をはぎとって逃げた、ヤミの小麦粉はこねてもくっつかない、ヤミ市で買った鍋を火にかけたら、鍋もろとも燃え上がった、など。

歩道にこぼれおちた乾燥とうもろこしを、男が軍帽にひろいあつめている。そばで、両足のない白衣の傷痍軍人が軍歌をうたって物乞いをしている。娘たちだけが快晴の空の下、質素とはいえ流行のひざ丈スカートをはいてたのしそうだ。ドッドはハイキングできたえた速足でそういう娘たちとすれちがいながら、予防衛生研究所のタカノさんという娘のことを考えた。

ラポポートとバディングの仕事ぶりをみて、研究所がもうひとり「このひとは英語ができますから、走りづかいに」と助手をつけてくれた。なるほどタカノさんは英語をすこし理解した。明朗で、よく働く。

ところがタカノさんはなにをいいつけても誤解する。そしてたちまち仕事にとりかかる。試薬はすてられ、細菌用の孵化器はあけはなたれ、注射器は血染めのままもどってくる。とうとうラポポートが毎日地下へおりて、洗いものの監督をするようになってしまった。(12) バディングまでが、「ケティ、あの日本のお嬢さんをつれだして、われわれの仕事に近寄らせないようにしてくださいよ」

　という。

　だがドッドはこの日本娘をきらいではなかった。ドッドが女子大生になったころも、そんなものだった。そういう新入生たちに、入学式で学長がいう。

「みなさん、右側のクラスメートをごらんなさい」

　右は、賢そうな榛色《はしばみ》の眼をした娘だ。

「こんどは、左側」

　左には、ブロンド娘がハンカチを握りしめて立っている。学長はつづける。

「四年たってあなたがここを卒業するとき、隣の二人はいなくなっているでしょう」

　九十人の新入生が、ぞっとして顔を見あわせる。そして四年後、クラスはほんとうに半分に減っているのだ。それほどに、米国の大学は若者の心身を鍛《きた》えるところだった。

　タカノさんのような娘でも大学へいけば、見違えるようになるだろう。ドッドはこの日本娘の将来を惜しみ、できることなら援助をしたいと思った。しかし米国のリベラル・アーツ単科大学での教育は高価で、そのうえタカノさんのような娘は日本に何百万もいる。

　そんなことを考えているうちに、丸の内に来ていた。GHQには星条旗がひるがえり、それが皇居のお堀にあざやかな影を落としている。日比谷交差点をMPの交通整理にしたがって渡り、ドッドはGHQの玄関を入った。

　サムスは局長室の扉までドッドをむかえに出て、握手をした。ドッドもきちんと握りかえした。

「さっそくですが、ラポポート博士は危険な共産党員だという報告が、ワシントンのＦＢＩ（米国連邦捜査局）から来ています。ご存じでしたか」

どんな質問にも返答が稲妻のように出てくるドッドだったが、これには声が出なかった。

「米国共産党シンシナティ支部の、リーダーのひとりだそうですが」

「……」

ドッドと連名で出した『小児科雑誌』掲載論文に、「こどもの下痢症の原因は親の無知で、その無知の根源は貧しさである」などと書くラポポートだ。[13]かれの信条を知らないわけではない。しかしドッドにとっては社会主義的な考えかたにすぎなくても、ＦＢＩはそういう思想の持ち主全員を共産主義者（コミュニスト）とみなし、国家の敵だと思っている。だからかれらを「アカ《レッズ》」とか「コミイ」とか呼ぶ。

サムスがつづけた。

「ラポポート夫人は、小児科の女医だそうですね」

「はい。わたしの研修医でした」

「夫人が、毎週日曜日にシンシナティのスラム街で『働く人』を売っているというのは？」

「まさか」

『働く人』は、米国共産党の機関紙だ。ばら色の頬をしたやさしいインゲが、スラム街で共産党の新聞を？　インゲは先月まで妊婦だったではないか。

サムスがいった。

「ご存じのように、米国共産党は地下にもぐった不法秘密組織です。暴力で米国政府を転覆させ、革命を起こすことを目的として、ソヴィエト共産党中央委員会の支配下にあります。それでおたずねしますが、ラポポート博士の言動になにか不審なことはありませんか」

ドッドの心に、むくむくと憤りがわいてきた。(14) 他人の思想の自由はあくまでも尊重するのが、ドッドの主義だ。

「思想なんか、どうでもいいじゃありませんか。サムはすぐれた医学者です」

「しかしドッド博士。共産党員が医療関係の組織に浸透《インフィルトレイト》することに、賛成なさるのですか」

「医師が思想を持って、なぜいけないんです」

「病人をあずかる者は、ストを打ったりしないものです」

サムスは占領下日本でいま、共産党員の扇動で職員組合がつぎつぎにできていることを説明した。国立の病院や療養所で、医師や看護婦を含む職員たちがたびたびストライキをするのだという。

「そんなのと、サムとはべつです。サムはエキリ研究の推進力で、りっぱな人物です。だいたいGHQが」

「わたしも、かれは優秀な男だと思う」

とサムスがあっさり同意した。それでドッドはことばにつまってしまった。するとサムスが立ち上がった。

「べつにいま送還せよという命令は来ておりませんから、このままにしておこう。わざわざおいで願ってありがとうございました。では明日、エキリ調査団から研究報告をうかがうのをたのしみにしています」

まだ憤慨しているドッドを扉まで見送ると、サムスはパイプをとり上げた。いまドッドに《ラポポートの送還命令はまだ来ていない》といったが、ほどなく来るに決まっている。

サムスは局員が共産党員だとわかるとすぐさま解雇する局長として知られていた。GHQの公衆衛生福祉局はひとの命をあずかるところで、そこに共産党員がいるというのは、悪魔が天国へ入りこむようなものだと思っている。

しかし、とサムスは考えた。じぶんの目に狂いがなければ、ラポポートという男は優秀な生化学者だ。そしてさっきのドッドの驚きようから察するに、ラポポートはよもや日本共産党に連絡をとって、その会合に出たりはしていまい。そんな時間はなさそうだし、残りのふたりが気づかぬはずはない。サムスは電話をとりあげた。

「参謀第一部の、カーク大佐へ」

サムスはこの電話で、エキリ調査が重要であることを説明した。そして研究が終わりしだい、ラポポートを強制送還することを秘密に約束した。(15)

いっぽうドッドは興奮状態のままGHQを出て予防衛生研究所へ直行し、ラポポートの研究室へとびこんだ。

「サム、インゲが日曜日にスラム街で、『働く人』を売っているというのはほんとなの」

女医になって、アフリカのシュワイツアー博士のもとで働こうと思っていたんです、といった研修医のインゲボルグ・シルム。考え深くて美しいので、求愛者が絶えなかった。そのインゲが、身重の身体で汚れた街角に立って共産党の新聞を。おどろきと気遣いでドッドは胸がいっぱいだった。

ドッドの不用意な大声に、ラポポートのあけっぴろげな笑顔がこわばった。奥の部屋に通じるドアを鋭く見る。そこではバディングが仕事をしている。

目くばせをうけて、ドッドは声を低めた。

「FBIがワシントンからサムスに情報をよこしたのよ」

「そうですか」

「知ってたの」

「ぼくが米国から出国できないことは、知っていました」

米国では、不穏分子の疑いのある者に出国許可は下りない。だからラポポートは必要書類をわざと遅らせて、五月のなかばに提出した。ひとり遅れるのも変なので、ドッドの分も遅らせた。

ＦＢＩの身元調査は、ふつう六週間かかる。したがってそれが間にあわぬうちに、六月三日の出発の日がきた。出国許可が下りたのは「日本のエキリの季節がもうはじまるから」と、セイビンが政府に圧力をかけてくれたのではないだろうか。

「で、ケティ。サムスはどうするというんです」

「送還命令は来ていないから、このままにしておくといってたわ」

それからドッドは率直にたずねた。

「共産党に入党していたの？　インゲも？」

「ぼくは社会主義者です。それ以上のことは、いまかかわりのある問題だとは思えない」

ドッドは二十代のころに見た、貧しいソ連の田舎町を思い出した。あの国が、いま米国でいわれはじめているような巨大な陰謀国家だとは思えない。世界中の共産党を配下において、いずれは全世界を支配することを目的としているだなんて。

心を決めて、ドッドはいった。

「どちらにしても、個人の思想は医学研究にかかわりはないはずだわ。エキリ調査団は日本の子どもの命を救うために来たのに、ＧＨＱがこんなことをいってくるというのは科学への冒涜というものです」

「まあそこまでいわなくても、ケティ」

「わたしが女子大にいたころに人道主義が起こったのだけど、人道主義者は宇宙が七日のうちに創られた、なんて聖書に書いてあるのを信じないのね。非科学的ですもの。それで教会のひとたちがわたしたちを攻撃して大騒ぎをしていたわ。いま共産主義がおなじ目にあっているのね」

「そのまえは、進化論がおんなじ目にあったんでしょう」

ドッドはラポポートといっしょに笑いだした。それから気軽くつけ加えた。

「サム。なにが起こっても、わたしは人道主義者としてさいごまで味方になってあげるわ」

ラポポートは胸を衝《つ》かれて、黙った。ケティはすでに米国で、たとえばハリウッドで、アカ狩りがはじまっていることを知らないのだろうか。ウィーンでナチによるユダヤ民族迫害を見てきたラポポートは、偏見がたやすく暴力に変わることを知っていた。このさきどんなことが起こるかわからないのに、ケティは変わらぬ友情を約束するというのだろうか。

そこへタカノさんがほほえみとともにあらわれたので、ドッドは彼女をつれて出ていった。いれかわりにバディングが部屋に入ってきた。いつものおだやかな態度だ。どうやらドッドの大きな声は隣りまでひびかなかったのだ。ラポポートはまた、試験管をのぞきこんだ。

つぎの日、エキリ調査団はＧＨＱへ出かけてサムスと会った。[16]

「それで、エキリ年齢の子どもたちへのミルクの特別配給を至急おねがいしたいのです」

と、ラポポートはもちかけた。きのうのことがあるので、ことさらのんびりした態度をよそおっている。

「このままぼくがハウ大佐からうかがったところでは、いまの日本人の一日摂取カロリーは、おとなでも千七百と聞きます。子どもはもっと少ない。餓死してもふしぎはありません。こういうことでは、ＧＨＱの役目は果たせていないと思いますが」

サムスは淡々とかえしてきた。

「すでに二万三千トンの脱脂粉乳を、児童用に配給予定です。それから数日まえ、輸入缶詰と砂糖を千四百トン放出しました。来週は食塩とふすま、再来週は二万トンの食糧を出します」[17]

つづけて、

「それにラポポート博士。摂取カロリーが千七百で低いのはおっしゃるとおりですが、連合軍占領下のドイツでは、一日のカロリーが最高で千五百五十です」[18]

「ドイツ？」

「ドイツを占領している米陸軍の公衆衛生福祉局には、ドイツ国民への、つまりナチのことですが、同情がまったくないと聞いています」

ではサムスに、日本人への同情があるのか。日本の医師たちがサムスに反感を抱いていることは、エキリ調査団も聞いていた。予防衛生研究所の設立からしてそうだ。医界の長老たちの追放、医師国家試験やインターン制度の導入、医学部のカリキュラム改革、すべて日本側を無視して強制的に実施されてきた。エキリ調査団が日本へ来て七週間、日本の医師でサムスをほめる者にはまだ出会わない。

こちらの気持を読んだように、サムスはこたえた。

「わたしは日本の医師たちとうまくいかないことは認めるが、わたしの義務はこの国の一般のひとびとに健康をもたらすことです。それは医師たちの職業的利益にむすびつかぬかもしれません」

一時間半の会議ののち、サムスはていねいに三人の努力に感謝し、ミルクについてはできるだけのことをすると約束した。母乳のいっせい検査をして、嘘のミルク配給申請を減らそう。(19) 八月になればマーガリンを九万キロ、そして秋には一万二千トンの脱脂粉乳を輸入できるかもしれない。(20) 子どもの入院患者のためには、一日四十グラムあての補充食糧を出そう。(21)

きのうのドッド呼び出しにかかわりがありそうな質問といえば、

「あと、研究のしめくくりまでにどんな仕事が残っておりますか」

というものだったが、これについては時間がいくらあっても足りなかった。赤痢菌培養とカルシウム分析を終わり、エキリのそれとくらべるために健康な子どもの血液カルシウム量も測らねばならない。来週の東京大学での発表の原稿、それを日本の医学雑誌に載せる準備、それに予防衛生研究所での、生化学研究室のことがある。ラポポートはまた平静をよそおって、サムスに助力をたのんだ。

「サムス大佐。予防衛生研究所に、東大の吉川助教授が率いる生化学研究室をつくれるならば、ぼくの研究機器をそっくり残して帰ります(22)」

サムスはいきさつを聞いて、このような内部の人事をＧＨＱが押すべきかどうか、考えた。だが五月の開所式の日、せっかく設立した予防衛生研究所が空家同様と知ったときから、サムスも小林所長におとらず設備がほしかった。

「なんとか、考えてみましょう」

と、サムスは約束した。

ラポポートはつぎの朝、インゲに手紙を書いた。

「ひき臼はゆっくりと粉をひいたようで、大佐はついにぼくについての気まずいニュースをうけとった。しかしかれには軍人らしくない教養があり、また軍人のように下品でもなく、ぼくにたいする態度にわけへだてはなかった。ということは、聞きこんだことを利用するつもりがないのだと思う(23)」

これでインゲはわかるだろう。占領下日本では、ＧＨＱが私信をふくむあらゆる情報を検閲していることをラポポートは知っていた。

「負けた、やられた」(24)

というのが、予防衛生研究所の小島三郎副所長の気持だった。きょうは八月七日、いま東京大学医学部の会議室では礼儀正しい拍手が起こっている。エキリ調査団のドッドが発表を終えたところなのだ。

発表の順序からしてちがっていた。ドッドはさいしょにずばりと結論をのべた。

「エキリにおいてもっとも顕著な症状は、痙攣であるといえます。この痙攣は臨床的にも生化学的にも、テタニーの痙攣のようです」

つづいて調査の目玉をいってしまった。

「テタニーの痙攣というのは、末梢から中枢にいたるまでの神経系が極度に興奮しやすくなる状態のことですが、これは血清中のカルシウム量が減っているばあいに起こります」(25)

それからドッドはカルシウム代謝を説明したが、生化学用語が出てきてこの部分は難解だった。ぜんぶ理解したのは、生化学者である東京大学の吉川春壽ぐらいのものだろう。

つぎにドッドは黒板にエキリの症状をひとつひとつ書きだして、この症状は脱水症によるもの、この症状はテタニーの一種、というふうに解いていった。そのうえにバディングが九割のエキリおよび赤痢患者の便から赤痢菌を培養したと聞いて、小島副所長は

「完全に、負けた」(26)

と思った。日本ではこれまでエキリ患者の五割からしか、赤痢菌の培養ができなかった。九割というのはバディングが持ってきた精度のよいＳＳ培養地のためもあるとはいえ、米国医学に日本の細菌学が負けたことには変わりがない。

しかし、全日本の子どもの命がかかっているのだ、よくやってくれた。小島副所長はそう思いなおした。そしておりからの激しい雨にたたかれている窓に目をやった。

きょうはグウェン台風が接近して、東京はひどい吹き降りだ。しかし東京近郊の研究者に加えて九州大学、岡山大学、大阪大学、京都大学、名古屋大学、金沢大学、東北大学、北海道大学などから六十人を越える医学者がきていた。[27]

六十人のなかに、東京大学の緒方富雄助教授がいた。緒方は『医学のあゆみ』四月号に、日本の医学研究は動物実験ばかりで、病人のためにほんとうに役に立つものがすくない、と辛辣なことを書いた。[28]だからエキリ調査団の研究には、病人に役に立つという意味でも、また血清学者としても興味をもっていた。

拍手が消えて、だれかが日本語で質問をはじめた。

「カルシウムが九ミリグラム以下という低い結果が出たのはエキリ患者のグループ二十一例のうちの十七例だということですが」

全員が首をねじってこの勇敢な質問者を見た。通訳が英訳を始めた。きょうの通訳はジュネーブの国際連盟に十年つとめたそうだ。しかし医学用語がでてくるとやはりはかが行かない。留学経験のある緒方は見かねて、流暢な英語でつぎの部分を手伝った。

「われわれも以前、エキリの血液カルシウムを定量しました。しかし大体異常はありませんでした。それについて、エキリ調査団のご意見は」

壇上のドッドはちょっとためらってから、こたえはじめた。

「それは、測定方法にもより……」

そのとき、緒方の耳にささやいた者があった。

「じつはね。この連中は、エキリに関する日本人の学者の研究はすべて目をとおして、研究成績をくわしくしらべたんだ」

それを手伝ったのがきみなのか、とたずねかけて、緒方は黙った。そんな内情を知り、「この連中」などと調査団を呼ぶのなら、かかわりがあったに決まっている。

「ところがね。カルシウムの血中濃度についての測定値を調べると、正常というのに、ほとんど考えられないような低い値がかかげられてある。こんな数値はぜったいに信用できない。したがって、こんな数値を平気で出している論文、ひいてはその研究者も全然信用できない、とかれらはいっているんだ」

緒方がないしょ話をはじめたので、通訳は大阪大学の木下良順教授がひきうけていた。緒方の耳のそばで、ささやきはつづいた。

「かれらは公然とはいわないが、いまここで討論している学者たちの立脚している測定値は、てんで信用していないんだよ」

緒方はヒヤリとしたものが身体のなかを通うのをおぼえた。それからむやみに恥ずかしくなっ

た。(29)

この日の日本人出席者たちがじぶんをとりもどすのは、一年ほどたってからである。当日は、大多数が衝撃をうけた。テタニーの痙攣といわれてもその兆候を見た医師はほとんどおらず、カルシウム「代謝」もはじめてきくことばで、その測定方法などはひとにぎりの者しか知らない。なにも知らずに来た米国の医師たちが、数か月でエキリの原因をつきとめてしまった、いったいこれまで、われわれ日本の医者はなにをしていたのか。(30)

しかし、みなが衝撃をうけたわけではなかった。たとえば、駒込病院の諏訪紀夫はおどろかなかった。この夏に諏訪が手がけたエキリの病理解剖は、もう三十例ちかくになっている。いちように脳の浮腫と肝臓の黄変という所見がある。これはカルシウム不足という解答では、説明ができない。

諏訪の研究を知っている内山院長と小張医師も、しずかに座っていた。福見秀雄も、そのことを諏訪から聞いていた。九州大学からきた遠城寺宗徳《おんじょうじむねのり》、東京大学の沖中《おきなか》重雄、慈恵会医科大学の高橋次郎もおちついていた。ドッドの発表は整然としてつっこみようがなかったが、エキリを専門としてきた日本の医師たちの、本質的な疑問にこたえてはいなかった。経験に照らして、エキリの痙攣は全身的なものでテタニーではないように思われる。したがってテタニーの原因がすなわちエキリの原因とはなるまい。そういう意味では、ドッドの発表はむしろ不審の種を蒔いた。この種はこの日から芽をだして、三年かかって育っていく。

壇上からおりてきたドッドを、バディングとラポポートがねぎらった。

「われわれの夏は終わりましたね、ケティ」

しかし、医学部で長年講義をしてきたドッドは、この日も話しながら日本人たちの顔を読んでいた。みんなさいしょは無表情だった。それから、不愉快、抵抗、さいごには敵意が感じとれた。それは米国医学に向けられたもので、小島副所長が感じた敗北感や、緒方富雄が抱いたような劣等感のあらわれだったかもしれない。だがドッドにはすべてがエキリ調査団に向けられたものに思えた。

「一時にはじまっていま六時です。疲れたでしょう」

と、バディングがなぐさめた。

「でも日本のドクターたち、わかってくれなかったと思うの」

「それはたぶん生化学のせいです。日本じゃ臨床生化学なんて、はじめて聞く医学者が多いんですよ」

「そうね、それが障害になったのかもしれないわね。[31] でも、日本のドクターにカルシウム代謝がわかってもらえなければ、子どもたちの命は救えないわ」

「しかし補液や下剤のことは理解してもらえたと思う。うなずいていましたよ」

バディングがそういうと、ラポポートがきっぱりといった。

「われわれはできるだけのことをした。エキリの夏は終わったんです。あさってからは休暇で、九州へ出発なんだ。今夜はゆっくり休みましょう」

だが二日たっても、ドッドの心は起き上がらなかった。八月九日の朝、食堂へおりてきたドッドはコーヒーをひと口飲むと、ぼんやりたずねた。

「きのうは三十六度。きょうも暑そうね。いま何度？」

「もう三十度をこえています」

「九州まで、どれぐらいかかるの」

「東京発午後九時三十五分、大阪につくのが朝の九時八分、それから乗りかえて、ぜんぶで四十時間と聞きました」

「……ほんとなの」

「でもサムスの局が手をまわして二等の切符をとってくれたから、急行だけど寝台車で行けますよ」

「わたし、行かないわ」

　バディングとラポポートはびっくりした。出発は今夜なのだ。だがドッドの灰緑色の目には、涙がうかんでいる(32)。

「わたし、疲れた」

「疲れた？　女子大生のころ、マサチューセッツ州の雪の浜辺をスキーですべりおりて、そのまま大西洋に飛び込んだっていいませんでしたか」

「それは真冬のことよ。東京のこの蒸し暑さは、人間が耐えられるものじゃないわ。もうふた月、涼しい気持のいい日なんて一日もなかったのよ。わたしは行かないから、ふたりで行ってくるといいわ」

すると、バディングがぽつりといった。

「ケティが行かないなら、ぼくもやめよう」(32)

これは決定的だった。バディングは南部テネシー州の夏に慣れている。汗かきだが暑さには強くて、この旅行をたのしみにしていたのだ。それをやめるというのは、ラポポートとふたりきりになることを避けるためだとしか思えない。

ここしばらくバディングが距離をおいていることに、ラポポートも気付いていた。やっぱりサムスに呼びだされた日のドッドのことばを聞いたのか。ＦＢＩとおなじように、共産党員はソ連のスパイで暴力革命論者だと思っているのか。それともキリスト教徒として、神を信じない共産主義者を嫌うのだろうか。

ラポポートはその夜、ひとりで東京を発った。九州の阿蘇と京都をたずね、すっかり日に焼けて、心身ともに生き返って帰ってきた。八月の二十一日になっていた。

帰国は九月三日ときまって、三人はにわかに忙しくなった。比較のための健康な子どものカルシウム検査がまだできていなかった。八月のはじめに児童発達研究所へ出かけたが、元気な子どもがたくさん遊んでいるのに、二時間も待たされた。ようやくひとりの子どもがつれてこられ、

「ヒキツケを研究されているそうで」

と係員がいった。

「それでヒキツケをすぐに起こす子どもをさがしておいたのです。この子ですが、新聞でエキリとカルシウムのことを読んで、先週から乳酸カルシウムを飲ませてあります」[33]

　これでは健康なふつうの子どもの値とはいえないので、そのまま帰ってきた。だからいま帰国を目のまえにして、エキリ調査団はあちこち伝手《つて》をたのんで、すこしづつ健常な子どもから採血をした。

　都内の伝染病院へは、別れの挨拶にでかけた。駒込病院ではうれしいことがあった。ドッドが教えた治療方法を、小張一峰が守っていた。そして終戦後の二年間、駒込病院でのエキリ死亡率は五十パーセントだったのに、ことしは三十パーセントぐらいになりそうだという[34]。

　これを聞いたエキリ調査団の明るい表情を見ながら、このとき小張はもっとたずねたかった。カルシウム注射をつづけてきたが、それがほんとうに効いているのか。病理解剖のことも話したかった。

　そこへバディングが、小張を仰天させるようなことをいった。

「ドクター・コバリ。米国留学の機会があれば手紙をください。お手伝いをしましょう」

　まさか。敗戦から二年、いま日本人は国外へ出ることさえ許されていないのだ。小張がおどろいてぼんやりしているうちに、エキリ調査団は内山院長と握手をかわして、行ってしまった。

　予防衛生研究所のラポポートの研究室を吉川助教授にまかせることについては、あいかわらず小林所長の承諾はとれなかった。福見所員にじゅうぶん能力はある、かれにまかせてほしい、という。

ラポポートはとうとうサムスに会いにいった。(35)そして福見が細菌学者で、このさきエキリのカルシウム代謝などに興味をもつはずがないことを説明した。それから、

「吉川助教授が研究室をひきつがないのなら、機器は東大の吉川研究室へ渡します」

とまで、いってみた。

「ところでラポポート博士、九州と京都へ行かれたのですね」

と、サムスはふと話題を変えてたずねた。

「ああ、すばらしかったですよ。壮麗な火山の鳴動。美しい古雅な都。ものすごく暑かったんですが」

「で、あとのふたりは残っておられたのですか」

「そう。しかし、あさってから日光へ三人で行きますから、ふたりにとってはそれが保養です」

「それはよかった。で、研究機器は」

「まだ研究所です。きょうは八月二十七日で、出発の九月三日まで、あと一週間もありますからね」

サムスはいっそうの努力を約束し、ふたりは握手をしてわかれた。

二日のちの八月二十九日、エキリ調査団は日光へ出かけた。小島副所長と福見所員ほか数人が案内についてきた。つづら折りの山道を自動車で登って湖のそばのホテルにつくと、ドッドとバディングは夕食まで休むという。ラポポートはひとりで散歩に出かけた。東京とはうってかわった涼しさで、中禅寺湖は青玉《せいぎょく》のように澄んでいた。

一番星がまたたき始めて散歩から帰ると、ホテルのまえに占領軍のジープがとまっていた。ラポポートを認めて、ふたりのＭＰがつかつかと寄ってきた。

「ラポポート博士。即刻の米国への強制送還命令がでていますので、これから東京へもどっていただきます」(36)

そうか、とラポポートは思った。やっぱりサムスは軍人だった。今まで待つあたり、なかなかの策士だ。「ところでラポポート博士、九州と京都へ行かれたのですね」なんておととい聞いていたのは、このためだったのだ。たしかに研究も旅行もしたのだから、いま送りかえされても文句はいえない。それにしても、夕食ぐらいは食べていけるだろう。ケティにもひとことといわねば。

「即刻という命令であります」

と、ＭＰたちはにべもなかった。ラポポートはウィーンにいたころ左翼学生として投獄されたことがあって、こういうときに抵抗してもむだだと知っていた。

かばんを取りにロビーへ入ると、福見がひとりで新聞を読んでいた。

「I'm going home」

とラポポートがいうと、あまりものに動じない福見がさすがにおどろいた顔をした。

「どうしてです。いま来られたばかりじゃないですか」

「サムス大佐から連絡がありました。ドッド博士とバディング博士に、わたしは米国へ帰ることになった、と伝えてくれませんか」

「しかし、なぜ」

そうたずねられて、ラポポートは福見を見た。福見はいつものとおり質素な開襟シャツを着て、険のないおだやかな顔をしている。このごろになって、ラポポートは福見の英語がゆっくりではあるが、じつに正確なことに気がついていた。

こうして強制送還された記録はかならず残る。だからもう日本へ来ることはないだろう。そのさいごの出立を、福見が見送ってくれることになったのはおもしろい。この男に研究室をまかせたくなくて、さんざん手を尽くしてきたというのにだ。さて、じぶんはなぜとつぜん帰るのか。妻が病気だとか、あたりさわりのない理由をつくりあげるか。それとも。

「I can't tell you.」

そういって、ラポポートはほほえんだ。福見は扉のそとのMPを認めた。そして事情はわからぬまま、これが別れであることを察した。ふたりは黙って手を握りあった。数分ののち、ラポポートを乗せたジープは深山の闇のなかを走りだした。

東京につくと、朝の五時になっていた。新橋の第一ホテルで、ラポポートは部屋の荷物をトランクにつめる時間しか与えられなかった。

「午前七時には羽田飛行場へ行かねばなりませんから、至急荷造りをしてください」

「わたしは医学者だ。研究所に高価な研究機器がおいてある。このまま出発なんかできないことぐらいわかるだろう」

「命令であります」

手錠をかけられないだけましかもしれない。ラポポートはほとんどからっぽのアルミ製大トランクにわずかな着替えとかばんをほうりこんだ。空港につくとまさに午前七時、カーキ色の軍用機が滑走路にいて、プロペラはすでにまわりはじめている。

しかしとつぜんの命令だから、あの飛行機の席なんかとってないはずだ。これから空席がでるまで待つのだろうか。それに、機内ではMPがつくのか、それともこんどこそ手錠か。こっちはきのうの昼から、なんにも食べていないんだが。

MPがカウンターに行ってなにかいった。するとだれかが飛行機のほうへ駆け出して行き、しばらくして乗客がひとりタラップをおりてきた。米国陸軍中佐の軍服を着て、不服げな表情だ。MPがもどってきて、ラポポートに敬礼をしていった。

「席が空きました。命令によれば、博士はVIP待遇の軍医大佐として、カリフォルニアのフェアフィールド航空基地まで行かれます。そのあとは、ご自由です」

サムスという男、さいごまでやってくれるじゃないか。VIP待遇の軍医大佐だと。ラポポートの頬に、笑みがひろがった。生来の不屈の精神がもどってきた。

「たのみがある」

「あと五分で出発です」

「電話をかけたいんだ。GHQだ」

もう七時半になっている。サムスは早朝に局へ出勤する、とだれかがいっていた。

そのとおりに、サムスはすでに局長室にいて電話に出た。

「やあ、ラポポート博士」

ほとんど上機嫌とでもいえそうな、こだわりのない声だった。ラポポートもこだわりなく返した。

「いまから出発します。ごしんせつな手配に感謝しています。おかげで家内の誕生日に、九月二日なんですが、シンシナティへ帰れそうです」

「生化学研究室のことは、努力をつづけます。エキリ研究についてはいろいろ尽力してもらってありがとう。占領軍にかわって礼をいいます」

「いや、医師として当然のことをしたまででした」

「お会いできて光栄でした。これからのご幸運をいのります」

それが社会主義者ラポポートと、反共軍医大佐サムスとの別れだった。太平洋の沖合の空に機影が消え、エキリ調査団はこうして解散し、夏は終わった。

1 Supreme Commander for the Allied Powers. Summation of Non-Military Activities in Japan, Section 1, *Public Health and Welfare*, August, 1947, p282.

2 Rapoport letter, July 22, 1947.

3 Rapoport letter, July 8, 1947.

4 富士川游『日本醫学史』医事通信社、１９７２年、５８９頁。

5 Rapoport letter, July 8, 1947.

6 福見秀雄『免疫』中央公論社（中公新書 107）、１９６６年、１０８－１０９頁。

7 Rapoport letter, July 10, 1947.

8 内山圭梧「特集赤痢記念座談会」『日本医事新報』１９４８年11月６日、25頁。

9 諏訪紀夫「特集赤痢記念座談会」『日本医事新報』１９４８年11月６日、17頁。

10 Rapoport letter, July 14, 1947.

11 Rapoport letter, July 26, 1947.

12 Rapoport letter, July 10, 1947.

13 Weihl, C., Rapoport, S. & Dodd, K. Treatment of acute diarrhea in the Cincinnati General Hospital during the years 1944 and 1945. *The Journal of Pediatrics*, Vol.30, January - June, 1947, p53.

14 Rapoport letter, July 27, 1947.

15 GHQ/PHW records, No.01300. Checksheet, CFS to G-1 Col. Kirk. Orders for return of Dr. Samuel Rapoport, Confidential, August 29, 1947.

16 Rapoport letter, July 27, 1947.

17 竹前栄治、笹本征男「占領期の医療福祉年表－３。１９４７・１－１９４８・12」『東京経済大学会誌』１５９号、１９８９年１月、１５１－１５２頁。

18 Civilian nutrition surveys in Western Europe. *Bulletin of the U.S. Army Medical Department*, Vol.4, No.2, August, 1945. p138. Leiby, Richard A. Public Health in Occupied Germany. Ph.D. Thesis, University of Delaware, 1984, p176. "Summary of certain public health measures adopted in Germany during the present war." *Bulletin of War Medicine*, Vol.2, No.1, September, 1941, p1. "Meeting on public health planning in German occupied zone." *Bulletin of U.S.Army Medical Department*. Vol.5, No.2, September, 1946, pp142-145. Enloe, C. F. "The effects of bombing in Germany. Why there were no epidemics." "The effects of bombing on health and medical care in Germany." The United States Strategic Bombing Survey, 1945. Re-printed in: *Bulletin of U.S. Army Medical Department*. Vol6, No.4, October, 1946, pp347-351.

19 『朝日新聞』１９４７年８月19日、１頁。

20 『朝日新聞』１９４７年８月19日および26日。

21 Supreme Commander for the Allied Powers. Summation of Non-Military Activities in Japan, Section 1, *Public Health and Welfare*, August, 1947, p287.

22 Rapoport letter, August 3, 1947.

23 Rapoport letter, July 26, 1947.

24 小島三郎「米国の疫痢調査団を迎えて」『医学通信』１９４７年

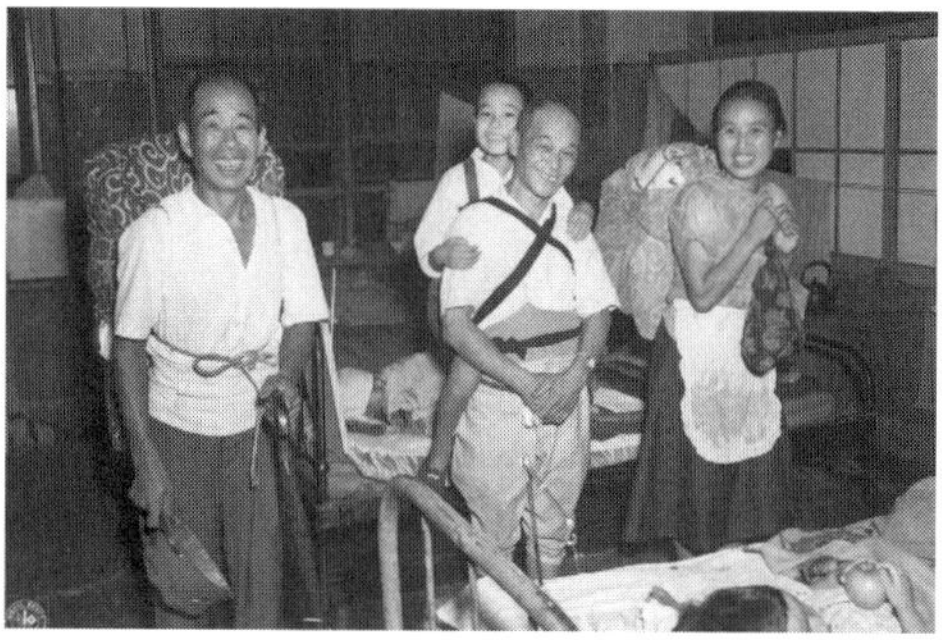

駒込病院へ布団や炊事道具とともに入院し、回復して退院する幼い患者（中央）と家族。
US Army Signal Corps. Courtesy C. F. Sams Collection. The Hoover Institution Archives, Stanford University.

11月5日、10頁。

25 Dodd, K, Rapoport, S. and Buddingh, J. Clinical features and treatment of ekiri.『日本臨床』1947年10月25日、8頁。

26 小島三郎「米国の疫痢調査団を迎えて」『医学通信』1947年11月5日、10頁。

27 Rapoport letter, August 8, 1947.

28 緒方富雄「読者に」『医学のあゆみ』3巻4号、1947年4月1日、14頁。

29 緒方富雄「読者に」『医学のあゆみ』7巻6号、1949年6月1日、27－28頁。

30 座談会「いろんな話－疫痢のこと」『日新医学』36巻8号、1949年8月、375－379頁。

31 GHQ/PHW records, No.00818-3. Dodd, Katharine. Memorandum for record, August 11, 1947.

32 Rapoport letter, August 9, 1947.

33 Rapoport letter, August 2, 1947.

34 小張一峰『伝染病とともに48年』小張一峰教授退官記念会、沖縄、1988年、59頁。

35 Rapoport letter, August 23, 1947.

36 GHQ/PHW records, No.01300. Checksheet, CFS to G-1 Col. Kirk. Orders for return of Dr. Samuel Rapoport, Confidential, August 29, 1947.

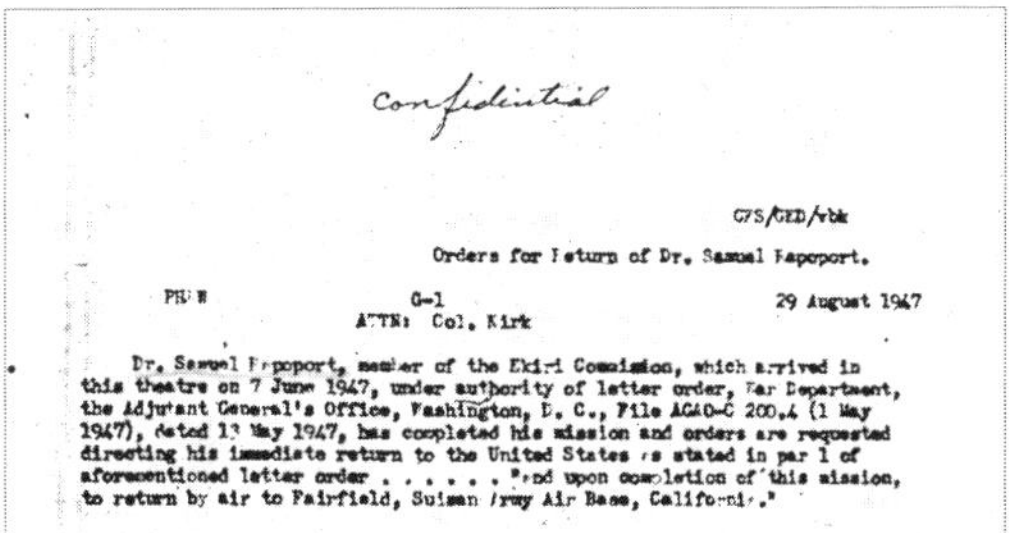

Confidential

GFS/GED/vbk

Orders for Return of Dr. Samuel Rapoport.

PHW G-1 29 August 1947
ATTN: Col. Kirk

Dr. Samuel Rapoport, member of the Ekiri Commission, which arrived in this theatre on 7 June 1947, under authority of letter order, War Department, the Adjutant General's Office, Washington, D. C., File AGAO-C 200.4 (1 May 1947), dated 13 May 1947, has completed his mission and orders are requested directing his immediate return to the United States as stated in par 1 of aforementioned letter order . . . . . . "and upon completion of this mission, to return by air to Fairfield, Suisan Army Air Base, California."

C. F. S.

サムス大佐から参謀本部のカーク大佐に宛てた1947年8月29日付ラポポート送還命令発令の報告。上部にサムスの手書きでconfidential（内密）としるされている。明記がないので、大佐級VIP待遇での送還はサムスが下した命令だと思われる。

第十章　もう一度

昭和二十四（一九四九）年九月のはじめ、戸を激しくたたく音で土屋医師は目をさました。玄関に子どもを背負った母親が立っていた。

「エキリじゃないかって心配で。先生起こしてすみません」

「それなら伝染病院へ行ったほうがいいよ」

「往診料もないから、ここまで背負ってきたんです」

土屋医師はこういう患者をいつもひきうけた。

「ぼうやはいくつになったの」

「昭和二十二年七月生まれ、満でふたつになります」

昭和二十二年七月といえば、アメリカからエキリ調査団というのがきた夏だ。その調査の結果、エキリにはカルシウム注射が効くということになった。だがほんとうかどうか判然としないまま、それから二回目の夏が過ぎようとしている。土屋医師は診察台にこどもを寝かせると応急の手当てをした。それから、棚から『エキリ』と書いた書類箱をとりだした。母親がのぞきこんだ。

「家主のおばさんが、ここの先生は勉強家だっていってたわ」

「お世辞はいいから、あんたもちょっと待合室で寝なさい。午前三時だよ」

電気スタンドをつけて、書類箱から『日本医師会雑誌』をとりだす。これに、エキリ調査団の論文の日本語訳「疫痢の原因と生理」が載っている。(1)

八月に医師会の例会へでかけたとき、この論文が話題になった。駒込病院ではエキリ患者の五割ちかくが亡くなっていたが、調査団がきた夏は三割あまり、ことしは入院者が二百五十七人に増えて死者は五十五人、(2)つまり死者は二割に減った。しかしエキリ調査団のいうようにカルシウム注射が効くのなら、たとえ二割でもまだ死者が出るというのは合点がいかない。

この例会で隣りに座った男が、日本語題「疫痢の原因と生理」のもとは「エキリの原因」というのだ、と話しかけた。(3)

「エキリの原因。大胆ですね」

と、土屋医師は感心した。男は論文をよく知っているらしく、

「日本語訳ではね、日本人の気分を害するところはぜんぶなおしてありますよ。日本の医師に、水分を患者にあたえるよう《説得した》というのは《すすめた》。日本では赤痢菌培養ができないその《失敗》が、和訳じゃ《事実》。それから日本の食習慣では《しばしば多量の赤痢菌を飲みこむ》可能性があるとか、解剖をすると《日本の医者が甚だしく懸念していたところの》心臓は正常であった。こういうのも、日本人をバカにしてる感じですよ」

「おたく、どこで原文を読まれたんですか」

「うちは薬会社ですからなあ。はやくアメリカの知識を仕入れたものが勝ちなんで、アメリカ文化センターとか、いろいろ方法があるんですよ」

「アメリカの医学雑誌を、原文でねえ」

「アメリカで載ったのがことしのはじめで、もう九か月たつからね。《正常な対照例》の意味を日本の医師が知らなくて、《ヒキツケの子供がひとり》出てきたって、わらってますよ。都内の伝染病院へ行ったらしいのに、謝辞もない。日本のエキリ研究は黙殺で、明治の論文がひとつ引いてある。[4] ＧＨＱの態度と、そっくりですよ」

「しかし薬のほうですと、ＧＨＱのサムスは薬剤師さんの味方でしょう」

と、土屋医師はいってみた。ひと月まえ、サムスは医師と薬剤師に仕事を分業させるという医薬分業計画を正式に発表した。医師による薬の販売を禁じて、将来すべての薬は公定価で薬局の薬剤師に売らせる。仕事が増え、社会的地位も上がるという、薬剤師にとっては歓迎すべき改革だ。だが男は不機嫌にいった。

「医薬分業なんて、日本医師会が承知するわけがないですよ。医者は薬を売ってもうけてるんだから。薬剤師もサムスのせいでこの五月から国家試験をうけることになった。要するに、日本の医者も薬剤師も、ずいぶんバカにされたもんですよ」

　まだ蒸し暑い初秋の夜、土屋医師は『日本医師会雑誌』のページをくりながら、「ずいぶんバカにされたもんですよ」という男のことばを考えた。バカにされるのもむりからぬことかもしれない。目のまえにひろげられた「疫痢の原因と生理」は日本語に訳してあるのに、わからないところばかりだ。見たことのない医化学用語がつぎつぎに出てくるのだ。

「先生、あんまりゆっくり読まないでよ。きょうの間にあわないじゃないの」

いつのまにか母親がそばに立っていた。土屋医師は苦笑して、昏睡している子どもを見るために立ち上がった。

そのあいだ、「疫痢の原因と生理」は、机のうえに広げられたままになっていた。

じつはこの論文には、いくつかの不審な点があった。

たとえば、エキリ患者の数がさいごまではっきりしない。百六人という症例の総数には赤痢とエキリがまざっている。その「三分の二」がエキリだという。

また重症のエキリの子どもをカルシウム注射で救ったとあるが、何人救ったのか。はやくに低カルシウム説を裏づける結果がでたのだとすれば、注射の効果についてもっと報告ができたはずだ。

エキリの「いく人かの」子どものレントゲン写真で、カルシウム不足をしめす骨粗鬆症があったそうだが、これは何人か。

当時ひろく使われていたドナルド・D・ヴァンスライク[5]の生化学実験法の教科書には、カルシウムが七ミリグラム以下の低量になればテタニー痙攣を起こすと書いてある[6]。エキリ調査団は、なぜ八ミリグラムを低いとするのか。

標準誤差の計算をすると、日本の健康な子ども二十九例と、八例しかない米国の健康な子どもの例との比較は有意ではない。つまりこの結果はまったく偶然に出たもので、比較に意味があるとはいえない。にもかかわらずデータを論文に含むのは、研究者が標準誤差という概念を知らない場合が多い。しかしラポポートとドッドが来日するまえに『米国小児疾病雑誌』に発表した論文「下痢をともなう小児低トロンビン血症」では、標準誤差がきちんと出してある。[7] エキリ調査団は、日本の子ども二十九例と米国の子ども八例の比較が有意ではないのを知りながら、載せたのか。

しかしそういう不審点は、めざましい生化学の検査結果の輝きで見えなくなっていた。この論文では血液中のカルシウム量だけではなく、pH、二酸化炭素、窒素、燐、フォスフォターゼ量まで測定してあった。昭和二十四年当時、大多数の日本の医師はそんな血液測定ができることさえ知らなかったのだ。

土屋医師がもどってくると、母親がまた話しかけた。

「ここに、カルシウムって書いてあるのね。カルシウムってなんですか」

「エキリに効くかもしれない栄養でね、ふつうは牛乳とか母乳に入ってるんだよ」

「お乳のことね。お乳には苦労したわ。この子が生まれたときお乳が出なくて、粉ミルクの配給をもらおうと思ったら、母乳いっせい検査っていうのがあって」

「ああ、昭和二十二年の夏だね」

「係員が、わざと粉ミルクの配給を減らそうとしているみたいにきびしくて、いやな気がしたわ。ひどいじゃないっていうと、GHQのサムスの命令だからって。ヤミの粉ミルクは、一ポンド三百円もしたのよ[8]」

「嘘の申告をして、粉ミルクをよけいにもらう母親が多かったんだよ」

「カルシウムっていえば、小学校でエキリの予防だってカルシウムって薬を飲んだそうね。去年の夏」

「よく知ってるね」

「だって、おなじ世田谷区だもの」

予防衛生研究所の福見秀雄は、昭和二十三年の夏、世田谷区のこども二千人にカルシウムを飲ませた。その二千人のなかから、エキリは出なかった。しかし世田谷区ぜんたいでエキリにかかったのは四千人にひとりである。だから、二千人でエキリが出なかったといって、カルシウムが効いたとはいえない、と福見は報告した(9)。

この福見という研究者は、去年の『日本医事新報』の座談会に出ていた。エキリ調査団のカルシウム測定のことをきかれて、

「わたしもじっさいそばでその測定に立ち会ったのでありますが、べつにインチキをやったということはありません(9)」

とこたえている。気取らないことばがおもしろくて、土屋医師は名前を覚えていた。

ふと、母親がいった。

「この書類箱、雑誌でいっぱいね。先生はなぜこんなに雑誌をとって、勉強するの」

「医者はいつも勉強をするべきなんだよ」

ほんとうは将来、どこかの大学の医局で研究をさせてもらいたい、そして医学博士号をとりたい。医学部を出た者はただの医学士だ。だから医学博士号はすべての医者の夢だ。そのときのために医学雑誌をいつも読んで、後《おく》れをとらないようにしたい。

母親がまた話しかけた。

「婦人雑誌でエキリはお祭のあとにかかるって読んだんですけど。きたない手でごちそうをつくるからエキリになるので、神経の過敏な母親だとかからないって[10]」

「そうとはかぎらないよ。べつにおなかの病気じゃなくても、肺炎でもエキリとおなじことになるというひともいる」

それは書類箱にはいっている昭和二十三年の『日本臨床』のなかの報告だった。著者は、駒込病院の諏訪紀夫となっている。

「昭和二十二年度に於て、駒込病院で経験した疫痢の剖検例について、疫痢を病理解剖学的にどう理解するか、現在まで調べた範囲で報告したいと思う[11]」

諏訪は駒込病院で亡くなった子どもを全員解剖した。するとエキリと診断された子どもの脳には浮腫があり、肝臓の細胞のなかに脂肪のつぶがつまって黄色くなり、それが腎臓の上部にもおよぶことに気がついた。

そこでもう一度さかのぼって、解剖の所見がよく似ていた子どもを調べてみた。するとべつの診断だったが解剖するとエキリそっくり、という子が五人いた。肺炎で亡くなった子がひとり、膀胱炎がひとり、残りは高熱と無欲状態という、はっきりしない診断だった。このため諏訪は「エキリ」という病名をつかわず、これらの症例をもあわせて「エキリ型反応」と呼んでいた。

「だからね、肺炎でもエキリのようになることもあるそうだから、心配しなくていいよ」

母親に説明しながら、とつぜん土屋医師はエキリ調査団の「疫痢の原因と生理」にも、これとおなじことが書いてあったような気がした。

エキリ調査団も昭和二十二年の夏、「二十九例が死後解剖された」とする。二十九例なら諏訪が解剖した三十一例とほとんど同数だ。そしてエキリ調査団の報告でも、便から赤痢菌の出なかったこどもが五人いた。肺炎ひとり、膀胱炎ひとり、ほかの三人は不明。諏訪の報告とおなじ診断だ。

するとエキリ調査団は、諏訪の解剖結果をそのまま載せたのだろうか。もしそうなら、諏訪が三十一例ぜんぶに肝臓の黄色い脂肪化があったというのを、エキリ調査団の二十九例では報告していない。「臓器には混濁膨張があった」となっているだけだ。

朝日がのぼるころ、子どもの意識はもどっていた。二歳児がエキリにかかって助かるというのは、ことしの夏のエキリ大流行から考えるとうれしいことだ。母親はにこにこしていった。

「いつかお支払いをしますから、待っててくださいね、先生」

この母親はいっこうに払いにもどってこなかったが、土屋医師は気にとめなかった。昭和二十一年に軍隊から復員して開業してから、夏は子どもの死亡診断書ばかり書いてきた。だからあれは書かずにすんでよかった、そう思ったばかりである。

しばらくして秋が深まり、エキリの流行はやんだ、しかし土屋医師のような町の医者にとって、エキリの謎はいっこうに解けなかった。

同じころ、つまり昭和二十四年の十月に、エキリ調査団の「疫痢の原因と生理」を解説したものが『最新医学』に載った。「疫痢の病因――疫痢カルシウム問題によせて――」という題で、著者は福見秀雄だった(12)。

この解説には、『米国公衆衛生雑誌』や『南部医学雑誌』など、米国でしか手に入らないような文献が引用してあって、それをふまえてカルシウム代謝をやさしく説明し、テタニーの痙攣についても紹介してあった。さいごに福見は、エキリを説明するという点では、この論文がいちばんすぐれていると書いていた。生化学の実験から理論、そこから実証へ、という科学的方法は、日本の医師が学ぶべきことだ、だからいま日本でいわれている「エキリは特異体質の子どもがかかる」というような論は、科学的に分析したうえでなければ、あまりにも能がない。

とはいえ、《なぜ赤痢菌に感染すると痙攣を起こすのか》や、《なぜほかの伝染病ではおなじく急に発熱するのに痙攣が起きないのか》という点について、エキリ調査団はこたえていない。そこで諏訪紀夫の「疫痢の病理解剖」報告での検討が、有望な糸口になるのではないか。「諏訪の論説にはその他の点にも甚《はなは》だ示唆に富むものを感ずる。それはわたくしばかりではあるまい」

福見はのちに、この解説を書いた理由をのべている。

「おそらくねえ。ぼくは元来エキリが専門ではないでしょう。ほかのエキリ専門の人たちは一種の固定観念を持っていて、多少離れた、日本人的な先入観をもっていたんじゃないですか、エキリ調査団にたいして。なんだ素人《しろうと》がなにをいっとるか、という。そういうことを感じたものだから、書いたんでしょうね」

年が明けて、昭和二十五（一九五〇）年となった。そしてふたつの大事件が起こって、日本の医師たちはエキリどころではなくなった。ひとつは、一月九日にGHQのサムスが医薬分業をすすめるよう、日本医師会に命じたことだった。その結果日本医師会は《医薬分業は国情にあわぬ》として、サムスとまっこうから対決した。そのうちに六月二十五日、北朝鮮（朝鮮民主主義人民共和国）が南朝鮮（大韓民国）に進撃し、ソウルは共産主義者の手に落ちた。対抗する国連軍の総司令官にマッカーサーが任命され、朝鮮半島で戦争がはじまった。

その直前の六月十二日、GHQではあわただしく人が出入りして、緊迫した空気がただよっていた。

朝、サムス軍医准将（二年まえにかれは軍医大佐から准将に昇格した）は、大きな封筒をうけとった。差出人は国立予防衛生研究所の小島三郎だった（予防衛生研究所も一年まえに「国立」予防衛生研究所となっていた）。

そういえば去年、局から研究所へコールマン分光光度計を寄付しておいた。それを使った研究の結果報告だろう。戦争が間近いときであるから、午後に目を通そう。

大封筒をおきながら、サムスは去年コールマン分光光度計を見つけたときのことを思い出していた。昭和二十四年二月、かれは地下の倉庫に局あての大箱が三つおいてある、という報告をうけた。

「あて名はうちの局になっています、局長。いちばん大きい箱は重くてもちあがりません」

「発送の日付は？」

「一九四七年十二月です。一年以上まえです、局長」

「中身は？」

「大型の写真機か、顕微鏡のような感じです」

それが、コールマン分光光度計とその付属部品だった。光の波長を利用して血液の生化学検査などに使われるもので、値段はほぼ一千ドル、日本円ならば三十六万円、小さな家一軒ぐらいの値段だ。出てきた伝票によれば、一九四七年にシンシナティ小児病院がハーショウ化学製品会社からこれを買い、同年十二月に会社から直接ＧＨＱあてに発送されていた。

そういえば二年まえの夏、エキリ調査団のラポポートが、シンシナティに注文した検査機械がちっとも来ないと怒っていた。そしてついに米軍の倉庫からおなじものを借り出して、エキリ研究を終えた。ラポポートが借りた分光光度計は米軍へ返したはずだから、これが米国へ注文してあったほうだろう。局の検査室コンサルタントだったハムリンが聞いていたのだろうが、ハムリンはすでに帰国していた。

サムスはシンシナティ小児病院のドッドあてに、すぐ手紙を書いた。

「この分光光度計は、エキリ調査団が、設備のととのわぬ、したがってこのような機械をひじょうに必要としている国立予防衛生研究所に、寄付として残してゆかれたものか、とわたしは推測しますが、もちろん証拠のあることではありません」(13)

分光光度計購入はラポポートの研究費でまかなわれたと思われるが、シンシナティからの発送日がエキリ調査団が去った三か月あとなのだから、かれらがこれを予防衛生研究所へ残していったわけがない。寄付はサムスの希望だった。

ドッドからはすぐに返事が来た。

「それはラポポート博士が日本におられるあいだに注文されたもので、帰国されたのち、注文をキャンセルされなかったそうです」[14]

ラポポートは研究所がそれを受けいれるよう望んでいる、とのことだった。

時をうつさず分光光度計はGHQから国立予防衛生研究所に贈られた。サムスはドッドにそのことを報告しながら、研究所の生化学研究室は比較的ゆっくりとした進みぶりだと伝えた。理由は、生化学の知識のある研究員が少ないためであろう。[15]

それからまた一年がたったのだ。午後になって、サムスは小島副所長からの大封筒をあけた。するとし「日本疫痢調査団長小島三郎」からの手紙が出てきた。同封されてあったのは、「日本疫痢調査団」からの厚い報告書だった。

日本疫痢調査団というのは、都立駒込病院、東京大学医学部、慶応大学医学部、都立荏原病院、都立豊島病院、九州大学医学部、名古屋市立伝染病院、京都市中央市民病院、大阪市立医科大学など、十一の研究機関をまとめたものだった。[16]これらの研究機関がエキリ調査団とおなじ方法でエキリの子どもの血液を検査した結果、カルシウム量は低くはなかった、という。[17]

「ハーシイ博士、ボズマン博士、それからナイト博士を」

ハーシイは局の予防医学課の副課長だ。ボズマンはハムリンの後任の検査室コンサルタント、そしてナイトは結核対策係長だった[18]。局長室へやってきた三人は報告書をまえに、顔を見あわせた。

「うちの局が去年、研究所にコールマン分光光度計を寄付したとき、日本疫痢調査団のことは聞かなかった。だれか、知っていたのかね」

予防医学課のハーシイがこたえた。

「そういえば、去年の日本伝染病学会でドクター・コジマが、アメリカの人が一か月か二か月の実験で提唱したものを、二年を経てなおわれわれのほうでは結論に達しない、だからいそいで解決にこぎつけたい、といったそうです[19]」

「つまり、米国エキリ調査団の結果をうけいれたくない、そういうことですね[20]」

ハムリンのかわりに着任して、事情をよく知らない検査室コンサルタントのボズマンが無遠慮にいった。サムスの命令で、三人が分厚い報告書を読むことになった。

調査に加わった十一の研究機関のうち、大阪市立医科大学の結果だけが米国エキリ調査団と似た結果を出していた。その他はカルシウム量が低くないか、またはカルシウムとは無関係の研究だった。三人の局員は報告書を読みながら、いくつか疑問を持った。

ラポポートはソーベル法というやりかたでカルシウム測定をした。ソーベル法は日本の医師たちにとってはなじみがない。手順にまちがいはなかったか。だが手引き書もあり、九州大学医学部のチームなどは東京大学医学部の生化学教室の吉川春壽助教授にこれを習うため上京したという[21]。

吉川春壽は駒込病院と東大医学部の合併研究チームに加わっていた。しかしこのチームが測ったカルシウム量は正常で、しかも標準誤差のかわりに平均値を出したのみだ。吉川はラポポートとともに働いたのに、これではデータ処理があまりにも単純ではないか。

カルシウム量が低くない、というのには日本製の試験管がかかわっていないだろうか。耐熱処理のほどこされていないガラス試験管をつかうと、炎でガラスが軟化してガラスのカルシウムがしみだすことがある。(22)

話しあっているうちに、結核対策係長のナイトがぽつりといった。

「血液のカルシウム量が低いとか高いとか、それは問題じゃないんだ」

占領下日本に来て四年になるナイトは、専門の細菌学とのかかわりもあって、三年まえに来日したエキリ調査団をおぼえていた。

「医学研究は、ただの学問じゃない、ひとの命を救うためにやるものだ。だから血液のカルシウム量の検査よりも、エキリで死にかけている子どもにカルシウム液の注射が効くのか効かないのか、といった研究の方がたいせつなんだよ。研究をするならするで、どうしてそっちをやらないんだ」

年かさのハーシイがナイトをなだめた。

「基礎の研究の追試をやるのも、たいせつなことだよ」

「局長あてに、これについての報告書を書くんだろう。おれがこういったと入れといてくれ。この日本側の研究では、エキリにカルシウム注射が効かないという証明にはなっていない、とね」

「入れてもいいが」

米軍が日本を占領して五年になる。来年は対日平和条約の調印をすることになっている。いま朝鮮半島で戦争がはじまり、日本は極東における米国の友邦となった。ハーシイが提案した。

「こうしよう。局長への報告書には、そのことも入れる。しかしまたこの十一の研究はそれなりのまじめな努力で、ごまかしでないこともたしかだから、それも書いておこう[23]」

三人から報告をうけたサムスは、シンシナティのドッドにこの大封筒を至急送らせた。同封されたサムスの手紙はまったく事務的だったが、書き出しがこれまでになく、「なつかしいドッド博士（My dear Dr. Dodd）」で、結びもいつもの「あなたの（Truly yours）」ではなく、「あなたの大変誠実なる（Very sincerely yours）」となっていた[24]。

すぐにドッドから返事がきた。

「日本の病院で、化学的な検査がはたして的確になされたか、心もとないところがあります。駒込病院や東京大学のデータについてはがっかりしました。大阪（市立医科）大学の結果はすばらしいもので、こちらのデータと一致しています。ほんとうに、よりすぐれているといっていいぐらいです。この研究がもっとも優秀だと思われます。というのは、私たちがまちがっていたとは思われず、この追試はこちらの出した結果をぴったり証明しているからです[25]」

ドッドを喜ばせたのは、大阪市立医科大学の熊谷謙三郎と杉山茂彦である。おなじソーベル法を使い、エキリ六十一例、対照正常例は十五、標準誤差をきちんと計算している。「対照正常例」も「標準誤差」も聞いたことがないという医師が多かったなかで、ふたりのデータ処理はすぐれて正確だった。

主任研究者の熊谷謙三郎は、ドッドが東京大学医学部で発表したとき通訳を助けた大阪大学の木下良順の親友だった。大正時代に欧米へ一年留学し、大阪府立桃山伝染病院長となった。(26) その弟子が副研究者の杉山茂彦で、かれものちに桃山伝染病院長となる。(27)

ふたりは採血をエキリの痙攣中にしぼった。するとエキリ調査団とおなじ結果が出た。しかし(と報告書には付記されていた)痙攣の止まったあととか、つぎの日の採血では、低くなかった。(28)

このことについてサムスは感情を顔に出さなかったが、ハーシイは
「日本人みんながエキリ調査団に反論したというわけではありませんよ、局長」

と、なぐさめた。

「福見秀雄という男が、去年の日本伝染病学会でエキリ調査団を援護したそうですよ。エキリ調査団の説だけがエキリについて具体的な説明をしている、それを批判したり否定したりするなら、これにかわる説明ができなくてはならない、と(29)」

サムスはラポポートのことばを思い出した。いわく、福見は古い型の細菌学者だ。だから福見ではなく東京大学の吉川に、じぶんの生化学研究室を残して帰りたい。そのことでラポポートは数回サムスに会いにきた。だがラポポートのとつぜんの強制送還で、かれの研究室は予防衛生研究所に残された。だから小林所長の意向どおり、それを福見がひきうけた。だがそこでの研究はあまり進んでいないとか。

そのとおりだった。福見は昨年の夏からロックフェラー財団の医学研究員としてミシガン大学

のウイルス研究所へ留学していて、研究室にいなかった。(30)

ラポポートは、福見はあんまり英語を話さない、といっていた。だがロックフェラー財団の医学研究員試験は難関中の難関だ。若手で業績がじゅうぶんあって、英語の筆記試験のあと口頭試問にも合格しなければならない。

サムスはあのときいろいろ考えて、ラポポートに研究機器を持ち帰る時間をあたえず強制送還した。残された研究室をひきうけた福見がのちにエキリ調査団の研究を援護し、そのうえロックフェラー財団の研究員としてアメリカへ留学した。これをラポポートが知ったらなんというだろうか。

ラポポートといえば、日本疫痢調査団の報告書を読んでどんなに憤慨していることだろう。もうすぐ長い反論の手紙が来るにちがいない。

だがラポポートからの手紙はいっこうに来なかった。ドッドからのたよりも絶えた。

1 Dodd, K., Buddingh, G.J., & Rapoport, S.「疫痢の原因と生理」『日本医師会雑誌』23巻7号、1949年、442–448頁。

2 1947年夏の入院者は186人（うち死者47人）だった。東京都立駒込病院『駒込病院百年史』第三部、第一法規出版、1983年、751頁。

3 Dodd, Katharine, Buddingh, G. John, and Rapoport, Samuel. The etiology of Ekiri, a highly fatal disease of Japanese children. *Pediatrics, Vol.3*, January, 1949, pp9-18.

4 Ito, H. Klinische Beobachtungen ueber "Ekiri" eine eigenthumliche, sehr acute ruhrartige, epidemische Kinderkrankheit in Japan. *Archiv für Kinderheilkunde, Vol. 39*, 1904, p98.

5 ドナルド・D・ヴァンスライク（1883〜1971）はオランダ系アメリカ人生化学者で、血液ガスの測定法などで知られる。

6 吉川春壽「いろんな話（4）疫痢のこと」『日新医学』36巻8号、1949年8月、378頁。

7 Rapoport, S. & Dodd, K. Hypoprothrombinemia in infants with diarrhea. *American Journal of the Diseases of Children, Vol.71*, 1946, p612.

8 中西政子『朝日新聞』1947年8月19日。1ポンドは約453・6グラム。

9 福見秀雄「赤痢記念座談会」『日本医事新報』1948年11月6日、16頁。

10 山本康裕『婦人の友』1947年8月号、40–43頁。

11 諏訪紀夫「疫痢の病理解剖」『日本臨床』6巻11号、1948年、1–5頁。諏訪紀夫「疫痢の病理解剖」『日本臨床』6巻12号、1948年、1–5頁。

12 福見秀雄「疫痢の病因——疫痢カルシウム問題によせて——」『最新医学』1949年10月、588–593頁。

13 GHQ/PHW records. No.00821-2. Sams, C. F. to Dodd, K. Nov. 11, 1949.

14　GHQ/PHW records. No.00821-1. Dodd, K. to Sams, C. F. Feb. 25, 1949.

15　GHQ/PHW records. No.00821-1. Sams, C. F. to Dodd, K. Mar. 28, 1949.

16　名古屋市立伝染病院は現名古屋市立東部医療センター、京都市中央市民病院は現京都市立病院、大阪市立医科大学は現大阪市立大学医学部。

17　GHQ/PHW records. No.00820-2. Kojima, Saburo. Letter to Sams, C. F. May 4, 1950. GHQ/PHW records. No.00820-1 to No.00820-11. Sub-Committee for the Investigation of the Infectious Intestinal Disease, the Scientific Research Council of Japan. Report to Sams, C. F.

18　竹前栄治、笹本征男「ＧＨＱ・ＰＨＷの組織と人事」『東京経済大学会誌』１５６号、１９８８年６月、２７７頁、２８１頁。

19　内山圭梧「第二十三回日本伝染病学会を聴いて」『日本医事新報』１９４９年5月28日、９頁。

20　GHQ/PHW records. No.00820-2. Bozman, S. R. Memorandum for record, June 19, 1950.

21　『一生一竿――遠城寺宗徳先生追想集』九州大学医学部小児科学教室遠城寺宗徳先生門下生、九州大学出版会、１９７９年、46－47頁。

22　吉川春壽『臨床医化学（実験編）』協同医書出版社、１９５５年、

1948年にラポポート博士からGHQを通して予防衛生研究所に寄付されたコールマン分光光度計モデル11Aの本体。Coleman Electric Company製。サイズは約30 x 31 x 17 cm。National Museum of American History https://americanhistory.si.edu/collections/search/object/nmah_2995

442　　　　　　　　　　　　　　　　　　　　　　[日本醫師會雜誌・第23卷・

醫學のながれ

疫痢の原因と生理*

K. Dodd, G. J. Buddingh, & S. Rapoport

臨床及び細菌學的研究

疫痢は主に夏期，滿2年乃至6年の日本人小兒をおそうところの非常に死亡率の高い疾患である．1939年には30,000人以上罹病し，15,000人以上が死亡したと報ぜられている．罹患數は年によつて差異があるが，死亡率は常に高くて80から60%にのぼる．臨牀的特徴は，突然に高熱，下痢，嘔吐，痙攣を以てはじまり，經過が短かく，死ぬものは4時間乃至48時間の間に死亡し，48時間もちこたえたものは若干の恢復期を經て治癒する[1]．細菌檢査の結果，患者のおよそ半數に糞便中赤痢菌を證明し，そのうち最も多いのはS. sonneiであつて，Flexner菌及びS. ambiguaはこれに次ぎ，毒力の高いS. dysenteriaeはほとんど見られないくらいである．．病理解剖所見は，全然變化のないこともあるし，細菌性赤痢の初期の像を呈していることもある．死亡率が高く，痙攣が甚しく，熱が高く，その多數例に赤痢菌が證明されぬなどの理由から，疫痢は赤痢とは別物であろうとされたり，あるいは何かほかの因子の加わつたものではなかろうかと想像された．これについて，日本の學者は種々の可能性を考えている．日本の小兒は體質が特異的であるために他國の小兒とは反應がちがうのだろうとの考え，これには昔の胸腺淋巴體質がしばしば引合に出される．不明の病原體，おそらくはある型の大腸菌かまたは，ウイールスが單獨にか，あるいは赤痢菌と協同して病因をなしているのではないかとの考え，未知の毒素が發生し，それが特殊な激烈な疫痢症狀を呈せしめるのだろうとの考えなどがこれである．ヒスタミンの過剩に因るのではないかとてヒスタミンを檢索したり，動物にヒスタミン及びグアニヂンを投與して見たり，患者の血液にアンモニアが過剩になつたのではないかと疑われたりしたが，いずれも疫痢のはげしい症狀や，2年乃至6年の小兒をおそうということを說明することは不可能だつた．

治療法としては，何か毒素のようなものを胃腸からのぞくということが主に考えられていて，ヒマシ油を大量反復してあたえ，それにつづいてグリセリン水灌腸をする．また心臟が著しく冒されるだろうとの想定の下に『强心劑』としてカンフアー，カフエイン，ヂギタリス，ときとしてはストリキニンさえも用いられている．最近某病院ではスルフオンアミド劑を與えてわずかながら效果があつたという．非經口的輸液が，但し常に少量であるが，施行されて若干の效果ありといわれている．

細菌性赤痢は夏期の日本には普通で，1939年には60000例報告され，その中5000例が死亡している．疫痢をも赤痢の中にこめると90000例となり，死亡數20000となり，死亡者の大多數は2年から6年までの小兒である．

アメリカとヨーロツパの文獻にも幼兒に疫痢に似た症狀を伴う細菌性赤痢の1，2例が報告されている．Hardy及びWatt[2]はルイジアナ州の黑人の7歲の男兒に1例を報告し，それよりも幼少の幼兒にも普通の赤痢とは異なる症狀を呈するものを見たといつている．彼等のいうところによれば痙攣がこれらの患者におこることがあり，臨床症狀の割には結腸に解剖的變化が乏しい．これらの症例に顯著な事は腦の浮腫であつて，腦重量が增加し，廻轉がひらたくなり，延髓の下面に壓迫錐があらわれる．

*……夏アメリカから疫痢調査團がわが國に來て，……に動力的な研究を遂げて歸國した．歸國に際……の成果の概要報告を殘して行つたが，今回そ……が發表せられた (Katharine Dodd, G. John ……ngh and Samuel Rapoport: The Etiology ……hyiology of Ekiri, a Highly Fatal Disease ……panese Children. *Pediatrics*, 9–18, January ……概要はすでにわが國の雜誌に紹介せられて……しているが，ここにその本報を譯して揭載し會……の參考に資する．

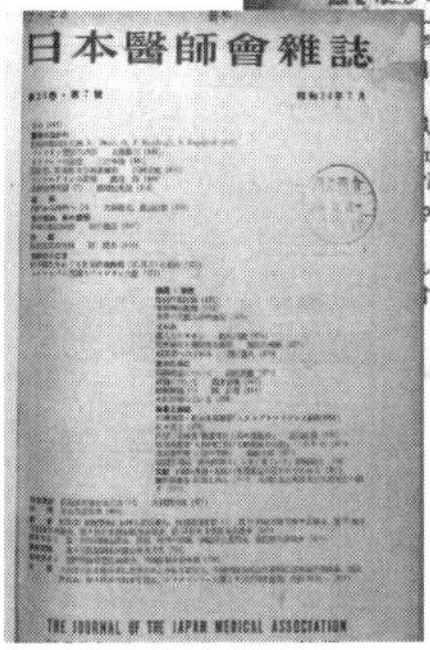

1949年に、日本人医師たちの心証をそこねぬよう気づかって和訳され、掲載されたエキリ調査団の研究報告。原題の「疫痢の原因」も「疫痢の原因と生理」とやわらかく変えられている。

Dodd, K., Buddingh, G. J., & Rapoport, S.「疫痢の原因と生理」『日本医師会雑誌』23巻7号、1949年、442－448頁。

２８２－２８３頁。

23 GHQ/PHW records. No.00820-2. Bozman, S. R. Memorandum for record, June 19, 1950.

24 GHQ/PHW records. No.00820-2. Sams, C. F. Letter to Dodd, K., June 19, 1950.

25 GHQ/PHW records. No.00820-2. Dodd, K. Letter to Sams, C. F., July 1, 1950.

26 現在は大阪市立総合医療センターに統合されている。

27 熊谷謙三郎『桃山病院と共に50年』１９７３年、23頁。

28 GHQ/PHW records. No.00820-6. Kumagai, K. and Sugiyama, S. "On the calcium quantity in the serum of Ekiri patients", p1.

29 内山圭梧「第二十三回日本伝染病学会を聴いて」『日本医事新報』１９４９年5月28日、９頁。

30 「消息」『総合医学』１９４９年7月15日、56頁。

第十一章　崩壊

サムエル・ラポポートがまだウィーンっ子だったころ、ラポポート家ではよく避難民を泊めた。なかには共産主義者もいた。そういう客に、

「お父さんはぼくが八歳のとき、ソ連のオデッサから家族をつれて逃げてきたんだ」

と少年ラポポートがいうと、客は不安になってたずねる。

「じゃ、お父さんは共産主義者はきらいだろう」

「だいじょうぶ。お父さんは両方から迫害されたんだから。共産主義者からも、帝政派からもね」

ヨーロッパでは、ただユダヤ民族だというだけで迫害にあうことのほうが多かった。

「だからお父さんは、人間はおだやかにいっしょに暮らしていくものだと思っているよ。主義や思想は、ちがっていてもいいんだって」

ウィーンでは第一次世界大戦（一九一四〜一九一八年）後に社会主義が力を得て、少年は進歩的な改革を体験しながら大きくなった。十五才でエンゲルスを読み、そのままオーストリア社会民主党に入党した。

やがて世界経済恐慌がおこり、各政党はあらそって過激に走った。その結果、個人を軽視して国民すべてを動員する全体主義が台頭した。オーストリア社会民主党もこれにあらがえず、独裁

制が敷かれると、抵抗するのは共産党だけになってしまった。

ラポポートは人間味ゆたかな青年として、極端で過激な思想をきらった。しかしこの混乱のなかで、《人間はみな平等に幸福になる権利がある》と主張しているのは社会主義と共産主義だけだった。このふたつの主義のちがいなど、独裁政治や世界大戦をくいとめることにくらべれば小さなことではないだろうか。

そう思って、青年ラポポートは共産党に入党した。ウィーン大学医学部を卒業したあとも医化学研究所で血清アミノ酸の研究をしながら党活動をして、投獄されたこともあった。

ちょうどそのとき、シンシナティ小児病院のジョージ・ゲスト博士がウィーンへやって来た。ゲストは若いラポポートが雑誌に投稿して掲載された研究論文をほめ、シンシナティ小児病院に来るなら研究奨学金を用意しようと申し出た。一九三七年春、二十九歳のラポポートはウィーンを発った。十か月あと、アドルフ・ヒトラーがウィーンに入る。

シンシナティ小児病院にはウィーン大学医学部の先輩で、おなじくユダヤ系のジョセフ・ウォルカニーというすぐれた小児科医がいた。小柄でどんぐり眼で太っていて、風采は上がらなかったがユーモアに富んだ秀才だった。

「小児科医は蝶ネクタイをするんだよ」

「……？」

「患者は子どもだろう、ぼくは長いネクタイをしていて、何度も首を締められたよ」

ウォルカニーは政治運動よりも美術や歴史の本を読んだり、うまいものを食べたりするのが好きだった。かれをとおして、ラポポートはシンシナティを知った。

「ストウ夫人の『トムじいやの小屋』というのを知っているだろう。あれはシンシナティで書かれたんだよ。シンシナティの川むこうが南部のケンタッキー州で、あそこには奴隷制度があったからね。この町には保守的だがまじめなひとが多くて、小児病院への寄付も多い。だからわれわれも研究費に困らないわけだ」

　当時は一九二九年の世界経済恐慌につづく一九三〇年代の不景気な時期で、米国ではニューディール政策がはじまろうとしていた。シンシナティはオハイオ河と北部鉄道《ノザン・レイルロード》のおかげでそれほどの経済的打撃はうけなかったが、鉄鋼ストをはじめとするストライキが打たれ、組合運動もたいへん盛んであった。ラポポートはウォルカニーにたずねたことがある。

「あなたは社会に正義と平和をもたらすための行動をしたいと、思わないんですか」

「ぼくは研究が好きでね。子どもの奇形の研究というのはまだ形態学が主だから、生化学者のきみにはあわないだろうが」

　ラポポートはていねいにこたえた。

「あなたはきっと、その学界のリーダーになられると思いますよ、ジョー」

「きみもすぐれた生化学者だ。だが思想ってやつは研究生活をぶちこわすこともあるから、気をつけたまえよ、サム」

　ウォルカニーの心配はもっともだった。米国では一九四〇年から「政府を暴力によって転覆することを鼓吹し教唆する」者、つまり過激な共産主義者は、犯罪者として告発できることになった[1]。ラポポートはその候補として、すでにFBIシンシナティ支局のブラックリストに載っていたのだ。

やがて太平洋戦争が終わると、米国における反共の気運は日に日にたかまった。一九四七年三月には、公務員は聖書に手をおいて《わたしは共産党員ではありません》と誓うことになった[2]。百貨店の店員までが宣誓用紙に「趣味、庭いじり」と書いた（演劇や映画だと題材が問われた[3]）。共産党員だとわかると、公務員でなくとも解雇されることがあった。

こういう時期に、ラポポートはエキリ研究を終えて占領下日本からもどってきた。

羽田飛行場からGHQのサムスに電話をかけていったとおり、かれは妻インゲの誕生日である九月二日に家へ帰りついた。六月十八日に生まれて七十六日目になる長男トムは、父を見て笑いかけた。数日あと、帽子をまぶかにかぶった男ふたりがラポポート家へやってきて、本人がもどっていることをたしかめていった。

しばらくして、ラポポートは米国大統領有功章をうけることになった。かれは戦争中ACD法という輸血用の血液を保存する方法を完成したが、おかげで戦場での米軍負傷兵への輸血が飛躍的に安全になったという。

知らせを聞いて、ラポポートはどんなに笑ったことか。

「米軍の左手がぼくを日本から送りかえし、右手が米国大統領有功章をくれる、というわけかい。軍には脳味噌がないから、おたがいに知らないんだよ」

ラポポートは軍人が嫌いだった。ACD血液保存法にしても、これを使わない不良な血液を戦場で輸血すれば負傷者は死ぬというのに、軍人はやみくもに古い方法を守る。だからだろうか、かれは東京で出会ったサムスに「軍人らしくない」見識と教養があったことを忘れなかった。あの男は軍人としては大成しないのじゃないか、そんな気もした。

ラポポートの米国大統領有功章授与式には空軍大将や海軍提督に加えて大佐が六十人ほどもならび、賞状を手にしたラポポートの隣りにはシンシナティ小児病院の理事長リチャード・デュプリーが立って、全員にっこりして記念写真におさまった。

このころから、シンシナティの保守派新聞『シンシナティ探求日報《エンクワイアラー》』の反共姿勢があらわになってきた。

「あれはラフカディオ・ハーン(4)をクビにした新聞だよ」

と、日本文化が好きなウォルカニーが教えてくれた。

「ハーンは日本へいくまえあの新聞の記者だったんだが、まじめな男でね。黒人との混血女性と正式に結婚しようとして解雇された。その家がまだ残っているよ」

「そんな反動的な新聞を読んでいるわりには、町のひとは親切でまっとうな感じですね」

「移民の町だからね。みんな苦労をしてきたんだ」

年が明けた一九四八年の大統領選に、フランクリン・ルーズベルトの副大統領（任期一九四一〜一九四五年）だったヘンリー・ウォーレスが進歩党から立候補した。公約は米軍の軍備の解除、徴兵制度の廃止、敗戦国の占領即刻停止、ソ連を信頼して不戦条約をむすぶ、といった、米ソ冷戦のさなかにあっては非現実的ともいえるものだった。しかしラポポート夫妻はこの選挙運動にうちこんだ。こういう政策によってのみ、つぎの世界大戦を避けることができる、と信じてのことだった。

だが七月にワシントンで十二人の米国共産党員が国家にたいする反逆罪で逮捕され、八月には内務省につとめるアルジャー・ヒスが機密書類をソ連スパイに渡したとして起訴された。やがてソ連のスターリンがウォーレスを支援するにおよんで、ウォーレスは決定的に共産党候補ということになってしまう。

秋が来て、大統領選挙でトルーマンが再選されたあと、敗北したウォーレスが率いる進歩党にあきたらぬ者がこぞって共産党に入党した。米国共産党はこのころから無力な小犬が激しく吠えるように過激になってゆき、あわせて反共世論もたかまる。

一九四九年九月、ソ連が原爆保有を公表した。米国はソ連を敵と想定して、水爆の製造にとりかかった。年が明けた一九五〇年にヒスは機密書類をソ連スパイに渡したかどで有罪と決まり、(5)二月にはジョセフ・マッカーシー上院議員が登場する。

それまでまったく目立たなかったこの上院議員がとつぜん、「ここに内務省における二百五人の共産党員のリストがあります」と発表するのだが、(6)これを真実だと思う者は全米にひろがっていく。

このころラポポートはインゲとともにストックホルム宣言(7)(一九五〇年にはじまった原爆使用禁止運動)のための署名を集めていた。集まった署名は千五百にすぎなかった。保守的な中西部の町シンシナティは未曾有の反共時代をむかえようとしていた。それが導火線となって、三年まえ東京でバディングがラポポートと距離をおくようになってはじまったエキリ調査団の崩壊が、シンシナティで完結することとなる。

一九五〇年二月十九日は日曜で、朝刊紙『シンシナティ探求日報』は日曜版や広告紙面やらで、ぜんぶで五十枚の厚さだった。その一面トップに、「共産党員、工場サボタージュを計画――この町には百七十八人のアカがいる」という見出しが載った。(8)「アカ」たちは、第三次世界大戦がはじまればシンシナティの軍需工場を活動不能におとしいれることになっている。「アカ」として大学教員がひとり、医師が三人、このなかに「米軍によって日本から蹴り出された」匿名の同志がいる、とあった。これがだれであるか、ラポポートを知る者には見当がついた。

つぎの週の日曜版の一面には「アカが州議会に立候補――一人は市議会に」(9)、三週目は共産党員がいかに米国の自由主義を悪用しているか。インテリの自由主義者は《社会悪をのぞこうとする目的では共産党もおなじだから共存しよう》というが、これは山火事をそのうちに消せると思うのとおなじことだ。(10)

四週目は米国共産党への入党宣誓が「わたくしは、勝利を得た社会主義の母なる国ソヴィエト連邦の防衛に、大衆を立ち上がらせることを誓います」というのであり、第三次世界大戦が起こったときに襲われて機能不全におちいるのは、シンシナティ・ガス電気会社をはじめとする十ほどの重機械製造工場である。[11]

五週目はゴシップ記事で、女性党員は夫にひきずられて入党し、独身であれば「自由恋愛」にさそわれる。党は白人の女性党員を黒人街へ「自由恋愛」に送りこむ。女性党員は組合の男たちを誘惑し、そのあと「入党しないと奥さんにいうわよ」と脅迫する、とあった。[12]

六週目は「アカ、本紙を反共と呼ぶ――その通り！」という見出しで、共産党機関紙『働く人』オハイオ版[13]がこの暴露特集を攻撃したことにこたえたものだった。[14]

おなじ日に、マッカーシー上院議員はもと内務省補佐官であったオウエン・ラティモアをソ連スパイであると発表した。米国における反共の気運は、このころから坂をころがり落ちるように加速する。

『シンシナティ探求日報』の六週間にわたる特集が終わった一九五〇年三月、ラポポートはシンシナティ小児病院の理事長室に呼ばれた。理事長のリチャード・デュプリーはラポポートに椅子をすすめ、奥さんと子どもたち（三人になっていた）はお元気ですか、とたずねた。

「四人めが、秋に生まれます」

「それはたのしみだね。おめでとう、サム」

それからデュプリーはまじめな顔になった。

「サム。こうなれば道はふたつしかない。きみが転向して、仲間の名前を明かして、ふつうの人間にもどるか、この国を去るかだ。もうわたしにはきみをかばう力がない。こういうたぐいのことは、ここまで来るととめられんのです。この国の法律では、そういう思想の持ちぬしは犯罪者なのだから」

きみはほんとうに共産党員なのか、とデュプリーはたずねなかった。たずねられたとしても、ラポポートにはこたえられない。じぶんは社会主義者であって、共産党員のように国を暴力でくつがえすことを目的とはしていない。また法律的には米国共産党は政党ではなく、社会主義研究会といった名のもとで活動をつづけていて、正式な党員名簿もない。ラポポートが黙っていると、デュプリーがつづけた。

「『シンシナティ探求日報』の特集は、ＦＢＩの情報がもとになっている。これから向こうはワシントンに手をまわして、下院の非米活動調査委員会をシンシナティに呼ぶそうだ」

米国議会下院の非米活動委員会では、共産党員とおぼしい者を召喚して国家反逆罪にあたる活動をしたかどうかを査問する。

「そうなれば、きみはかならず召喚されるだろう。召喚されれば、新聞はきみの実名を報道することができる」

そして小児病院の名も出る、とラポポートは考えた。小児病院は町の富裕階級の寄付によってささえられている。病院内に共産党員がいるとなれば寄付は減り、病院の経営や研究にも影響が出るだろう。

それだけではない。下院非米活動調査委員会では、宣誓のうえで質問にこたえなければならない。仲間の名をいわずにすませるためには、黙秘するほかはない。黙秘すればじぶんを党員だと認めることになる。友人たちに、どんな迷惑がかかることか。

デュプリーはおだやかにいった。

「もし転向が無理ならば、いっそ共産主義国へ行ってそこで社会に貢献する、という生き方もあります。それを、わたしはきみにおすすめしたい」

ラポポートは耳を疑った。朝鮮半島では、いまにも共産圏との戦争がはじまろうとしている。国をあげての反共の時代に、デュプリーは冗談をいっているのか、それともこれは非情な解雇通告か。デュプリーはプロクター&ギャンブル（P&G）石鹸会社の重役で、戦争中は米国戦争資源委員会の委員長として手腕をふるった男だ。ラポポートはたずねた。

「それは、ぼくが小児病院から解雇されるということでしょうか」

デュプリーはこたえた。

「きみは大統領有功章をうけたすぐれた生化学者だ。ぼくもウィーチ院長も、きみをひじょうに誇りに思っている。辞職を願い出ないかぎり、病院はきみを解雇したりはしないよ」

米国大統領有功章授与式の日に、ラポポートの隣りで記念写真におさまったときとおなじおだやかな眼だった。デュプリーは共産主義にたいしてむやみな恐怖をもっていない。ただおどろくべき広い心から、共産主義国へ行くことをすすめているのだ。ラポポートは黙ってデュプリーのさしだした手を握り、理事長室を出た。

やがて六月が来て朝鮮戦争がはじまり、共産主義者とのたたかいで米軍の若者が連日戦死した。反共感情はいやがうえにも増して、米国共産党員にとっての苦難の時代がはじまった。『シンシナティ探求日報』は下院非米活動調査委員会をシンシナティへ呼ぶことはできなかったが、かわりに証人がワシントンへ召喚されることに決まった。ラポポートがその証人のひとりとなることは、確実だった。

このときにサムスが東京から日本疫痢調査団の追試の結果を知らせてきたのだ。おりかえすドッドの返事が短かったのは、このような事情による。

このラポポートの危急のとき、ドッドはただ心を痛めるだけだった。セイビンは小児マヒワクチン創成に心血をそそいでいた。そしてウォルカニーは結核を病んで、遠いサナトリウムに入っていた。

七月十六日の『シンシンティ探求日報』の一面に、ついにラポポート夫妻の実名が出た。もとの女性党員がワシントンの下院非米活動調査委員会で、夫妻がともに共産党員であったと証言したためだった。[15]

この二十四歳の女性は、一九四七年の一月から夏まで、シンシナティ市の住宅街アヴォンデイル区の細胞に属する共産党員だった。恩師の女性教師にさそわれてふらふらと入党し、しばらくして転向したという。この時期は、ラポポートが日本へ出発するまでの半年間にあたる。

「細胞の会にでると、議長はいつもラポポート博士でした。あたしは話の内容はよくわからなくて、いつも居眠りしてました。インゲ夫人は、日曜日にウェスト・エンド街へでかけて『働く人』を売っておられましたわ。帰りの車のなかでソ連の歌を歌ったりしました。で、あたしがだんだんうんざりしはじめると、なかまの党員だと思っていたスコットさんが、じぶんはじつはＦＢＩの者だと教えてくれたの[16]」

この朝刊が配達された一九五〇年七月十六日の朝、アラスカ通りにあるラポポート夫妻の自宅は空家となっていた。『シンシナティ探求日報』によれば、ラポポートは十日まえに米国を出国して、スイスで学会に出席しているという。かわりにシンシナティ小児病院長のアシュレィ・ウィーチが取材にこたえて、

「ラポポート博士本人からじぶんは共産党員ではない、とはっきり聞いています」

といっていた。

その夏の日から三か月がたった。すずかけの街路樹が色づきはじめた十月十一日、ラポポートは不在のままシンシナティ小児病院を辞職した。オハイオ州の上院議員選挙が三週間あとにせまっていて、ラポポート辞職のニュースは共産党の敗北とみなされ、大きく報道された。朝鮮戦争のさなか、ちょうどトルーマン大統領と国連軍司令官のマッカーサー元帥がウェーキ島で会見をする数日まえのことで、『シンシナティ探求日報』の一面の左にラポポート、右にトルーマンとマッカーサーの写真が載ったのである。(17)

つぎの日、「流浪の科学者? ラポポート米国国籍離脱か」という見出しがでる。ラポポート夫妻がこのまま米国にもどらなければ、米国の国籍を失うことになる。ウィーチ小児病院長はふたたび取材をうけて、このようにこたえた。

「ラポポート博士について記事を書くなら、つけくわえていただきたい。博士がいかに科学に貢献をしたひとであるか、ACD血液保存法、点滴療法、酵素化学、腎臓生理学など、その功績はすぐれたものです。またわたしは博士の口から、じぶんは共産党員ではないとはっきり聞いてい

ます」[18]

その後の上院議員選挙運動中に飛びかった悪口のなかに、「P&G石鹸会社の重役で小児病院の理事長のデュプリー氏さえ、共産党員の医師を病院で雇っていたではないか」というのがある。[19]このことからさかのぼって考えると、《ラポポート博士は共産党員ではない》とくりかえしたウィーチ院長は、小児病院にかかるであろう迷惑をおもんぱかったように思われる。このころ中国軍が朝鮮半島に越境出撃し、国連軍は総崩れとなって敗退した。米軍からおびただしい戦死者が出て、共産主義者は米国の宿敵となっていたのだ。

ハリウッド映画『真昼の決闘《ハイ・ヌーン》』では、荒くれ男たちが保安官（ゲイリー・クーパー）をねらって町にむかう。町の平和に大きな貢献をした保安官だったのに、先輩や部下、そして町の男たちは荒くれ男たちとの対決をことわる。居られると迷惑だ、出ていってほしい、というのが本心だ。そのように、ラポポートもシンシナティを去った。映画では保安官の妻（グレース・ケリー）だけが味方だったが、ラポポートの味方もインゲだけだった。

インゲはラポポートよりひとあし早くウィーンへ発った。身重の身体で、三歳から一歳までの子ども三人をつれて出国したのだ。ラポポートはあとに残って家をたたみ、ワシントンでの証人喚問の始まる十日まえにスイスへ去った。

スイスからウィーンにもどったラポポートは、母校ウィーン大学医学部での就職を望んだ。資格はじゅうぶんあった。医師免許と生化学の博士号がある。科学において米国が先端をいく時代に、かれは米国でいくつもの業績をあげている。米国大統領有功章もそれを証明する。ラポポートはそのころ、世界有数の若手の生化学者だった。

しかしウィーン大学医学部での就職はことわられた。医学部長がいんぎんにいうには、

「ラポポート博士はアメリカでなにをされたのですかね。水道に毒をいれたとか、そんなふうなことでも？」

《水道に毒をいれる》というのは、米国では共産党員の戦略のひとつだと信じられていた。このことばで、ＣＩＡ（米国中央情報部）がウィーン大学医学部に情報を伝えたことをラポポートは確信した。東京のサムスはこんなことを聞いても動じなかったが、ウィーンはもちろん占領下日本ではなかった。

イギリスやフランスでの求職活動もはかばかしくなく、そんななかで小さな娘リサが誕生し、ラポポートは四十二歳になった。日本もエキリ調査団もカルシウムも、もう過去のことにならざるを得なかった。

しかしケティ・ドッドの友情はべつだった。つぎの一九五一年に、ドッドはウィーンにラポポート一家をたずねてきた。

「女子大を卒業したときに、ヨーロッパ勉学奨学金というのをもらったのよ」

（それは首席卒業者にあたえられる奨学金だったが、ドッドはそれには触れなかった。）

「でも第一次世界大戦のさなかで使えなくて、また戦争があって、やっとことしの学会出席でヨーロッパを見に来たというわけ」

「よくたずねてきてくれましたね、ケティ」

ラポポートは万感をこめてそういった。ウィーンにもCIAの係官が派遣されている。気づかれないはずがない。しかし四年まえ、東京でサムスに呼びだされてGHQから帰ってきたときにドッドは、

「サム。なにが起こっても、わたしは人道主義者としてさいごまで味方になってあげるわ」

といったのだ。

無知からくる偏見が排斥につながることは、こちらは体験ずみだからこわくはない。ただこのさきケティに迷惑がかからねばいいが。

「馬鹿ねえ。わたしは医者で、まわりはみんな教育のあるひとよ。そんなひとたちがマッカーシーなんかのアカ狩りにくわわるわけがないじゃないの」

と、ドッドは笑った。アカ狩りにくわわるかどうかじゃない、アカ狩りを黙って見ているかどうかなんだ。ラポポートはそう思ったが、なにもいわなかった。

ドッドが米国へ帰ってすぐあと、ラポポートあてにベルリン大学医学部生化学教室の主任教授に、という招聘がきた。ベルリンはこのとき連合軍によって分割占領されていて、ベルリン大学はソ連地区にあった。しかしシンシナティ小児病院の理事長室でデュプリーがいったように、社会主義者であるじぶんが社会主義国ドイツの建設に貢献することには、意味があるかもしれない。そう考えて、ラポポート一家は東ベルリンへ移る。

ベルリン大学の研究室にはこわれたガラス器具がいくつか残っているだけだった。占領下日本で見た予防衛生研究所が、宮殿のように思い出された。戦前、世界に名を馳せたこのドイツの名

門大学には、実験器具も教科書も、椅子さえなかった。ラポポートはじぶんで教科書を書いた。そのなかに、日本の小児病としてエキリのことも入れておいた。カルシウム不足で痙攣を起こす小児赤痢だとした。これがラポポートとエキリとの、さいごのつながりとなった。

ラポポート夫妻が東ベルリンへ移ったというニュースは「夫妻、東ドイツへ亡命」というふうにシンシナティにつたわった。これこそは夫妻が共産党員であったことの確証だ。それまで『シンシナティ探求日報』の特集に懐疑的であったひとびとも、この知らせを聞いて暗然とする。

翌一九五二年、ドッドがシンシナティ小児病院を去ったという知らせが東ベルリンにとどいた。ラポポートは信じられなかった。あれほどのすぐれた臨床医が、六十歳を目のまえにして失職するとは。

ラポポート一家をたずねてウィーンに来たためか。あの性格か。ウィーチ院長がジョンズ・ホプキンス大学医学部での同級生であったために、ドッドはかれにまったく敬意を払わず、よく院長命令を無視した。率直なことばと医療にたいする妥協のない態度は、理事会に多くの友人をつくったとは思えない。

その後の東ベルリンには、きれぎれの知らせしか来なかった。ドッドは南部アーカンソー大学医学部の小児科の主任教授になったという。シンシナティを去るときに、じぶんはその南部の小児科学教室を、五年かけて築き上げるつもりだと語ったそうだ。五年かけてというのだから、この職は五年契約の不安定なものらしい。シンシナティの学生たちはすぐれた師であったドッドを惜しんで、新車を一台買って贈ったという。(20)

七年のちの一九五九（昭和三十四）年に、ドッドは『米国女医雑誌』から「今年の女医賞」をうけた。写真では、錆灰色の断髪のドッドが、白衣を着て机にむかっている。あいかわらず腕時計は男もので、飾りといえばすがすがしいほほえみだけだ。[21]

思いがけぬ変転に、ドッドもふたたびエキリ研究にもどることはなかった。したがって米国エキリ調査団はこのころ完全に崩壊して、あとかたもなかった。

1 The Smith Act of 1940. homepages.gac.edu/~arosenth/395/Smith_Act_of_1940.pdf（ダウンロード２０１９年３月３日）

2 Harry S. Truman Presidential Library and Museum. Truman's Loyalty Program. Executive Order 9835, March 22, 1947. https://www.trumanlibrary.org/dbq/loyaltyprogram.php（ダウンロード２０１９年３月３日）

3 石垣綾子『わが愛、わがアメリカ』筑摩書房、１９９１年、２５４頁。

4 日本名小泉八雲（一八五〇～一九〇四年）。

5 正確には偽証罪。"The Alger Hiss Case." Central Intelligence Agency. https://www.cia.gov/library/center-for-the-study-of-intelligence/kent-csi/vol44no5/html/v44i5a01p.htm（ダウンロード２０１９年３月３日）

6 McCarthy, Joseph R. ("I have here in my hand a list of 205... a list of names that were made known to the Secretary of State as being members of the Communist Party and who nevertheless are still working and shaping policy in the State Department.") "Enemy from Within" http://historymatters.gmu.edu/d/6456 United States Senate, Featured Biography, https://www.senate.gov/artandhistory/history/common/generic/Featured_Bio_McCarthy.htm（ダウンロード２０１９年３月３日）

「今年の女医賞」受賞時に『米国女医雑誌』に掲載されたキャサリン・ドッド博士の写真。
Courtesy *The Journal of the American Medical Women's Association*. Vol.14. No.12. 1959. p1106.

7 The Stockholm Appeal, http://nzetc.victoria.ac.nz/tm/scholarly/tei-Salient13201950-t1-body-d7.html（ダウンロード２０１９年３月３日）

8 *The Cincinnati Enquirer*, February 19, 1950.

9 *The Cincinnati Enquirer*, February 26, 1950.

10 *The Cincinnati Enquirer*, March 5, 1950.

11 *The Cincinnati Enquirer*, March 12, 1950.

12 *The Cincinnati Enquirer*, March 19, 1950.

13 *Daily Worker. Ohio edition*, March 25, 1950. p1. *The Worker* とも呼ばれていたので本書では『働く人』とした。

14 *The Cincinati Enquirer*, March 26, 1950, p1. Ohio Edition of *The Worker*, March 26, 1950, p1.

15 *The Cincinati Enquirer*, July 14, 1950, p12.

16 *The Cincinati Enquirer*, July 16, 1950, p1.

17 *The Cincinati Enquirer*, October 11, 1950, p1.

18 *The Cincinati Enquirer*, October 12, 1950, p1.

19 *The Cincinati Enquirer*, November 2, 1950, p2.

20 "Katharine Dodd, M.D." *The Journal of the American Medical Women's Association*, Vol.36, No.6, June, 1981, pp192-194.

21 "Katharine Dodd, M.D." *The Journal of the American Medical Women's Association*, Vol.14, No.12, December, 1959. pp1106-1107.

第十二章　もうこわくない

昭和二十六（一九五一）年四月十六日、サムスは、いまできあがってきた手紙に署名をした。

「マッカーサー元帥閣下

お発ちになるまえに大使館へ御挨拶にまいりましたが、御多忙のためお目にかかれぬ由伺いました。

御出発まえに直接申し上げられず、書面になり不充分ではございますが、本官は過去六年にわたり、閣下のもとフィリピンと日本において軍務に就くことが出来ましたことを、大いなる光栄と致すものであります。われわれが閣下の政策を実践し、日本において育成された偉大なる計画の一環となり、自力を超えた貢献を致しましたのは、ひとえに閣下の勇気ある指揮によるものでありました。

今後本官が軍籍にあるとないとにかかわらず、御役に立てます時は何卒御遠慮なく御用命下さい。

あなたの誠実なる

クロフォード・F・サムス

陸軍軍医准将

GHQ公衆衛生福祉局長」(1)

五日まえ、雨の東京にとつぜん号外売りの鈴が鳴った。マッカーサー元帥がトルーマン大統領によって解任されたという。サムスがマッカーサーの宿舎である米国大使館へかけつけると、すでに門はとざされ、GHQの局長といえども会うことはかなわなかった。

きょう、米国大使館から羽田飛行場までの道はマッカーサーを見送る東京都民でうずまった。マッカーサーはいつもと同様に軍服のコートをつけ手袋をはめ、泰然と軍用機にのりこんだ。(2)後任のマシュウ・リッジウェイ中将や吉田茂首相、各界の代表とともに、はるか後列でサムスも敬礼をして見送った。マッカーサー解任の外電が入った日から五日たつうちに、サムスの心も決まっていた。

信頼をうけていた部下として抗議行動をしたいという気持がまずある。つぎに、マッカーサーの要請と援護があったからこそ、日本で仕事ができた。マッカーサーが去れば、その仕事は終わった。来年じぶんは五十歳だ。退役のときがきた。昭和二十年夏、横須賀に上陸した日から六年がたった。あのころ東京は焼野原で、ひとびとは失意茫然としていた。雑誌の広告に「元気を出さう、働かう」と出ていたぐらいだった。(3)

いまでは夜ともなれば丸の内には明るい灯がともり、ひとびとの顔には活気がある。朝鮮半島での残虐な戦争が、日本に好景気をもたらしたのだ。

ここへ来るまで、GHQ公衆衛生福祉局にとっては長い道のりだった。だが米国でならいろいろな利権の代表者が反対して実らないような公衆衛生政策が、占領下日本では命令ひとつで実現した。おかげで局は力いっぱいの仕事をすることができた。

そういう日々に、影が落ちはじめたのはいつからだったろうか。上陸当時、日本では医師が薬を売ると聞いて、局で胃薬を分析させた。すると薬はふくらし粉（ベーキング・ソーダ）で、しかも実費が十九円なのに、その七倍の百五十円という値がつけられていた(4)。その後数年の調査をへて、昭和二十四年に医薬分業を検討するよう勧告をだすと、日本医師会から猛烈な反対が起こった。とうとう去年の春には会長の田宮猛雄と副会長の武見太郎をサムスが解任するというさわぎとなった。

つづいて夏に朝鮮戦争がはじまり、秋に朝鮮半島の原野で娘婿のチャールス・ストラザース軍医太尉が戦闘中に行方不明となった(5)。残された長女のイヴォンヌとふたりの孫をカリフォルニアへひきとるために、妻のエルヴァは東京を去った。じぶんはひとりになって、借りていた洋館から帝国ホテルへもどってきた。

もし軍務をつづけるとすれば、それは米陸軍の軍医総監という職でしかあり得ない（サムスはいまのレイモンド・ブリス軍医総監の後任候補のひとりにあげられていた(6)）。しかしマッカーサーが解任されたいま、その腹心の部下であったじぶんが任命されるとは思えない。サムスは辞任願いを後任リッジウェイ中将に提出し、その懇切な慰留を断わって、離日は五月と決まった。

残る日々、サムスは局長室においていた私用のファイルをよりわけた。サムスを追って、いくつかの書類箱が太平洋を渡って帰ることになっていた(7)。

履歴書。イリノイ州イースト・セントルイスの弁護士の息子に生まれ、十代で父を失って、働きながらカリフォルニア大学を卒業した。大学時代の恋人エルヴァとの結婚。それから軍属のままミズーリ州セントルイスにあるワシントン大学医学部を卒業し、軍医となった。

パナマ、中近東、ヨーロッパ戦線勤務を経て帰国し、野戦軍医学校の教官となった。これがじぶんにいちばん向いた仕事だと思っていた矢先に、マッカーサーがひきいる米国太平洋陸軍総司令部の公衆衛生・教育・福祉局長に、と招聘をうけたのだった……。クリスマスカードのリスト。誕生日のパーティでケーキを切っている写真で、となりに立っているエルヴァの優美なスーツ姿。結核や発疹チフス、医療、医学教育、保健所や学校給食、予防注射など、数えきれない仕事をしてきたあいだのいろいろな書類。エキリ調査団のラポポート博士にかかわるものもあった。

そういえばエキリについては、けっきょくわからないままになってしまった。そしていま昭和二十六年、エキリは増えている。去年の夏の駒込病院の入院患者は五百八人、そのうちの八十六人、十七パーセントが亡くなったという。患者数はエキリ調査団が来た夏の三倍にふえている。死亡率は当時の二十パーセント台よりすこし減った。(8)

エキリ調査団はカルシウム不足がエキリの原因だと発表した。だが、三年がたつうちに日本の食糧事情はかなりよくなって、カルシウムも前よりはとれている。

エキリが増えた理由はカルシウム云々ではなく、エキリ人口の増加にありはしないか。昭和二十二年から三年のあいだ、日本では爆発したように赤ん坊が生まれつづけた。この年に二百六十二万人、つぎの年には二百七十万人、そして三年目には二百六十九万人、つまり三年のあいだに八百万人を超える赤ん坊が、人口八千万人の占領下日本にくわわったのだ。(9)

その子どもたちがいまエキリ年齢にさしかかっていて、エキリが増えたとはいえないだろうか。

どちらにしても、こういうことは時がたたねばわからないものだ。この子どもたちがおとなになって、そして老いるぐらいまでの時が。そう思いながら、サムスはラポートについての書類を焼却用の箱にいれた。

昭和二十六年五月二十五日夜、サムスはじぶんで車を運転して羽田飛行場についた。貴賓待合室には入らず、そのまま搭乗ゲートへ歩く。しかしそこには秘密だったこの出発を直前に知って駆けつけた、ひとにぎりの見送り客がいた。局長でなくなればもうこわくない、という気持からだろうか、みんなサムスにあたたかく、親切だった。医薬分業をのぞんでいた薬剤師たちが心から別れを惜しんでくれた。医薬分業に反対した日本医師会からは、会長ではなく副会長ふたりと事務局長が来ていた(10)。

四年まえ、おなじ羽田飛行場からエキリ調査団のラポポートが送還されたとき、かれはVIPの軍医大佐として軍用機で朝空へ飛び発った。それがサムスの命令だった。

そのサムスは今夜、ノースウェスト航空の民間旅客機の客のひとりにすぎなかった。午後十時三十分離陸、やがて機体の赤いランプが星のまたたく夜空に消えていった。

希望はさいごまで捨ててはいけない、とはこのことだな、と土屋医師は思った。さっき『日本医事新報』の六月十六日号がきた。それで、医薬分業の記事を読むためにちょっと診察室をぬけてきた。

四月にマッカーサーがとつぜん解任された。つづいてサムスが辞任して五月に帰国した。するとつぎの日、参議院の厚生委員会で医薬分業法案に大修正が加えられた。医師が必要とみれば、または患者がそうのぞめば、これまでどおり医師が薬を調剤して売ってもよろしい、という修正条項が入ったのだ。これについてサムスが去ったあとの局からの干渉はなく、法案は六月五日、満場一致で国会を通過した。開業医のための雑誌である『日本医事新報』が、「分業戦の凱歌、ついに医師団にあがる」(11)と書くのもむりはない。サムスの辞任による土壇場の逆転勝利だった。これで土屋医院もなんとかやっていけるだろう。

「先生、患者さんです」

看護婦が顔を出したので、土屋医師はきげんよく立ち上がった。診察室で、子どもがわんわん泣いていた。

「熱いアイロン置き台にさわったんです」

と、母親がいった。子どもの小さな手のひらには水ぶくれが三つできていた。

「いいきかせたんです。熱いからさわらないのよって」

するとその真偽をためすように、この子はわざわざ熱いアイロン置き台に手をのせたのだという。

「まだ三つにもならん子に、それはむりではないかなあ、お母さん」

「だって、この子は町内でいちばんかしこい子なんです」

土屋医師はその子の頭をなでてやって落ちつかせ、手当てにとりかかった。終戦後のベビーブームで子どもの数が増えて、土屋医院はよくはやった。はしか、百日咳、リヤカーに足をはさんだ子、ものを食べない子。土屋医師は小児科に加えて内科も外科も精神科もひきうけた。

ところでもう数年でこの子たちは十代に入る。すると小児科はすこしひまになる。そのときにどこかの大学の医局へ入れてもらって、医学博士号がとれるかもしれない。その研究用に、土屋医師はエキリのカルテをべつにしていた。カルテには日付、患者の年齢、症状、熱、食べたもの、便の状態、死亡状況などがくわしく書きこんであった。エキリ入院患者はここ数年増えてきているが、入院が間にあわなくて在宅のまま亡くなったエキリの症例についてはほとんど知られていない。土屋医師のカルテはすべて在宅の患者のものだった。

それからまた数年がすぎた。土屋医院はモルタル造りの二階だてになった。エキリにかかわる報告をあつめた書類箱も、五箱目になった。

報告のなかでいちばん重みがあるのは、諏訪紀夫の発表だった。諏訪は昭和二十九年にエキリの子ども百五十人の病理解剖結果を発表した。

それによれば、《エキリ型反応》のあった百五十人のうち、三分の一に赤痢の症状はなかった。つまり四十二人のこどもに腸の変化はなく、そのうちの十二人では診断が猩紅熱、敗血症、手術後の死、扁桃腺炎などだった。だからエキリは赤痢菌感染といったひとつの原因からくるものではないようである。

「それ故理論的には腸管の変化のない疫痢が最も疫痢の本質の追求上重要なものであり、腸管の変化の強い例は実際上数は多くても、ある分析を加えてからでなければそのまま疫痢問題の追求の対象にはならない事になる」[12]

諏訪の報告はこのように緻密で、症例数も考察も群を抜いていた。だが臨床医学は生きるか死ぬか、即効と拙速のたたかいだ。たたかっているあいだは、じっくりとものを考える時間はない。諏訪のように死亡例ばかりを集めて厳密に分析した研究はきょうの治療の役に立たないと思われて、医界にうけいれられないかもしれない。

年が明けて昭和三十年の『最新医学』のエキリ座談会速記録[13]を読んで、土屋医師はそれを確信した。十四人ほどの出席者のなかに諏訪もいて、

「病理学者の方では、どうしても形態学的にものを見ますので臨床の方とはかならずしも意見が一致しないかもしれませんが」

とていねいに始めると、司会の東京大学の小児科教授が、

「腸内菌叢の方はいかがでしょうか」

と話題を変えてしまった。そしてそのあと、

「本日は概念論はあとにしまして、つぎの機会にゆっくりお話をうかがいたいと思います」

と諏訪の口を封じた。だが諏訪は平気で、つぎにまわってきた質問には、

「よく記憶していませんので、内容をご説明いただけませんか」

などと、正直なことをいっている。写真では端正な顔にロイドめがねが少しずりさがって、好感がもてた。

昭和三十一年になってもエキリははっきりしないようだった。このときも諏訪は『最新医学』の座談会に出席していたが、みながいろいろな意見をのべるのでエキリ論義は迷路に入ってゆく。

するとだれかが、

「諏訪先生が笑って居ますよ（笑）。私の考えのように解釈しないから困るのだよ、と」

といった。[14] あいかわらずありのままな人だ、と土屋医師は感心した。

また一年がたった。昭和三十二年の『日本臨床』でのエキリの座談会[15]でふたたび諏訪の名前をみて、土屋医師はおどろいた。駒込病院の病理医であった諏訪は、東北大学医学部教授になっていた。

医学部の教授になるためにはまず助手になって、昼間は医局の雑用、そのあと夜をこめてじぶんの研究をする。研究を発表しながら大病もせず上司にもきらわれずに講師、助教授と昇進して、教授会で票を集めてようやく教授に当選する。だから一介の病院病理医がやにわに国立大学医学部の教授に、というのは、よほどの研究業績があってのことだ。

ところで諏訪のさいしょのエキリ病理解剖の報告を読んだのは昭和二十三年、九年まえのことだから、諏訪はいま四十歳をこえているかもしれない。伝染病院で時をわかたず解剖をする病理医というのは、中年になってくるとたいへんだろう。土屋医師もこのころ四十をすぎて夜間の往診がつらくなってきたので、それがよくわかった。

そうなってようやく、土屋医師の医学博士号への夢も萎《な》えはじめた。医院がいそがしいこともあったが、いちばん大きい理由は、昭和三十年ごろからとつぜんエキリが減ったことだった。エキリは親たちにとって、もうこわくない病気となった。医学雑誌のエキリの記事も減って、エキリ患者のカルテで医学博士号がとれる時代はすぎたのだ。

このあいだに、近所に二軒ほど小児科医院ができた。ひとつはなんとかクリニックといって、若い医師《せんせい》はダブルに打ち合わせたアメリカ風の白衣を着ている。待合室には大きな鏡がかかっていて、金文字で「祝　医学博士号御取得　○○大学医学部教授○○○○」と彫ってある。博士論文を指導してもらった教授からの贈り物なのだ。土屋医師はこの競争相手の出現にしばらく気をもんだが、なぜか土屋医院は繁盛しつづけた。なじみの母親にたずねてみると、

「あちらのクリニックの先生はあんまり話を聞いてくださらないのね。しゃべるとうるさそうになさるんですの。くらべて土屋先生は顔をおぼえていて、電話でも相談にのってくだすって。名医というのは、そういうことですわ」

「そういうことといいますと？」

「思いやりとか、やさしさ、話を聞いてくださること。いくら医学博士で頭がおよろしくても、心がなくてはね」

そういうわけで土屋医師の五つ目の、そしてさいごのエキリ書類箱は昭和三十四年にとじられた。箱の暗闇のいちばん上でねむりについたのは、小林登という若い医師のエキリ報告だった。

小林医師はこの年、米国のシンシナティ小児病院で昭和二十二年にエキリ調査団が診たエキリ患者の組織標本を調べたという。

土屋医師は、じぶんに医学博士号をとるという夢があった時代をしめくくる意味で、この小林報告を箱に入れた。内容のほうは、じつはまったくわからなかった。時代がかわって、報告は（日本の医学雑誌に発表されたのに）はじめからしまいまで英語で書いてあったのだ。(16)

1　Sams, Crawford F. Letter to General of the Army Douglas A. MacArthur, April 16, 1951. Sams, C. F. Letter to Smith, Charles E., February 26, 1951. C. F. Sams Collection. The Hoover Institution Archives, Stanford University.

2　『朝日新聞』１９５１年４月17日、１頁。

3　三和銀行広告『財政』財団法人大蔵財務協会、１９４６年５月号、裏表紙ゲラ刷。Gordon W. Prange Collection, McElden Library, University of Maryland.

4　Sams, Crawford F. *Medic*. Edited by Zakarian, Zabelle. M. E. Sharpe. Armonk, New York, & London. 1998. p123.

5　"Dedication for Dr. Charles. M. Struthers." Sams, Crawford F. *Medic*. Unpublished manuscript, front page, 1958.

6　Sams, Crawford F. Letter to Smith, Charles E., February 26, 1951. C. F. Sams Collection, The Hoover Institution Archives, Stanford University.

7　Sams, Crawford F. Box1 to 7, C. F. Sams Collection, The Hoover Institution Archives, Stanford University.

8　一九四七年夏の患者数は百八十六人。東京都立駒込病院『駒込病院百年史』第三部、第一法規出版、１９８３年、７５１頁。

9　厚生省予防局「昭和二十二年の人口動態統計の総括と概要」『衛生統計』１９４８年３月、19頁。１９４６年の出生数は

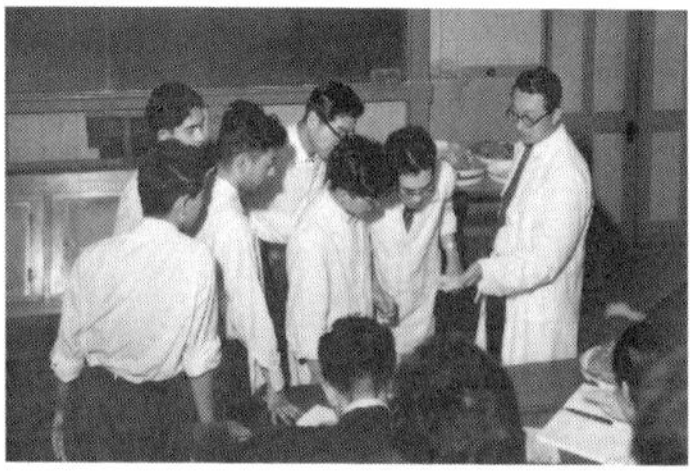

駒込病院より着任し、東北大学医学部で「病理解剖示説」を講義する諏訪紀夫教授（右端）と、実習を受ける学生たち。1958年撮影。
勝島矩子博士御提供。

１９０・２万人。続いて２６２・３万人、２７０・２万人。帝国書院公民統計『日本の出生数の変化』によれば１９４９年には２６９万人が出生した。http://www.teikokushoin.co.jp/statistics/history_civics/index15.html（ダウンロード２００８年２月５日）

10 「時報」『日本医師会雑誌』25巻7号、１９５１年６月11日、５７１頁および「木挽町だより」『日本医事新報』１９５１年６月16日、43頁。

11 「木挽町だより」『日本医事新報』１９５１年６月16日、43頁。

12 諏訪紀夫「疫痢の病理解剖補遺」『日本伝染病学会雑誌』７巻11－12号、１９５４年、３９５－４１２頁。引用部分は４１０頁。

13 「疫痢」『最新医学』10巻12号、１９５５年12月、53－66頁。

14 「疫痢の治療と概念について」『最新医学』11巻7号、１９５６年７月、１３４－１４２頁。

15 「疫痢」『日本臨床』15巻7号、１９５７年７月、１５２－１６３頁。

16 Kobayashi, Noboru. Histopathology of Ekiri, with special reference to pathogenesis of the neurologic manifestations. *Acta Paediatrica Japonica*, Vol.1, No.1, 1958, pp33-47.

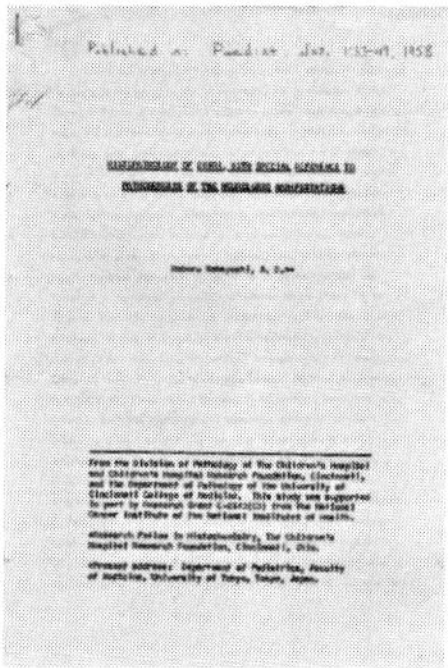

シンシナティ小児病院に保存されていた小林登博士の英語論文 "Histopathology of Ekiri, with special reference to pathogenesis of the neurologic manifestations" のタイプ原稿。1958年に日本で刊行された *Acta Paediatrica Japonica* の初巻第１号に掲載されたことがページ上部に誰かの手書きでしるしてある。Courtesy Dr. A. James McAdams.

第十二章　海外からの報告

小林登はシンシナティ小児病院の病理研究室で、顕微鏡をのぞいていた。まるい視界に、赤紫に染まった細胞のむらがりが見える。いまは一九五八年、日本では昭和三十三年だ。日本へ帰るとき、こういう顕微鏡をひとつ買ってゆくとすればいくらぐらいだろう。かけだし小児科医の給料の、一年分ぐらいだろうか。

そういう顕微鏡が、ここには数台あった。おかげで小林は思ったよりはやくエキリ組織標本の調査を終えて、いま報告を書き上げたところだ。

十二月にはいると街路樹の葉が落ちて、シンシナティは冬枯れの町となる。しかし屋内では派手なクリスマスパーティがひらかれる。小児病院でも午後おそくなると各研究室がパーティ会場となって、いま小林は病理研究室の小部屋でひとりきりだ。

蝶ネクタイをした大男がはいってきた（この小児病院では、なぜか蝶ネクタイをする医師が多い）。男は湯気の立つコップを両手に持っていて、そのひとつを小林の手におしつけた。ひと口飲むと、熱い。

「日本じゃ酒をこんなに熱くしないよ、ジェームス」

と小林がいうと、ジェームス・マクアダムスという名前のその男は胸を張った。

「フランスからスコットランドへ密輸をやってた海賊の飲みものだ。バター入りホット・ラムだよ」

「海賊って、酒にバターをいれるのか」

小林は終戦のとき江田島の海軍兵学校の最上級生だったので、海の男として感心した。するとマクアダムスがいった。

「どうしてきみはクリスマスパーティに来ないんだ」

となりの標本作成室でパーティがはじまったところだった。マクアダムスはここの若手の病理医で、ごつい身体に似合わず性格がやさしくて、パーティに出ない者がいるとこんなふうに誘いにくる。

小林は東京大学医学部を昭和二十九年に卒業した。そして米国の小児科医学が知りたくて、インターンに応募して日本をとびだした。米国で研修中に、医学部時代に小児科学を習った恩師の教授に出会った。かれにシンシナティ小児病院への留学をすすめられなかったら、いまだに米国をあちこち見てあるいていたかもしれない。

バター入りラムを二口三口飲むうちに、小林は愉快になってきた。マクアダムスといっしょに標本作成室へ入ると、職員たちがにぎやかに話している。遺体の運搬をするアフリカ系米国人の男が、高名なスイス人医学者に冗談をいっている。そばで、秘書のローズマリーが笑いくずれている。ローズマリーは十二月だというのに半袖のドレスを着ている。小児病院ではいつも暖房が暑いほどにきいているのだ。

マクアダムスについて入ってきた「コビイ」を、みながあたたかく迎えた。挨拶がすんだところで、マクアダムスがたずねた。

「ところで、エキリの組織標本のほうはどうだい」

一九四七年にエキリ調査団が東京からもどってきた直後、駒込病院からシンシナティ小児病院へエキリ患者の組織標本が送られてきた。それから十二年、標本は研究室の戸棚にしまわれたままになっていた。とはいえ病理研究室の主任ベン・ランディングは責任感が強く、その標本のことを忘れてはいなかった。

十二年が過ぎるあいだにドッドとラポポートはシンシナティを去ったが、バディングはルイジアナ州立大学医学部の細菌学教授として健在だった。そこでバディングからエキリ患者の病歴データをまわしてもらって、小林がこの標本を海外からの視点で調べてみてはどうだろうか。

ルイジアナのバディングからは病歴データをよろこんで提供しよう、という返事が来たが、その手紙のさいごに、

「ところで来年の夏には、ドクター・コバリがルイジアナ大学のわたしの研究室に来ることになっています」

という追伸がついていた。ランディングはよくわからなかったが、ドッドかラポポートならすぐに思い出したことだろう。

ドクター・コバリこと小張一峰はバディングに「米国留学の機会があれば手紙をください。お手伝いをしましょう」といわれてびっくりしたが、昭和二十七年に占領が終わって六年もたつと

日本人医師の米国留学はずいぶんたやすくなった。小張も東京都から米国へ派遣されることになり、バディングが約束どおり受け入れてくれたのだった[1]。

さて小林のほうは、バディングのデータと照らしあわせながらエキリ患者の組織標本を調べはじめた。そのことを東京大学の恩師に報告すると、日本で創刊される英文の小児科雑誌に掲載するからはやく終えるように、という返事がきた。それで小林は土曜も日曜も研究室へ出てきて仕事をし、その報告を英文で書きあげた。

ここで小林は、エキリの痙攣は血液のカルシウム量の低下から来るのではなく、もっと本質的な脳の異常によってひきおこされるのではないか、とむすんだ[2]。中枢神経系の神経細胞にはやくから壊死がみられる。これは脳への血流がはばまれたためで、それがエキリにおける神経症状にかかわるのではないか。

小林がマクアダムスにそのことを話していると、いつのまにか女性職員たちにかこまれていた。みんな極東の神秘の国日本に興味がある。そして髪がゆたかで目の大きい小林は、好男子なのである。

「ご結婚はアレンジメント？　ラブ？」

「あのう、日本ではおふろ屋さんが混浴ってほんとうですか」

マクアダムスが二杯目のバター入りラムをもって救いに来てくれ、ふたりはまたエキリの話にもどった。

「ということは、エキリ調査団のいってたカルシウム説はどうなったんだろう」

と、マクアダムスがたずねた。

「カルシウムは、エキリとは関係がなさそうだよ」

という小林のこたえに、マクアダムスはふしぎそうな顔をした。マクアダムスがジョンズ・ホプキンス大学医学部を卒業してボストンでの研修のあと、シンシナティ小児病院へ赴任してきたとき、ラポポートとドッドはもういなかった。だがエキリのカルシウム原因説は聞いていた。

小林はつづけた。

「どちらにしろ日本じゃエキリは減っていてね。消滅するかもしれないよ」

不審げなマクアダムスに、小林は説明した。

「エキリは昭和三十年、つまり三年まえから急速に減ってきている。エキリやカルシウムの謎が解けたわけではないんだが」

バター入りラムのせいか、いつもにまして英語がよどみなく出てくるので、小林はそのままエキリの謎の説明にかかった。

第一の謎は赤痢だ。エキリ調査団は赤痢感染がエキリへのひきがねだとした。しかしいま日本ではエキリだけが激減して、赤痢は減っていない。

占領がおわって日本は独立し、食べ物がなくて困るということはない。それにつれて飲食店での外食が増えて、赤痢はしばしば集団で起こるようになった。(3) 水道水を塩素で滅菌したり井戸を消毒したりしているが、赤痢撲滅にはほど遠い。にもかかわらず、エキリだけが減ったのだ。

「二つ目の謎は、カルシウムの測定法なんだ」

最新のカルシウム測定方法では、もっと複雑なデータが出る。血液のなかのカルシウムには、二種あることもわかった。血のなかで浮遊しているカルシウムと、蛋白質に結合しているカルシウムだ。そしてテタニーの痙攣などは、浮遊カルシウムの低下によって起こる。しかし浮遊カルシウムは体内のカルシウム全体量に比例して減るものではないらしい。全体量が低くても浮遊分がじゅうぶんあれば、テタニーの痙攣は起こらない。こうなるとラポポートの測定したカルシウム量が、痙攣にかかわる浮遊カルシウム分をどれほど正確につかんでいたのか、よくわからない。

マクアダムスはうなずいた。

「医学の研究は十年たつと古くなる。そう思って、ぼくは医学部進学をやめようかと迷ったもんだ」

「じゃ、なぜやめなかった」

「あたしが働いて食べさせてあげるから医学部へ行きなさい、といわれたもんだから」

「だれに？」

「家内に」

あのきゃしゃなマクアダムス夫人が、と小林は感心した。それからつづけた。

「それに、日本人のカルシウム摂取量はまだ不足なのに、エキリは減ったんだよ。それが三つ目の謎だ」

このころ日本人のカルシウム摂取量は、終戦直後の二百五十ミリグラムからようやく三百ミリグラム台に上がった（四百ミリグラム台になるのは五年後の昭和三十八年だ）[4]。

「一日の摂取量が三百ミリグラム台じゃ、アメリカの基準の千ミリグラムには追いつかないだろう」

　といいながら、小林はマクアダムスを見た。小林も日本人としては上背があり、良い体格をしているが、マクアダムスはまるで水牛だ。よほど牛乳を飲んだにちがいない。

　しかしマクアダムスはこのとき、意外なことをいった。

「おとな一日千ミリグラムのカルシウム、というのは変わってきているよ。もともとこれは米国国立研究機関が勝手に決めた推奨量で、それ以下だと病気になる、という必要量ではないんだ。だからぼくが医学生だったころの『米国陸軍医学雑誌』なんかでは、戦闘中の兵員にはカルシウムは六百ミリグラムでよいと書いてあった[5]」

「そうか」

「つまり一日千ミリグラムというのは、よい栄養状態を維持するのにじゅうぶん、という余裕をもたせた量だ。だからカナダとか英国じゃ、必要量として五百ミリグラムぐらいになっているはずだよ[6]」

　では、エキリ調査団が採用したカルシウムの基準量は高すぎたのか。あのときの日本人の摂取量二百五十ミリグラムは、千ミリグラムにくらべればひじょうに低かった。だが五百ミリグラムとくらべたのなら、それほどの欠乏状態だったとはいえない[7]。

　マクアダムスはつづけた。

「じつはカルシウム代謝がよくわかってくるにつれて、米国での推奨量も八百ミリグラムぐらいに減ってきているはずだ。もちろん、息子たちにはたくさん牛乳を飲ませているがね」

それからマクアダムスはなにげなくたずねた。

「ミセス小林はお元気ですか」

小林はおかしくなった。

小林夫妻がシンシナティへやってきたとき、シンシナティ空港までむかえにきてくれたのがマクアダムスだった。小林夫妻はマクアダムス家に数日とめてもらって、アパートさがしをした。そして小林は黒髪に青い目のマクアダムス夫人の美しさに感心し、マクアダムスはしとやかな小林夫人のファンとなった。それ以来、マクアダムスは家で夫人に「ノウ」といわれたときなど、さりげなくいう。

「ミセス小林は、つまり日本女性は、なるべく夫にノウといわないように努力をしていたように思う」

「ほんとにあんなにすてきな奥さまで、ドクター小林はしあわせな方ね」

と、ヘレン夫人はにっこりする。

「それに、ミセス小林は夫にけっして口ごたえをしないそうだ」

「たまにわたしが口ごたえをしなかったら、あなたはあんな車を買ってしまったじゃありませんか」

それはトライアンフ社製の緑色の小型スポーツカーTR250で、マクアダムスは毎朝、熊のようにこれにもぐりこんで出勤するのだった。(8)

パーティでの喧噪にまぎらわせたマクアダムスのとつぜんの「ミセス小林はお元気ですか」に、小林はにやにやしてこたえた。

「家内は元気ですよ」

「じゃこんど、うちでスキヤキをいっしょにやらないか。肉は買っておくから。ヘレンもミセス小林に会いたいといっていたし」

それからふたりは牛肉をスキヤキ用にうすく切る方法について議論をはじめた。

小林がシンシナティから東京へおくった報告「エキリの組織学的研究」は、昭和三十四年の『アクタ・ペディアトリカ・ジャポニカ（日本小児科学論文集）』という雑誌に、英文のまま掲載された（このころには全ページ英文という国際医学雑誌が日本でも刊行されるようになっていた）。

そのあと小林はロンドン大学付属小児病院で研修をつみ、リスボンでの国際小児科学会に出席し、やがて恩師のあとを襲って東京大学医学部の小児科学教授となる。[9]

シンシナティ小児病院では主任病理医のランディングが引退すると、マクアダムスが主任病理医となった。かれのひきいる一九六〇年代の病理研究室には、まえにもまして日本の小児科医が留学してきた。小林がマクアダムスの心に残した好印象があずかってのことだった。十年後、マクアダムスが日本人留学生をアルバイト助手に雇ったのも、それゆえではと推察された。そしてこの助手をとおして、こんどはマクアダムスがエキリと出会うのだ。

昭和三十八（一九六三）年の秋のある朝、諏訪尚子は東京上野駅の東北線ホームで仙台行き特急「はつかり」を待っていた。十二歳の素子と、十歳の修がいっしょである。

夫の諏訪紀夫が、東京の駒込病院から仙台の東北大学医学部に赴任すると決まったのが、六年まえだった。東京育ちの尚子は、南極へ引っ越すような気がした。

東北大学へあいさつにでかけた夫が仙台から帰って来たので、

「あなた、デパートって仙台にございますか」

とたずねると、

「三つあるよ」

というこたえだったのですこし安心した。しかし不安は消えない。義母が、

「ラジオで聞いたのだけれど、仙台じゃ漬け物は売ってないらしいわ。漬け物石は持っていきなさいね」

といったので、大きな庭石も荷物につめた。さすがに漬け物石は仙台にもあったが、さいしょは生活になじめず、夜更けの汽笛の音などをきくと、ああ、あれに乗って東京へ帰りたいな、と思う。口には出さないのに、夫の諏訪はつぎの日などにさりげなく、

「東京へ遊びに行ってきていいよ」

といって、大学へ出かけてゆく。すると尚子はすぐさま留守中の家事をすませ、子どもたちをつれて、義母の待つ東京の諏訪家へ帰る。それでなんとか六年もったようなものである。

「ずいぶんおやさしいご主人ですね」

などといわれると、尚子はまじめにこたえる。

「やさしいって、ふだんは撫でたりさすったりっていう、いわゆるやさしさはないんですけど。でもひとの心を察するっていうか、ここ一番っていうときに思いやりがあるのね」

はじめのころは仙台へ帰るのに、上野駅から「おいらせ」に乗った。「おいらせ」は急行で、午前九時に出発して午後三時に仙台につく。窓をしめるのが遅れて汽車がトンネルに入ると、機関車が吐く油煙で服が黒くなった。

六年たって、いまの特急「はつかり」は電化して油煙を吐かない。汽笛もなくて、出発ベルとともに車体がすべりだす。客車のなかにはロマンスシートがならんでいる。

そのロマンスシートのひとつから、会話が聞こえてきた。

「そんたバナナみてえな汚ならしもん、うちのあととりワラシに喰わせてはなんね。やっとじょんぶで五つになったべや」

「したども、ワラシのやまいっつうエギリもなぐなったし」

「ほれこのワラシはまた鼻水ばぶっ垂らして。バナナより鼻さ、ふいてやれや」

青森のことばだ。姑と嫁と、小さな子どもが北へ帰るのだろう。ほほえみながらふたりの会話を聞いていた尚子は、エキリと聞いてふと夫の研究のことを考えた。

諏訪が初めてエキリの病理解剖の報告をしたのが、昭和二十三年だった。つづいて百五十人の病理解剖報告を発表したのが昭和二十九年で、そのころ娘の素子が四歳、ちょうどエキリ年齢だった。

つぎの年に諏訪がドイツ語でおなじ内容を発表したときは、息子の修も二歳になって、ふたりともエキリ年齢だった。ところがそのあとエキリは減る一方で、夏が来ても尚子はふたりがエキリにかかりやしないかと心配したことがない。エキリの原因だといわれていたバナナも、ねだんが安くなるにつれて子どもたちに食べさせた。諏訪が仕事の話を家でしないこともあって、エキリの件はそのままになっている。

きょう帰ったらあの包みのことを聞いてみよう、と尚子は心を決めた。包みというのは、終戦すぐあとに新妻となった尚子に諏訪が、

「これはエキリの標本で大事だから、なにかあったときは絶対持ち出してくれ」

と託した、一尺四方の障子を重ねたようなものだ。障子の区画のひとつひとつにスライドガラス製の組織標本がはいっている。障子の数はだんだんふえて、大きな風呂敷包み三つになった。しかしもう八年ほど、これについて諏訪はなにもいわないのだ。

やがて《キーテキ　イッセイ　シンバシヲ》と、オルゴールの音色が流れてきた。つづいて「みなさんお疲れさまでした、あと五分で仙台です」とアナウンスがはじまって、尚子は子どもたちの降り支度にとりかかった。

おなじころ、諏訪紀夫は東北大学医学部構内の医学図書館へ出かけた。先任の岡本耕造教授（一九〇八〜一九九三）が京都大学医学部の病理学教室へもどった後、駒込病院からここへ赴任

して六年になるが、どんなに多忙でも外国の医学雑誌を読みに図書館へ行く習慣はかわらない。

その日『ランセット』という英国の週刊医学雑誌を手にとった諏訪は、「幼児期の病気――脳疾患と内臓の脂肪化」という論文をみつけた。(10)

それはオーストラリアのシドニー小児病院からの、三ページほどの報告だった。過去十年にわたって二十一人の子どもが同じような症状で入院した。そのうち、十七人が亡くなった。生後五か月から八歳までの子どもたちで、亡くなったうちの十四人は、まず気管支炎を起こして入院した。激しい嘔吐があって、「黒もしくはこげ茶色様のもの」を吐いた。つづいてうわごとをいい、不自然な暴れかたをして転倒、強直や呼吸障害をおこし、昏睡したかと思うと痙攣する。病気の進行はひじょうにはやく、助からなかった十七人すべてが入院して一日から三日のあいだに亡くなった。

主報告者R・D・K・ライはシドニー小児病院の主任病理医として、この子どもたちの病理解剖をした。すると脳の細胞が水を吸ってふくれており、肝臓と腎臓の上皮細胞はいちめんに黄色く変わっていた。原因はまったくわからず、したがって治療のきめ手もなかった。ただ脳と肝臓の所見があまりに一様であることから、病歴をまとめて投稿したのだという。

諏訪が十五年まえに『日本臨床』にのせた「疫痢の病理解剖」の内容とそっくりだった。ライの十七人に対して諏訪は三十一人を解剖して、この報告と酷似した所見を得たのだ。

ちがいがひとつあった。さきがけとなる感染症だ。シドニーでは主として気管支炎で、東京では三分の二に腸の炎症があって赤痢菌が検出された。その三分の二に加えて、肺炎、ぼうこう炎、高熱と無欲状態などの診断で、解剖所見がエキリとおなじというのが数例あった。

諏訪は『ランセット』を持って書棚をはなれ、椅子にかけると報告を読みなおした。ライの報告では、死亡の原因はまったく不明となっている。

「もう九年まえのことになる」

と、諏訪は考えた。九年まえの昭和二十九（一九五四）年に、諏訪は日本伝染病学会でエキリ患者百五十人の病理解剖報告を発表した。そのとき、諏訪は死亡の原因をつぎのように推測した。

離乳期から八歳ぐらいのあいだは、こどもの脳の発達にとって枢要な時である。そのあいだは脳細胞の発達がたいへんはやく進み、そのためこのころ脳への供血はいつも不足気味となる。こういうときになにかの理由で脳へ送られる血液が減れば、大脳皮質の細胞にたちまち壊死が起こる。壊死によって細胞は崩れて水を吸う。すると脳ぜんたいがふくれはじめる（八歳をこえていれば脳の発達もおちつき、血液の不足はそう問題とはならない）。

おさないこどもの大脳皮質で、壊死がひろい範囲で急激に起こると、痙攣よりも昏睡することが多い。ある程度神経細胞が生存しているばあいだけに、激しい痙攣が起こるようだ。

脳細胞が水を吸うと脳の容積が増える。しかし頭蓋骨があるので脳は圧縮される。すると脳は下にむかってふくれてゆき、ついには小脳の下のはしが延髄をつつみこむようなかたちとなる。

延髄というのは首すじのすこし上にある脳の部分で、体の臓器の機能をつかさどるところだ。心臓や肺が意識しなくても動いているのは、この延髄のおかげなのだ。だがここが小脳でおさえこまれると、血行障害のために延髄に異常がおきる。すると、たとえば肺の機能が停止して呼吸がとまり、エキリの子どもは急死するのではないか。[11]

それが諏訪の推測だった。ライの報告を読み終えたいまも、「むかしのあれだなあ」という気がして、その推測を変えようとは思わない。それにかかわって、もうひとつ思い出がもどってきた。

諏訪がじぶんの研究をドイツ語でまとめて、『日本における疫痢研究の振興』という単行本に発表したのが昭和三十（一九五五）年だった。[12] そのあとの『最新医学』の座談会で諏訪は、外国ではエキリにあたるような報告があまりないが、一歳以下の子どもではおなじ反応をしめす病理解剖の報告があると話した。だが全身的な反応を総合的に診たものはないので、だから「外国の文献と比較する段階には来ていないと思います」としめくくった。[13]

あのとき、それだからじぶんの研究を外国の医学雑誌に発表するべきだとは、まったく考えなかった。極東の島国である日本のエキリが、国際的な注意をひくとは思えなかったのだ。

なにごともなかったかのように、諏訪はまた『ランセット』のページをくりはじめた。きょうはもともと、いま研究にとりかかっている肺気腫についての報告をさがしに来た。あけはなした図書館の窓から、金木犀の花の香りがただよってきた。仙台では金木犀をよく見るが、東京にいたころはめったに見なかった。東京の空気が濁っていたせいだろうか。

この日諏訪が夜九時すぎに帰宅すると、尚子が晩餐を用意して待っていた。子どもたちは明日学校があるのでもう眠っている。

「東京、どうだった」

と、着替えをしながら諏訪がたずねると、尚子が台所から明るくこたえた。

「東京って人間の住むところじゃないわよ。空気はわるいし、緑は病気してるし」

「そんなじゃ困るだろう。来年は東京オリンピックだっていうのに」

ほんとうは東京に二、三日いると仙台へ帰りたくなくなるくせに、と諏訪は尚子のことばがおかしかった。

「きょうは松茸のおすましと、めじのおさしみなのよ」

めじというのは本まぐろの幼魚のことだ。

諏訪が食卓につくのを待って、尚子は諏訪の盃を満たした。それから、

「ねえ、きょう汽車のなかで思ったんですけど、エキリってなくなっちゃったみたいでしょ。あなた、あの標本の包みどうなさる？」

「ああ、もういらなくなったよ」

「あらそうなの」

尚子はちょっとびっくりした。諏訪の表情はいつもとおなじにおだやかだった。あれほどまでに打ち込んだエキリ患者の組織標本がいらなくなった、といいながら、残念そうではない。でも昔からこのひと、執着心というのはなかったわ、あとからあの時ああだったとかこうだったとか、くよくよするって聞いたことがない。

盃を干して、諏訪がいった。

「きょうの酒、うまいね」

「『きくいさみ』よ。山形からのいただきもの。そういえばこのまえの『浦霞』はいかがでしたの」

「うまかった」

尚子は東京のことを話しはじめた。人工頭脳テレビが発売され、浩宮《ひろのみや》さま（現今上天皇）が来年から幼稚園だというので明仁皇太子殿下と美智子妃殿下が学習院幼稚園へ下見においでになったこと。

諏訪はゆっくり盃を口にはこびながら聞いていた。しかし尚子は、諏訪があたまのなかでいまとりかかった研究のことを考えている、と知っていた。

「ふうん」

「ほらまた聞いてないでしょ。今うんとおもしろいことといったのよ」

「なにかな」

「もう教えない」

ついこのあいだまで鳴いていた虫の声もとだえて、東北の秋の夜長が更けていった。

『ランセット』が一流国際誌であり、ライがはじめての報告者であったということで、エキリに酷似したこの子どもの病気はこのあと「ライ症候群」と呼ばれるようになった。やがて昭和四十年代となり、日本にエキリがまったく発生しなくなって、小児科の教科書からエキリの章が消えた。[14]かわりにくわわったのが、あたらしい子どもの病気「ライ症候群」だった。[15]

1　小張一峰「赤痢菌と私」『臨床と微生物』18巻4号、1991年7月、94頁。

2　Kobayashi, Noboru. Histopathology of Ekiri, with special reference to pathogenesis of the neurologic manifestations. *Acta Paediatrica Japonica*, Vol.1, No.1, 1959, pp33-47.

3　山口正義「赤痢の防疫」『日本医事新報』1950年6月17日、3－4頁。

4　渡邊定「戦後の国民栄養のすがた」『日本医師会雑誌』25巻3号、1951年3月、293－295頁。新見正喜『食糧問題と栄養』医学研修出版社、1979年、28頁。花村満豊、山崎文雄『図説日本の食糧と栄養』第一出版、1968年、76頁、146頁。

5　Leone, N.C. Administrative aspects of an emergency nutrition program. *Bulletin of U.S. Army Medical Department*, March, 1947, p200.

6　"Calcium" *The New Encyclopedia Britannica*, Vol.13, 1980, p419. "Calcium" *Encyclopedia Americana*, Vol.20, 1973, p569.

7　厚生労働省によれば、カルシウムの推奨量は男性の場合3～7歳で一日585mg、女性は一日538mg。12～14歳がもっとも多く、男性は一日991mg、女性は一日812mgとなっている。厚生労働省「日本人の食事摂取基準（2020年版）」280頁。https://www.mhlw.go.jp/content/10904750/000586565.pdf　ダ

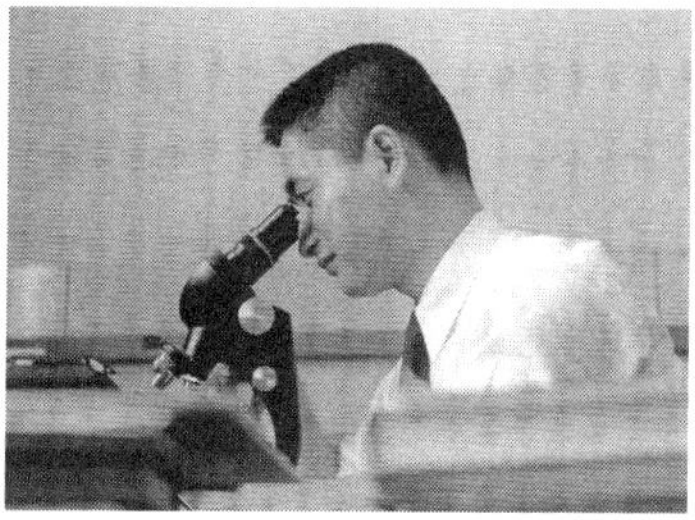

1957年ごろ、シンシナティ小児病院の病理研究室で顕微鏡をのぞく小林登博士。
小林登博士御提供。

ウンロード　２０２０年3月12日。

8　著者も記憶がある。Bove, Kevin "Founders of Pediatric Pathology: Arthur James McAdams" *Pediatric and Developmental Pathology*, Vol.17, 2014, p163.

9　小林登「ＩＰＡとＩＣＰ：はじめて出席した国際会議」*Medical Tribune*, １９９１年10月３日、12頁。

10　Reye, R.D.K., Morgan, Graeme & Baral, J. Encephalopathy and fatty degeneration of the viscera - a disease entity in childhood. *Lancet*, October 12, 1963, pp749-752.

11　諏訪紀夫「疫痢の病理解剖補遺」『日本伝染病学会雑誌』27巻11－12号、１９５４年、４０２－４０３頁。

12　Suwa, Norio, Pathologische Anatomie der Ekiri. *Advances in the study of Ekiri in Japan*. Edited by K. Ogasawara. Japan Society of Promotion of Science, Tokyo, 1955, pp1-13.

13　「疫痢の治療と概念について」『最新医学』１９５６年7号、７月、１４０頁。

14　寺脇保・小野星吾『小児科ＭＯＯＫ』No・10、１９８０年、77頁。

15　上田一博「Ｒｅｙｅ症候群における肝障害」『小児科ＭＯＯＫ』No・５、１９７９年、２４１－２４８頁。

シンシナティ小児病院病理研究室の若手病理医当時のＡ・ジェームス・マクアダムス博士。
Courtesy Mr. Peter McAdams.

第十四章　謎解き

米国では一九六〇年代後半、日本では昭和四十年代の高度経済成長期となった。このころ、シンシナティ小児病院の主任病理医ジェームス・マクアダムスは、学生アルバイトをひとり雇った。日本人留学生である。

その女子学生をケティ・ドッドが見たとしたら、

「まあ、タカノさんにそっくりね」

と思ったことだろう。

タカノさんは昭和二十二（一九四七）年に予防衛生研究所にいた女性助手だった。すこし英語がわかるがかえって誤解ばかりして研究のじゃまになるので、ドッドが研究室からつれださなくてはならなかった。

ドッドはこのとき、タカノさんに教養がないことを気の毒に思った。そして米国の大学への留学を援助したいと考えた。しかし、タカノさんのような娘は占領下日本に何百万もいるのだ、そう思いなおしてあきらめた。

ところが占領がおわって十年たつと、タカノさんのような娘はじぶんで留学するようになった。戦後生まれのこの世代は、米国はもと日本の敵国であった、などとは考えない。米国ではお金があまっていて、だから外国人留学生にも奨学金をくれるというので、下手な英語で手紙を書く。当時の米国には原爆を日本に落としたことを悔む良識人がたくさんいたからだろうか、また留学生をとおして親米派日本人を育てるためか、入学許可と奨学金が手紙のやりとりだけでおりることがあった。この女子学生も、その幸運にめぐまれたひとりだった。

マクアダムスが女子学生を雇ったのは、年上の同僚ジョセフ・ウォルカニーが薦《すす》めたからだ。ウォルカニーは結核を克服し、やがて「奇形発生学の父」とも呼ばれる世界的権威となった[1]。そのウォルカニーがまえの年、東京でひらかれた国際小児科学会へ出かけて、もとに輪をかけた日本びいきになって帰ってきた。

「ジム、日本は美しい国で、日本人はよくはたらく。雇いたまえ」

女子学生はおまんじゅうのような顔でヒッピー風に髪を長く伸ばそうとしていて、英語をよく聞き間違えた。質素な育ちらしくカフェテリアではお盆にいっぱい昼食をとるので、二週間のアルバイトをするたび十ポンド（約五キロ）ぐらい太る。旧友小林登の優雅な夫人にまったく似ていないことが逆におもしろくて、マクアダムスは彼女に「蓮の花嬢」というあだ名をつけた。

「日本の大学とこっちの大学と、どちらがよかったと思う？」

と聞くと、蓮の花嬢はそんなことは考えたことがないとこたえた。

「昭和二十二年生まれの受験生が多くて、わたしは日本の大学入試で軒並み落ちたんです」

昭和二十二年に生まれた二百四十九万人のうち、五十一万人が大学を受験した。合格したのは二十万人に満たなかった[2]。一年勉強してつぎの年にまた受験すると、ひとつ年下の昭和二十三年生まれの受験生二百七十万人といっしょになるからますます望み薄だ、だからあきらめて米国へ来たという。

「昭和二十二年っていうのは、一九四七年のことです」

一九四七年ときいて、マクアダムスはエキリ調査団を思い出した。

「きみは子どものころ、エキリという病気にかかったことはない？」

「エキリって？　セキリのことですか」

エキリもセキリも知らない蓮の花嬢はやがて近くの小さな単科大学を卒業して、シンシナティを去った。

そのあとマクアダムスはあたらしい研究にまきこまれた。ライ症候群の報告が『ランセット』にのってから十二年後の一九七五年に、同僚のジョン・パーティンが《ライ症候群はインフルエンザでも起こる》という報告をまとめた。[3]

シンシナティでも症状はおなじだった。嘔吐、意識障害や精神錯乱、眠りこむかと思うと痙攣して弓のようにそりかえる。亡くなった子どもを病理解剖すると、脳が水を吸ってふくれ、肝臓は脂肪化して黄色くなっていた。

治療方法として、パーティンは何度も交換輸血をした。また高濃度のぶどう糖液や腎臓の血管をひろげるマニトール液などを投与した。そういう方法でかなりの子どもが回復したとして、パーティンはシンシナティ小児病院での死亡率の低さ（二十パーセント）を説明した。[4]

このときマクアダムスは、ライ症候群の子どもの肝臓を生体検査法を使って調べた。生きている患者の肝臓の細胞をすこしとって、電子顕微鏡にかける。すると肝臓の細胞のなかのミトコンドリアという部分が、特有の異常な模様をえがいて映る。そこではじめてライ症候群だと診断することができる。この検査をしない症例を、ライ症候群だと確定はできない。

日本でもライ症候群はあるのだろうか。マクアダムスが日本から留学して来ている研究員にたずねると、日本でのさいしょの報告は、ライの報告から四年あとの昭和四十二年だという[5]。そのあとおなじような報告がつぎつぎに出るので、昭和五十年からは厚生省研究班が全国の小児病院でライ症候群についての調査をはじめたとのことだった。

数年たって、『疫痢とReye症候群』という本が日本で出版された[6]。それによればエキリの病理所見が今日注目をあびているライ症候群ときわめて似ているが、おなじだと断定はできない。それは日本でライ症候群というものがはっきりしないためらしい。

診断の決め手は電子顕微鏡による肝臓の生体検査だが、電子顕微鏡は高価なうえ、映し出される細胞像はふつうの医師には読みとれない。経験と直観の目がなければだめなのだ。

それからしばらくして、マクアダムスはむかしのアルバイト学生でいまは三十代の蓮の花嫁から手紙をうけとった。日本の占領時代の謎の感染症だったエキリに興味をもっていること、そして《エキリに似ているというライ症候群の報告を読んでいたら先生の名前を見つけました》とあった。ふたつの病気が似ていることについて、

「小張一峰先生にお会いしました。小張先生はもと都立駒込病院の内科におられ、ルイジアナ州立大学などへ留学されて、長崎大学医学部の教授となられました。昭和五十年代に世界保健機関

（ＷＨＯ）の招聘で海外へ出られたとき、マレーシアのペナン島の医学研究所でライ症候群との診断で亡くなった子どもの病理解剖標本を見られ、脳の浮腫と肝臓の脂肪化がむかし駒込病院で見たエキリのそれとそっくりだと思われたそうです」

そして一九四七年にシンシナティ小児病院からやってきたエキリ調査団について知っていることがあれば教えてほしい、とあった。マクアダムスはふた月かかって病院の資料室のファイルを調べて、写しを送った。ついでに、エキリ調査団の生化学者ラポポートが東ベルリンにいる、というわさも伝えた。これがほんとうかどうか、東ベルリンのフンボルト大学気付で手紙を出すよう、すすめておいた。

このころ、旧友の小林登が日本のライ症候群について報告を出した。「Ｒｅｙｅ症候群に関する調査研究班」に属して過去二年のあいだ日本でライ症候群と確定されたデータを検討した。その結果、典型的なライ症候群といえるものはまったくなかった。検査のすすめかたや電子顕微鏡の操作に統一がなく、このように不徹底な検査のもとにライ症候群の診断をつけるのはむりだ。「ミステリアスな病気をさらにわけのわからない泥沼に導く可能性」があると小林はむすんでいた。(7)

それからまた数年がたって、北米ではライ症候群はほとんど報告されなくなった。いっしょにライ症候群の研究をしたパーティンもシンシナティを去り、マクアダムスがライ症候群を忘れかけたころ、とつぜん日本から小包がとどいた。なかから十枚ほどの組織標本の複製スライドができた。四十代になった蓮の花嬢が、

「これは諏訪紀夫先生が残しておられた、四十年まえの夏エキリ調査団が東京へ来たときの患者の組織標本です。そちらのライ症候群の標本と似ていませんか」

とたずねてきたのだ。そして、諏訪に見てもらうためにマクアダムスのほうのライ症候群の組織標本を貸していただけないか、とむすんであった。

その日のうちにマクアダムスはライ症候群の脳と肝臓の組織標本を七枚づつえらび、航空便で日本へ送った。

昭和五十三年に諏訪紀夫は六十三歳の定年を迎えて、仙台から東京練馬の自宅へもどってきた。定年後の計画はできていた。

夜更けの二時ごろ起きて、書き始める。これまでに『病理学原論』といったものは出していたが、こんどの著述がライフワークだ。題は『価値と自然』と決めてある。

四十年にわたって医学の研究をしながら、自然科学といっても人間がやっていることだから、人間がやる以上はそこに哲学が入るはずだ、と思ってきた。その経験をふまえて、じぶんは自然科学をどう考えているのか、書いておきたい。

午前二時から読んだり書いたりしていると、東の窓に朝日が昇る。それが西の窓に夕日となって沈むころ、一日の仕事が終わる。午後四時だ。台所へいって、冷蔵庫から氷をだす。スコッチで水割りをつくっていると、尚子がのぞいて、

「ハッピイタイムね」

と笑う。ホテルのバーなどでは、午後四時から七時までをハッピイアワーなどとよんで、酒のねだんが安いのだ。

スコッチ一杯でひと眠りして、午後八時に夕食、またひと眠りして午前二時に起きる。

この日も午前二時に起き出した諏訪は、ひさしぶりで顕微鏡に向かった。そばの小机に、シンシナティ小児病院から送られてきたライ症候群患者の組織標本が十四枚、ならべてある。頑丈な缶のようなものに入って、きのう米国からついたのだ。

二十年以上まえに『ランセット』でライ症候群の報告を読んだとき、これはエキリだ、と思った。しかしじっさいに海外でライ症候群だと診断された患者の標本は見たことがない。

組織標本は、ある女性が手配したものだった。京都出身でカナダのトロント大学科学技術史研究所にいるとかで、東京のいりくんだ交通機関に迷って三十分遅れてやってきた。しかしお詫びもそこそこに背に負ったナップザックから小型レコーダーをとり出して、

「諏訪先生、わざわざエキリのような地味な研究を十年もなさったのはなぜでしょうか。ふつうの男の方でしたら、いちおうの立身出世と申しますか、なんとか目鼻を、人生につけたいとお考えでしょうに」

と、インタビューをはじめた。

「それはぼくだってそう思っていましたよ」

と、諏訪は笑った。人生に目鼻をつけたいと思わなかったかって。つけたくても、目鼻が見え

ない時代だったな。

「しかし目鼻がつかないからやめちまうかって、やめたからってどうにもならないでしょう」

それにしても、どうして諏訪の名を知ったのだろう。エキリが日本から消えて何十年にもなるのだ。

「国立予防衛生研究所におられた福見秀雄先生から、《諏訪君が死んだとは聞かんから、まだ生きておるでしょう、行ってごらんなさい》とご紹介をいただきました」

「……福見さんは、お元気でしたか」

「勲二等に叙し瑞宝章を授与する、という額が、床《ゆか》においてありました」

いかにも福見らしい、と諏訪はほほえんだ。

諏訪が持っているエキリの組織標本の複製をシンシナティへ送るというのは、この女性の提案だった。そして、シンシナティのライ症候群患者の組織標本を諏訪に見てもらえるだろうか、主任病理医のマクアダムス博士はむかしの雇い主《ボス》なので頼んでみますから、という。諏訪が承諾すると、しばらくしてシンシナティ小児病院から航空小包がとどいたのだ。

シンシナティの患者の肝臓の組織標本は、オイルレッドであざやかな赤に染めてあった。諏訪のエキリ組織標本は死後二時間くらいでとったものだからかなり新鮮だったとはいえ、シンシナティでのように生きている肝臓からとったものではない。ふたつが似ているかどうか、興味があった。七枚のスライドを順に見て行く。

七枚とも、エキリの肝臓の細胞像とそっくりだった。完全に一致している。

つぎに脳の七枚にかかる。こちらにはあまり期待はできない。エキリでも、脳の細胞像は子どもによって極端にちがっていた。ライの報告でも脳の病変についてはくわしく書かれていない。だからライ症候群の脳の病変はこういうものだ、と固定して考えるわけにはいかない。

それでも、おどろくほど見覚えのある細胞が視界にひろがっていた。数回見直して、しかしやっぱりエキリとライ症候群がおなじだというわけにはいかない、と諏訪は考えた。米国医学では、「症候群」と名をつけた病気では、ひとつひとつの症候が一致しなければおなじ病気だとは考えない。そういう視点に立てば、エキリはおもに赤痢菌感染から起こったのだから、気管支炎やインフルエンザではじまったライ症候群とはまったくべつの病気なのだ。

しかし諏訪自身はそうは思わなかった。いろいろな形態の背後には、それを統一する生体学的な原理があるはずだ。四十年まえに集めたエキリの症例でも、病因は赤痢菌のためにおこる大腸炎だけではなかった。膀胱炎も肺炎もあった。エキリ型反応とじぶんが名づけた、その病変だけが共通だった。したがってエキリもライ症候群も、特定の病因とむすびつかない共通の反応として考えることはできないだろうか。

諏訪はその日の午後、医学スライドを複製する写真屋へ出かけた。そしてシンシナティからの標本五枚の撮影をたのんだ。みなエキリと酷似した、典型的な組織像だった。

そのひと組を、諏訪はやってきた女性に渡した。

「典型的な似た細胞像の複製をつくっておきました。ぼくの標本の複製とならべれば、似ていることはわかるでしょう」

そして、しかしエキリはライ症候群だというわけにはいかない、といった。

「まあ病理学者がみれば、光学顕微鏡による病理解剖所見が似ている、というぐらいなものでしょう」

シンシナティの主任病理医にしてもたぶんおなじことをいうはずだ、と諏訪は思っていた。だが、しばらくしてうけとったマクアダムスからの手紙には、予想外の率直な意見が書いてあった。

「エキリの肝臓組織の標本を、ライ症候群の患者のものだというように推測することはじゅうぶん可能です」

脳についても、

「わたしはライ症候群の脳神経細胞がくずれてゆくその変化を描写しようとして、いつもうまく行かなかった。そういうむずかしさをふまえて、エキリの脳のこの標本は、ライ症候群のそれとしてうけいれてもいいと思うのですが(8)」

そういえるための条件というのが、二ページにわたってのべてあった。けっきょく、ほんとうに証明するためには時を巻きもどさなければならない。そしてふたつの病気を同時に出現させ、子どもたちを隣どうし寝かせて、同時にふたりの肝臓の生体検査をして、電子顕微鏡で細胞内のミトコンドリア像を見なければだめなのだ。

「あまりお役に立てませんでしたね」

と、諏訪はいった。すると女性は、

「ほかにも可能性があるそうです。溶血性尿毒症症候群というのもエキリに似ていると国立小児病院の小林登院長先生からうかがいました。いろいろな最近の菌体外毒素による急性脳症ではないか、という報告もあります」

と、微笑とともに淡々とこたえた。謎の感染症であったエキリにかかわったひとびとの物語に魅了されて調査をはじめ、その物語を結ぶために諏訪をたずねてきた。組織標本の交換はとくにエキリ究明のため、というわけではなく、ただその物語を結ぶさいごの貴重な挿話なのだ、という。

諏訪は『価値と自然』[9]をすでに出版して、このときは『続・価値と自然』を執筆していた。エキリのことなど、この女性がやって来なければ思い出すこともなかった。そしていま、ライ症候群との比較も終わった。エキリについて話すのは、これがさいごとなるだろう。

「そういえば、福見さんから聞いたといってここへ来られましたが、なぜ福見さんのところへ行かれたんですか」

と、諏訪はたずねた。

福見秀雄は国立予防衛生研究所の所長として活躍したのち、いまは引退している。この女性は福見が昭和二十四年に『最新医学』に書いた「疫痢の病因——疫痢カルシウム問題によせて——」という論文[10]を読んだので、たずねていった。福見はこころよく会ってくれて、こんなことをいったという。

「諏訪君は、エキリの研究でいちばんかんじんなのは脳と肝臓であるといったんですね。しかし脳と肝臓というのはね、死後二時間か三時間ぐらいの解剖じゃなくては、ほんとうのところはわからない。死亡してから八時間もしますとね、なんかこう、わけがわからないぐらい、トロトロになってしまうわけですね。

駒込病院の内山圭梧院長というのは非常にりっぱな先生で、みんなが心から尊敬しておった先生なんですけれども、その内山先生が諏訪君を支持しまして、俺が目をつぶっているから、亡くなったら二時間ぐらいでも解剖してもいいよ、ということを許可したらしいんですよね。

そういうことで、諏訪君が解剖を死後二時間か三時間でするもんですからね、内山先生しばしば警察に呼ばれたんですよ」

「え？」

と、諏訪は聞きかえした。

「警察？　わたしがですか。内山先生？」

たずねながら、ああ、それは呼ばれたかもしれないな、と諏訪は初めて気がついた。おどろきで、語順があとさきになった。

「そういうこと、いわれないですよ、そういうことがあっても、ぼくにはね。かばってくだすったんでしょう、それは。ぼくには直接いわれないです、そういうことは」

これが諏訪とエキリとのさいごのかかわりとなった。たばこが好きだった内山院長が肺がんで亡くなって、三十年がたっていた。

1　Warkany, Josef. *Congenital Malformations*. Yearbook Medical Publishers, Chicago, 1971, p1309. Willhite, Calvin, "Josef Warkany" *Toxicological Sciences*, Vol.58, Issue 2, December 2000, pp220-221. https://academic.oup.com/toxsci/article/58/2/220/1733951 (Download: April 14, 2019)

2　http://www.mext.go.jp/b_menu/hakusho/html/hpad196401/index.html

3　Partin, John C. Reye's syndrome; diagnosis and treatment. *Gastroenterology*, Vol.69, 1975, p511.

4　山下文雄、吉田一郎「Ｒｅｙｅ症候群」『新小児医学大系』第11巻Ｄ（小児消化器病学４）中山書店、１９８３年、２９９－３２８頁。

5　小川昭之、重松授、出口雅経「諸臓器に著明な脂肪浸潤をともなった急性脳症（Ｒｅｙｅ）」『日本小児科雑誌』Ｖｏｌ・71、１９６７年、８９４－８９８頁。

6　舩津維一郎『疫痢とＲｅｙｅ症候群――小児の非特異的急激反応型』医学図書出版、１９８２年。

7　小林登「ライ症候群とライ様症候群の鑑別に関する臨床上の問題点」Ｒｅｙｅ症候群に関する調査研究班（主任研究者堀誠）『昭和六十一年度《Ｒｅｙｅ症候群に関する調査研究》研究事業報告書』１９８６年、44－48頁。

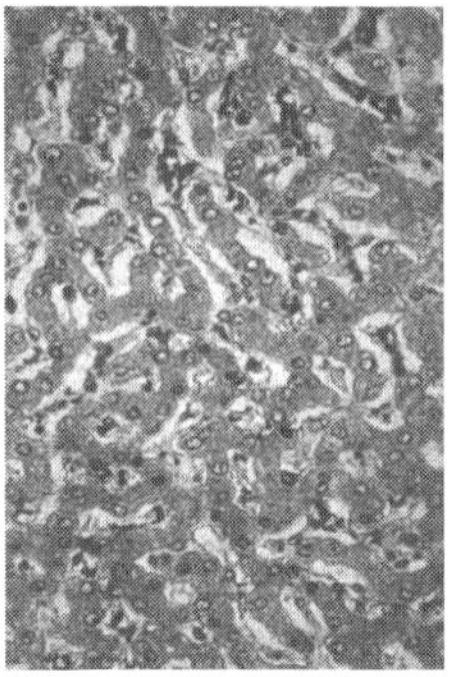

駒込病院に入院したエキリ患者の肝臓細胞標本
諏訪紀夫博士御提供

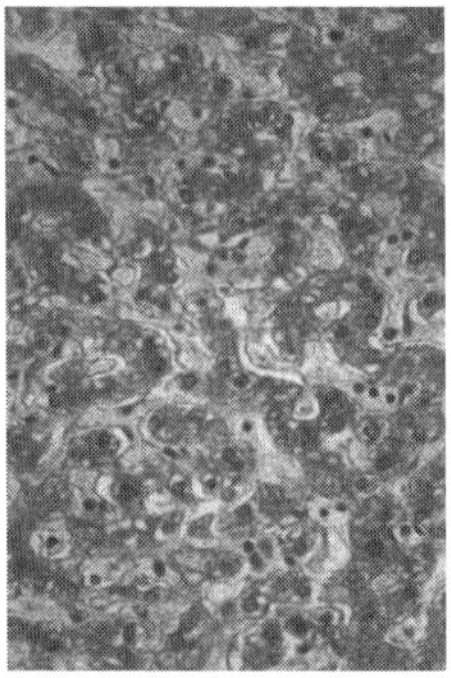

シンシナティ小児病院に入院したライ症候群患者の肝臓細胞標本
Courtesy Dr. A. James McAdams.

8 McAdams, A. James. Letter to Suwa, Norio. January 29, 1992.

9 諏訪紀夫『価値と自然』メルキュール出版社、東京、1990年。

10 福見秀雄「疫痢の病因――疫痢カルシウム問題によせて――」『最新医学』1949年10月、588-593頁。

諏訪紀夫博士（1915～1996）
東北大学医学部病理教室同窓会『東北大学医学部病理教室同窓會々報』30・31合併号（1997年）4頁

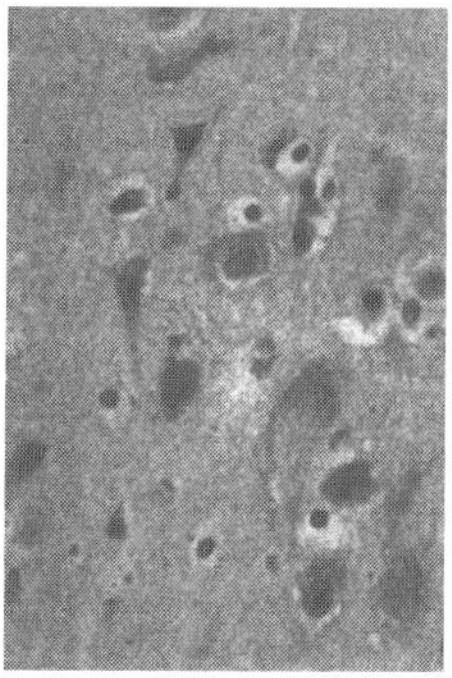

駒込病院に入院したエキリ患者の脳細胞標本
諏訪紀夫博士御提供

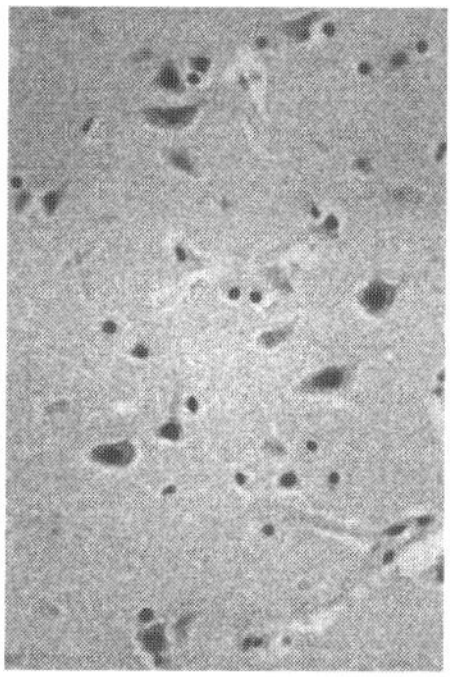

シンシナティ小児病院に入院したライ症候群患者の肝臓細胞標本
Courtesy Dr. A. James McAdams.

初版あとがき（中公新書版十五章とあとがきの補遺抜粋）

わたしは平成二（一九九〇）年の四月に東ベルリン市をたずねました。ラポポート夫妻が住むクッホフ通りは各国の大使館がならぶ高級住宅街でしたが、すべて東ドイツ政府の国有財産とのことでした。

ラポポート家は花盛りのリラの木にかこまれ、なかはさっぱりとしたしつらえで、グランドピアノと本と、あとはとりどりの春の花が飾りでした。博士は八十二歳、青い眼には活力があり、背すじがまっすぐで足取りたしかな方でした。大学を定年退職後、東ドイツ科学学士院会員としてとりかかった仕事がたくさん残っている由、それでも朝はやく角のベーカリーへいって焼きたてのパンを買うのは博士の役目でした。

インゲ夫人は七十代で、きょうは医師会に用があるからとスーツを着ていても若々しいやさしい雰囲気があり、ことばには相手への思いやりがあふれていました。夜、小児科医の仕事を終え、家事もすませると、孫たちのためにラポポート家とシルム家の家族史を書くのが日課なのでした。

ラポポート博士は、《二度と行くことはあるまい》と思って去った日本を一九八〇年代にたずねる機会がありました。日本のめざましい復興におどろき、広島のひとびとも豊かな暮しをたのしんでいるようにみえ、原爆による災禍と窮乏の記憶を喪《うしな》ったようだったが、このさきあれでだいじょうぶだろうか、と思ったそうです。そんな日本から、エキリ調査団来日の夏に生まれて四十三歳になっていたわたしがたずねていったのです。

ラポポート博士が東京からインゲ夫人に出した航空便はすべてドイツ語でした。その厚いたばを一通一通、博士がその場で英語に訳しながらの取材応答に、三日かかりました。

このときベルリン市街を東西にへだてていた壁は崩れはじめていました。ラポポート博士の別れのことばは、《社会主義にとって苦難の時代がまたやってきた、しかし利己を目的とする資本主義はいずれ行きづまるだろう、そのときにまた、社会主義はよみがえる》というものでした。

やがて東西ドイツは再統一されてドイツ連邦共和国となり、ラポポート家の電話の持ち主がかわり、郵便による連絡もとだえました(1)。

もとGHQ公衆衛生福祉局長クロフォード・F・サムス軍医准将は、退役してカリフォルニア州のアサートンという町に住み、カリフォルニア大学の研究員となってエックス線に関する研究をしたり、ソ連を旅行したりして、毎日が多忙でした。居間には金の屏風や日本刀が飾ってありました。手紙がくるとじぶんでタイプを打って返信を出し、問い合わせには、スタンフォード大学フーバー研究所に寄付した七つの書類箱を紹介しました。書類箱のひとつに分厚い自伝の原稿が入っており、そのなかの「日本時代」という章が『DDT革命』として、昭和六十一年に日本で出版されています(2)。

軍医であったことを知るひとから「軍人としてもっともたいせつな資質は」とたずねられると、いつも「高潔」、つまり自分の利害を超えて公《おおやけ》のためにはたらくこと、とこたえました。

一九九四（平成六）年十二月、肺炎のため九十二歳で亡くなり、いまかれは首都ワシントン郊外のアーリントン国立墓地に眠っています。

エキリ調査団の団長であったケティ・ドッド博士は、アーカンソー大学医学部での職を終えると、ケンタッキー大学医学部の殊勲教授となりました。ケンタッキー大学はオハイオ河をへだててシンシナティへ車で一時間の距離なので、晩年はシンシナティの友人たちの近くで過ごすはずでした。しかしアトランタのエモリー大学医学部から招聘をうけてふたたび教壇にもどり、一九六五（昭和四十）年、七十三歳で亡くなりました。

その三年まえに出版された米国の『小児科雑誌』のキャサリン・ドッド記念号には、ジョンズ・ホプキンス医学部の同級生で、シンシナティ小児病院のアシュレイ・ウィーチ元院長が、無名詩人の詩をそえています。

「正しいか、いや、誤りか。この問いのこたえは、火で灼かれてまっすぐで、熱く烈しい魂のなかにある[3]」

エキリ調査団の細菌学者ジョン・バディング博士は、一九七三（昭和四十八）年に亡くなりました。駒込病院勤務時代にバディング博士を知った小張一峰博士によれば、

「親切な、やさしい人でね。よくそっとたばこを置いていって下さったのが、ほんとうにうれしかった。わたしがルイジアナ州立大学に留学したとき、毎週お家へ晩餐によんで下さいました。お食事のまえには、かならずお祈りをなさる敬虔なクリスチャンでした。奥さんがさきに亡くなられて、そのあとしばらくして亡くなったようです」

エキリ調査団が仕事をした予防衛生研究所は、国立予防衛生研究所と名称がかわり、平成七年には早稲田大学の近くに移っていました。灰色の濃淡でまとめられたロビーの天井は二階まで吹き抜け、銀色の公衆電話、喫茶店、そして研究室には機器がぎっしりとならび、女性研究員がデータブックをひろげてしずかに話していました。

『全国各種団体名鑑』の「国立予防衛生研究所」の項には、その設立の事情が載せられています。《戦後の衛生状態にかんがみ衛生行政機関を設置する要望がさかんになったので、政府はこれにこたえて、この研究所を設立した[4]》とあります。ＧＨＱのサムス大佐が企画立案し、日本側の猛反対のなか設立を押しとおしたことは、将来も記《しる》されずにいくことでしょう。

エキリ調査団の研究をしめくくった若い小児科医小林登博士は国立小児病院（現国立成育医療研究センター）の院長となりました。そのまえ、東京大学医学部教授として小児科学を講義していた時代、専門は小児疾患の病因論でした。しかし日本の社会が豊かになるにつれて、子どもたちが身体よりも心に病気をもつように思われてきました。異常がないのに頭が痛い、暴力をふるう、親の虐待によって傷ついた子どももいました。

「親と子の関係は、豊かであってありすぎることはないし、それをとおして人生というものは楽しいものである、ほしいものは与えられて、裏切られることがない、子どもが親をとおしてそれを体験することが重要なんじゃないか、そう思います[5]」

あのころエキリ年齢だった子どもは、平成八年のいま、五十歳前後です。時代も昭和から平成に移り、日本はこの子どもたちの時代になりつつあります。

物語の流れで、エキリがライ症候群であるかのような印象をお伝えしたかもしれません。しかしどちらも消滅した病気であり、いまとなってはくらべる手だてがないのですから、エキリはやはり原因も消滅の理由もわからない謎の感染症です。

しかしそういうエキリの解明は、この物語を超えたところにあります。わたしはエキリの時代とその事情をありのままにとりあげました。時代と人間を知るよすがとして、この物語を読んでいただければと思います。

参考文献が各章のさいごにあげてあるので、この物語が資料によって書かれたとお思いでしょうか。そうではなくて、資料はわたしが聞いた物語の確認と補足のために使いました。経験も素養もないわたしのような研究者を信頼してエキリの物語をお話し下さった方々を、時を追ってここに掲げます。

クロフォード・F・サムス米陸軍軍医准将（物語当時GHQ公衆福祉衛生局長、のち米陸軍第一軍軍医総監）

与謝野光博士（東京都庁衛生局勤務、のち東京医科大学付属高等看護学校長）

A・ジェームス・マクアダムス博士（シンシナティ小児病院主任病理医）

サムエル・ラポポート博士（シンシナティ小児病院研究センター生化学研究室主任、のちドイツ民主共和国フンボルト大学［現ベルリン・フンボルト大学］生化学教授）

インゲボルグ・S・ラポポート博士（シンシナティ小児病院医師、のちベルリン・シャリテ大

学病院新生児学教授）
小林登博士（シンシナティ小児病院病理研究室研究員、のち国立小児病院長）
福見秀雄博士（予防衛生研究所員、のち国立予防衛生研究所長）
諏訪紀夫博士（駒込病院病理医、のち東北大学医学部病理学教授）
諏訪尚子様（諏訪紀夫博士夫人）
小張一峰博士（駒込病院内科医師、のち長崎大学医学部教授）
日野原重明博士（聖路加国際病院内科医師、のち聖路加国際病院理事長）
大礒敏雄博士（厚生省予防局栄養課長、のち国立栄養研究所長）
岡村幸助氏（『日本医事新報』社勤務、のち学芸課長）
斎藤正行（聖路加国際病院内科医師、のち北里大学教授）
木幡陽 元東京大学医科学研究所長
五十嵐隆 東京大学医学部名誉教授
奥泉栄三郎 シカゴ大学図書館極東図書室主任
山下文雄 久留米大学名誉教授
ピーター・デューリー 元トロント小児病院病理研究室主任

大東亜戦争中に下級軍医として召集され、復員して敗戦国日本の復興のためにはたらいた土屋卓医師は、わたしの親戚数人を含む市井の開業医の御記憶をまとめたものです。

初稿をお読み下さった諏訪紀夫先生、奥泉栄三郎様、岡村幸助様、二稿をお読み下さった小張一峰先生、大北威先生、デヴィッド・スウェイン博士、石川栄世先生、三稿をお読み下さった片山宏海様、飯島宗一先生、四稿をお読み下さった古田清二様、最終稿を読んで出版を快諾された当時の中公新書編集長、早川幸彦様、そして出版に際し、緻密な御校閲を賜わった氏森《うじもり》工房の石塚規克《のりかつ》様と氏森みちよ様に、心よりの御礼を申し上げます。

わたしはこの調査のため種々の研究機関に研究費を申請しましたが、「仮説」を立てないので合格したことがありません。見かねて、シカゴ大学図書館極東図書室主任の奥和泉栄三郎氏がご自分におりたトヨタ財団研究費から十万円を割いて、本書のためにとご支援いただきました。

1 夫妻のその後について、長男トム・ラポポート博士にウィキペディアの Samuel Mitja Rapoport の項の信頼性を確認したので参照されたい。
https://en.wikipedia.org/wiki/Samuel_Mitja_Rapoport

2 C・F・サムス（竹前栄治編訳）『DDT革命』岩波書店、1986年。

3 Weech, Ashley "Katharine Dodd" *The Journal of Pediatrics*, Vol.60, #5, May, 1962, p650.

4 『全国各種団体名鑑91年版』第2巻、株式会社シバ、1991年、849頁。

5 小林登「序」。河合隼雄、小林登、中根千枝『親と子の絆』日本生命財団、1984年。

東京都新宿区戸山に新築された国立予防衛生研究所（現国立感染症研究所戸山庁舎）。

東ベルリン高級住宅街Kuckhoff通り45番地にあった国有財産のラポポート邸。これは初期のころの撮影で1990年代にはゆたかな庭木に囲まれていた。Courtesy Dr. Thomas A. Rapoport.

1990年代、東ベルリンで活躍中だったラポポート夫妻。Courtesy Dr. Thomas A. Rapoport.

増補改訂版あとがき

増補改訂版を、というお申し出を受けたことを知って、八〇歳になられた朝倉書店の柏木信行元専務はことのほか喜ばれた。というのは、わたしが『エキリ物語』の原稿を書き終えたあと、そのあらすじをいくつかの中堅出版社に送って出版の可能性をたずねたなかに、朝倉書店というのがあった（ここが医学書専門の出版社であることをわたしは知らなかった）。丁寧な断りのファクスが来たが、さいごに《これを中央公論社の中公新書編集部へ送ってはどうか》という意味のことが書いてあった。ファクスはもちろんくずかごに消えた。つぎの日にはファクスをもらったことも忘れてしまった。一週間後、朝倉書店の柏木常務というひとから京都まで電話がかかってきた。そして「わたしは中公新書の一介の読者にすぎないが御原稿はこれにふさわしいと思う、編集部へお送りになるように」とすすめられた。何度も辞退したが、柏木常務はどうしても引かない。その大きな声と熱意に根負けしたわたしは、たまに和英下訳者として仕事をいただいていた聖路加国際病院長日野原重明先生のご紹介をもらうことにした。そしてためらいながら、中公新書編集部に原稿を送ったのである。

このことがなかったら中公新書『エキリ物語』はなく、したがってこの増補改訂版『エキリ・コミッション　謎の感染症に挑んだ医師たち』も存在しなかった。初版の出版が決まったとき、シンシナティ小児病院でエキリを研究され、当時は国立小児病院長になっておられた小林登先生が「驚いたねえ」と秘書の田村裕子《ひろこ》さんにいわれたそうだが、わたしはもっと驚いた。そしてどんな企画であっても、善意の助力が外から差し伸べられなければ実らないことをかみしめた。

増補改訂版のために、柏木さんのご紹介で和泉浩二郎氏が友人として支援してくださり、諏訪紀夫先生の講義を聞かれた勝島矩子《のりこ》先生や、もう故人となっておられるラポポート、マクアダムス両博士の御子息トム・ラポポート博士とピーター・マクアダムス氏、そしてGHQ公衆衛生福祉局の故サムス局長の愛孫チャック・ジョンズ氏に連絡をとった。トロント大学医学部図書館の地下倉庫などを再訪して写真や画像をあらたに得、中公新書の規定ページを越えたため省かれた挿話をもどし、不明瞭な文にはわたしを登場させた。この「増補改定版によせて」と「あとがき」も山岸義典編集長の希望どおりに、《エキリ・コミッションとの出会い》や《調査の動機と経緯》、そして《出版までのいきさつ》を書いて来た。

編集長のさいごの要望は、《読者がこんな作品を自分でも書きたいと思えるような、これを参考に新たにこうした作品が生まれるためのヒントを》というものだったので、ひと冬考えた。

この種の作品を書きたいと思っていただくためにいちばん大切なのは、なにを題材とするかを決めることだと思う。三十数年まえのわたしにはそれが決められず、やむなくそのころ興味があった題材に項目をあてはめて、それぞれに点をつけた。

第一の項目は、調査者が少ないこと。《独創的な題材》とか《人真似をしない》などというまえに、働きながら私費でなにかを調べるとすれば、つぎつぎと新報告が出る活発な分野は向かないと思った。

つぎに、調べものに必要な技能（理系の英文資料を読むことなど）がすこしあること。

題材に自分の卑俗さを洗う品性の高さがあること。

ひととの出会いがあること。

興味が決して消えないこと。

集計すると、好きだった国文学の題材ほどには興味をもてなかった「米軍占領時代の日本人の健康」がいちばん高い点をとっていた。この分野の戦後生まれの研究者はまだわずかで、GHQ資料と和文資料を照らし合わせたり、米国の図書館を使ったりするのは面白そうだった。《題材に自分の卑俗さを洗う品性の高さがあること》というのは、ルイス・フロイスの『日本史』を訳された松田毅一先生のお言葉を借りた。御存命の方々に会って談話を聞かねばならないことも、記録や資料だけに取り組む学究になれないわたしの気性に合った。

自分のいっときの感情を措《お》いて冷静に題材を決めたことで、わたしはその後の三十年をつましい身の丈に合った、しかしわたしらしい「歴史ノン・フィクション物語」（講談社『日本人の生命《いのち》を守った男──GHQサムス准将の闘い』や藤原書店『米軍医が見た占領下京都の600日』など）に取り組むことができたと思う。

とはいえ点数にしたがって題材をきめるとか、ヒョウタンツギのように四方八方無計画に調べるなどはとんでもない方法で、お薦めはできない。ただ本書は、昭和の前半まで子どもだけを襲って死なせたエキリという謎の感染症にかかわったひとびとの心の物語である。いま時代は令和となったが、ひとの心を打つ人間の物語は世の中のあらゆるところで紡《つむ》ぎ出されている。だがそれは時間という濁流に飲みこまれて、たちまち消えてゆく。そのひとはしを書きとどめておきたい、と思っておいでの方々に、呼びかけたい──わたしに与えられたと同じ温かい人の輪と、幸運と、そして感動とが、みなさまの行く手にも舞い降りますように。

二至村　菁

令和二年四月　　京都洛北の寓居「なずなハウス」にて

二至村 菁（にしむら せい）

著者紹介。1947（昭和22）年京都市に生まれる。高校在学中に「歴史ノン・フィクション物語」に興味を持つ。米国 Earlham College（B.A., 生物学・化学）卒業。カナダ McGill University 理学部修士課程（M.Sc., 遺伝学）修了後、同志社大学文学部（国文学）卒業。京都大学文学部（国語学）研修員を経て、カナダ University of Toronto 文理学部修士課程（M.A., 日本文学）および博士課程（Ph.D., 日本歴史）修了。同大学東アジア学部助教授、上智大学国際関係研究所客員研究員、Associated Scholar, The Institute for the History and Philosophy of Science and Technology, University of Toronto を歴任。著書に講談社『日本人の生命（いのち）を守った男―GHQ サムス准将の闘い』や藤原書店『米軍医が見た占領下京都の600日』がある。

エキリ・コミッション

謎《なぞ》の感染症《かんせんしょう》に挑《いど》んだ医師《いし》たち

2020年4月25日　初版第一刷発行

著　者　二至村 菁
発行者　山岸 義典
発行所　エディションベータ株式会社
〒133-0057 東京都江戸川区西小岩
一丁目26番6-903号
http://www.editionbeta.com
電話 050-5532-3630
FAX 050-3588-1331

デザイン　はんぺんデザイン
印刷・製本　株式会社シナノパブリッシングプレス

定価はカバーに表示しております。
落丁・乱丁本は当社までお問い合わせください。

ISBN 978-4-909952-01-1
Printed in Japan